WORLD TEACHER 3
異世界式教育特務

ネコ光一　Illustration：Nardack

天狼星 Sirius
那個……
維持這樣就好。
莉絲 Wreath

我想說要擄走公主的話，
這樣抱妳才符合禮節。
如果不喜歡，我可以放妳下來……
於夜空中散步——

雖然因為疼痛及眼淚看不太清楚前方，
但我不可能誤認那個背影。
那是我一直注視著的、最崇拜的……
「雷烏斯。能撐到現在……幹得好。」
「大……哥……」

ネコ光一
3
Illustration
Nardack
WORLD
異世界式教育特務
TEACHER

CONTENTS

Illust：Nardack

《序章》

進入艾琉席恩學園就讀後，過了兩年……我十二歲了。

身體長高，本來的小孩子臉也變得沒什麼稚氣……我是這麼覺得啦。

學園生活也一帆風順，我吸收在外界學不到的各種知識，嘗試製作類似前世的機器的魔導具，還開發了自己想出的原創魔法陣。

自我訓練的強度當然也有所提升，因此我每天都忙於念書、訓練、培育弟子，過得既忙碌又充實。

「早安，天狼星少爺。」

早上……躺在房間床上的我被艾米莉亞叫醒。

其實我自己就起得來，但艾米莉亞會比我更早起，過來叫我起床。

太陽都還沒完全升起，考慮到她要從學校宿舍走到鑽石莊，艾米莉亞應該起得很早。我有說過不需要特地來叫我，可是艾米莉亞非常堅持，每天都會過來。還會換上女僕裝。

我之所以叫姊弟倆住在學校宿舍，而不是還有空房的鑽石莊，是想讓他們多認識其他人，不過他們交到了莉絲這個朋友，除了同學外也會跟其他班的人聊天。他們好像還在企圖找機會住進鑽石莊，我看差不多可以允許他們搬過來了。

「早安，艾米莉亞。今天的行程是？」

「今天預定放學後要去賈爾岡商會。」

過了兩年，艾米莉亞變得更有女人味，更加美麗。

氣質也越來越成熟，偶爾我還會因為艾米莉亞的一些小動作心跳加速。大概是因為我的身體開始在意女性，艾米莉亞又成長得那麼有魅力吧。她的胸部似乎也發育得很順利，前幾天跟莉絲一起量完胸圍後，甚至專程跑來向我報告。

這樣子的她，現在變得像我的祕書一樣。她跟我說她想做這些事，所以我沒有多說什麼，但我也得注意不要太墮落才行。總之就是，艾米莉亞越來越專業了。

確認我起床後，艾米莉亞幫我備好衣服，離開房間。

「好了，今天也要打起幹勁。」

我驅散睡意，換好衣服走向廚房，由於艾米莉亞已經在做早餐，我便站到旁邊跟她一起準備。

「莉絲呢？」

「我離開房間時她睡得很安穩，不過我想她差不多該到了……噢，好像來了。」

艾米莉亞豎起耳朵望向門口，下一刻莉絲就笑著開門走進來。昨天訓練時，莉絲又被我逼得跑到腿軟，所以我本來以為她今天應該來不了……看來並無大礙。

「呼……今天趕上了。早安，天狼星前輩，艾米莉亞。我也來幫忙。」

莉絲拜我為師後過了兩年，跟艾米莉亞一樣成長許多。

雖然她在我們之中是最矮的，當初客套的態度卻蕩然無存，跟我們講話時的語氣也輕鬆不少。

莉絲把漂亮的藍髮在腦後綁成一束，走到我們旁邊，可是廚房並不大，三個人都站進來會變得很擠。

「天狼星少爺去休息吧，早餐讓我們做就好。」

「對呀對呀，去外面洗把臉。」

於是，我被她們推出廚房。

最近常常這樣，只要這兩個人湊在一起，我的工作就會被搶走。我很感謝她們的心意，但做菜是我的興趣，真希望她們多給我一點下廚機會。

我覺得自己有如假日時的父親，走向外面的井，看到一隻站起來走路的大狼在用井水洗臉。

那隻狼一看到我，臉上就浮現露出犬齒的猙獰笑容。

「啊，大哥早！」

「早安，雷烏斯。你為什麼變身了？」

「變身後用全速跑步很舒服嘛。」

狼講完話，身體就開始縮小，變回相貌比兩年前還要精悍的雷烏斯。

雷烏斯已經比我還高，外表也成熟不少，言行舉止和天然的態度卻幾乎沒有改變。

不過他的劍術又更上一層樓，有時還會做出令我吃驚的動作。

「今天你跑到哪裡啊？」

「我去那座山跑了一圈。變身後身體會變輕，跑起來好輕鬆喔。」

雷烏斯指向的山非常大，一圈的距離挺長的。早上這麼短的空檔就能跑完，可見變身後的雷烏斯身體能力有多麼驚人。

「別對這股力量太有自信喔，這會害你大意輕敵。」

「我怎麼敢大意咧。因為變身後我還是贏不了大哥。」

我一邊和雷烏斯閒聊一邊洗臉，跟聞到早餐的香味而肚子叫的雷烏斯一起回到鑽石莊。

吃完早餐休息完後，是早上的訓練時間。

今天的訓練內容是艾米莉亞跟莉絲自己練習魔法，我和雷烏斯打模擬戰。我的對手每天都會換，主要都是配合對方選擇訓練方式。

「怎麼了雷烏斯？你的手垂下來了。」

「呼……呼……可惡——！」

這幾十分鐘，雷烏斯一直在用木劍攻擊我，卻全都被我閃開，沒有打中我任何一下。

他還是老樣子，多餘的動作太多，疲勞逐漸累積，開始露出破綻。

「看，你忘記注意腳邊囉。」

「哇!?唔，吃我這招！」

我閃過雷烏斯的斜劈攻擊他的腳，雷烏斯放棄防守，身體都失去平衡了依然勉強揮下木劍。

我承認他的反應速度很快，可是情急之下使出的攻擊，力道不可能大到哪去。

我輕輕擋下這一劍，雷烏斯不甘心地倒向地面。

「……結束了。」

「該死，今天也不行嗎……」

分出勝負後，我把癱在地上的雷烏斯拉起來，告訴他這次犯了哪些失誤。對象是雷烏斯的話，用身體直接教他最為見效，不過我認為是時候讓他自己思考、學習了，便故意說明得模稜兩可。

講解完後，我發現有點太早打完。要再打一場時間又不夠，去看看莉絲的狀況好了。

「天狼星少爺，您辛苦了，請用毛巾。雷烏斯也是。」

「謝啦，姊姊！」

「謝謝。話說莉絲練習得怎麼樣？」

「她在那裡練習新魔法。」

我用艾米莉亞拿給我的毛巾擦掉汗水，望向莉絲所在的地方，看到她閉著眼睛集中精神。

由於莉絲對魔法的適應性高，又看得見精靈，我幫她安排的訓練偏重魔法，體力訓練只有最低限度。

雖說是最低限度，持久力還是很重要，所以每天我都叫她跑到附近的山上再跑下來。

起初……莉絲完全跟不上我們，常常看到她在哭泣，氣自己不爭氣。

然而，由於姊弟倆的鼓勵以及莉絲本人的幹勁與毅力，目前她已經跟得上慢跑的我們。

我放艾米莉亞一個人照顧雷烏斯，走到莉絲旁邊，她睜開眼對我微笑。四周有股異樣感，似乎是水精靈聚集過來了。

「莉絲，練得還順利嗎？」

「很順利唷。你看……水啊，拜託你……『水霧』。」

她一發動魔法，整棟鑽石莊就被濃霧籠罩住。

這陣白色霧氣不僅讓我看不見鑽石莊，連站在面前的莉絲都看不太清楚。

「這什麼鬼⁉大哥！姊姊！你們在哪裡⁉」

「冷靜點，雷烏斯。別亂動。」

後面傳來兩人的交談聲，我繼續觀察濃霧。「探查」好像沒有失效，看來這魔法單純只是妨礙視線。

「……是不是失敗了？這樣霧太濃，大家會有危險。」

「嗯？妳看得見我們嗎？」

「啊，嗯。看得很清楚。」

「那妳試著想像我們在這場霧中也看得見，然後告訴精靈。精靈應該會回應妳。」

「是！」

聽到我的建議，莉絲碎碎念著「想像……想像……」閉上眼睛。

以這個世界的常識來看，別人聽了八成會笑我「怎麼可能辦得到這種事」，但我用兩年的時間讓莉絲明白想像有多麼重要，所以她能明白我的意思。

在我默默守候莉絲時，衣服被人從後面扯了一下，所以我回過頭，艾米莉亞笑著站在那裡。

「呵呵呵，找到天狼星少爺了。」

「噢，虧妳在這麼濃的霧中還找得到我。是因為記得我在的位置嗎？」

「不是的，是靠氣味。隔了一座山我都聞得到天狼星少爺的味道。」

暫且不論艾米莉亞種族特有的特技，看來這陣濃霧也不會隔絕氣味，用風魔法也能輕易吹散的樣子。

雖然要改善的地方很多，只要不要搞錯使用方式，想必會是非常有用的魔法。

「讓大家也看得見吧……拜託了！」

莉絲在最後大聲吶喊，白霧便突然從我們眼中消失。

在不遠處左顧右盼的雷烏斯也清晰可見，讓人懷疑我們真的身在濃霧之中嗎？

「幹得好，莉絲。現在我能清楚看見妳的臉。」

「我也看得見。」

「太好了！謝謝你，精靈。」

她向大概有精靈的地方低頭道謝，解除魔法。

借精靈之力使用的魔法——精靈魔法果然很強大。

製造出一般人絕對會魔力枯竭的濃霧，莉絲也只有額頭冒出幾滴汗而已。而且她還在成長過程中，無法想像將來會變得有多強。可以理解掌權者為何會想把她的力量占為己有。

「天狼星前輩覺得怎麼樣？」

「噢，挺不錯的。不過這個魔法缺點不少，妳要多加注意。比如說……」

我點出剛才發現的問題，叫她不可以太相信這股力量，莉絲贊同地點頭。

「妳好像也終於掌握想像的訣竅了。等妳練到我一告訴妳要怎麼做就能立刻付諸實行，我想就夠囉。」

「真的嗎？」

「嗯，因為妳一直很努力，有進步也是當然的吧。我在想如果讓這場霧帶有回復效果，是不是可以用來大範圍治療？」

「嗯，也許辦得到！」

「相對的，魔力也會消耗不少吧。」

「沒關係，學會的話就能治療更多人，有練習的價值。」

兩年前的她八成會說「怎麼可能……」莉絲真的長大了。

如今她會積極挑戰，每一天都在顛覆魔法的常識。要拋棄遇見我之前學到的常識想必很辛苦，可是現在的她應該有能力把魔法的世界擴展到無限大。真正的學習從現在開始。

……以上就是弟子們兩年間的情況。

身為老師的我也必須朝更高的地方邁進，以免輸給不斷成長的徒弟。

在那之後，做完晨間訓練的我們把身體擦乾淨，前往學校。

《迷宮》

「艾米莉亞，莉絲，早安。」

「早安，大哥！」

「欸，艾米莉亞，我聽說了喔！之前妳拒絕梅亞少爺的挖角，是真的嗎!?」

「莉絲，關於水魔法我有個地方不懂，妳可以教我嗎？」

我們一踏進教室，同學們就聚集到兩姊弟和莉絲身邊。

這已經是每天早上的慣例，不知為何我旁邊卻沒半個人。

根據雷烏斯的頭號小弟兼室友——羅提供的情報……

『好像有傳聞說……想跟老大說話，得先向雷烏斯大哥和艾米莉亞大姊報備過。還有人說因為老大是能命令大哥大姊這種強者的大人物，是不是最好不要擅自接近您。』

我確實有在兩年前對阿爾斯托羅的交換戰上命令過他們。學生們看到這種情況，想必以為我和雷烏斯之間存在絕對的上下關係。結果謠言又扭曲事實，導致我成了不可接近的存在。

不過願意跟我說話的人也是有的，所以我並不寂寞。

「早安，天狼星同學。你的隨從們還是一樣受歡迎呢。」

馬克今天也帶著陽光笑容登場。

他站到我面前優雅地向我打招呼，清爽的紅髮隨風飄揚。

「早安，馬克。他們受歡迎理所當然，挺好的不是？」

「你也還是老樣子。正常來說隨從受歡迎，主人應該會嫉妒啊。」

「我確實是他們兩個的主人，但人氣是要靠自己爭取的。而且就算不是貴族，嫉妒人也很難看吧。」

「哈哈哈，沒錯。對了，昨晚你送我的蛋糕……真的非常美味。」

昨天是馬克的十三歲生日。

馬克家舉辦了邀請一堆貴族參加的派對，也有找我們去，既然是生日，我就做了生日蛋糕給他。

馬克看著窗外，幸福地瞇起眼睛，看來過了一天他仍然忘不了蛋糕的味道。

「……我大為震驚。你的蛋糕好吃到讓我覺得之前吃過的蛋糕究竟算什麼。你真的好厲害。雖然由挖角過艾米莉亞的我講這種話有點那個，你要不要來我家做事？如果你討厭服侍人，要以朋友的身分工作我也答應！」

「謝謝你，但恕我拒絕。」

「是嗎……我想也是，真可惜。你若改變心意隨時可以跟我說。我會馬上幫你準備位子。」

「不好意思。」

「別在意。你願意再幫我做那個蛋糕嗎？我哥和我妹吵著還想吃，我當然也是。」

蛋糕中毒者又增加了。有種會一個接一個越來越多的感覺。

我和馬克就這樣討論起蛋糕，這時蛋糕成癮度遙遙領先其他人的中毒者麥格那老師進到教室。上午的上課時間不知不覺就到了。

「早安。今天有件事想通知各位，所以上午的課我要抽一點時間向大家說明。」

今天上午應該要上實技課才對，看來是挺重要的事。

由於麥格那老師一臉正經，教室裡的氣氛變得有點緊張。

「各位進到艾琉席恩學園就讀，已經過了兩年。下週開始，上午還是一樣安排一般課程，不過下午的課每個人可以選擇自己感興趣的專門領域課程，在特別教室上課。」

關於我們想上的專門領域課程，我是魔法技師科，雷烏斯是劍術科。艾米莉亞是風魔法科，莉絲是水魔法科。

上禮拜麥格那老師就跟我們說明過這些了，沒必要特地抽上午的時間講。我看現在才要進入正題。

「開始上專門課的同時，校內的迷宮也會開放。」

一聽到開放迷宮，班上就有點騷動起來。

同學們看著旁邊或坐在不遠處的朋友，用眼神提議組隊。

「我想應該已經有人知道迷宮是什麼，但我還是說明一次，順便確認各位的資訊有沒有錯。首先，迷宮指的是這所學校西北方的洞窟。」

知道這裡不只有鬥技場，連迷宮都有時，我再度感嘆這所學校真厲害。

學校的迷宮是深及地下十樓的地城般的洞窟，裡面雖然沒有魔物，卻有無數的陷阱與巨石兵。迷宮內的陷阱五花八門，有的會射箭，有的會噴出火柱，一旦大意很可能會受重傷。

陷阱是用過去的偉人做的魔法陣設計而成，觸發過一次就會消失，可是過一段時間又會復原，重新出現，很不可思議。我推測迷宮本身或許就是一個魔法陣。說到過去的偉人，那個每次我帶蛋糕去都吃得很幸福的校長八成也有關聯。

學校有這種地方的原因，好像是因為可以當成有緊張感的實地訓練場所。

本來，探索迷宮是失敗就可能喪命的危險行為，體力、精神力、知識缺一不可。

製造迷宮是為了讓貴族和平民都能親身學到自己的失誤會害隊友遭遇危險，以及戒備陷阱時該有的慎重態度。一次只有一個隊伍能參加，一隊最多四人。

其實如果只想畢業，並不需要探索那種迷宮。

然而成功攻略迷宮的話會有各種好處，例如校內設備的優先使用權、相關人士以外的人禁止閱覽的書籍閱讀權等等。

除此之外，校方會授予迷宮開放後第一支攻略的隊伍榮耀的斗篷。

聽起來只不過是件斗篷，但那可是特別訂製的東西，防禦力比制服還高。

更重要的是似乎可以名留校史。只要在艾琉席恩的名校留名，在上流階級中可以大幅提升地位，因此貴族學生統統都會參加。

「……以上就是針對迷宮的說明。雖然晚了一會兒，我們去外面上實技課吧。」

同學們聽麥格那老師這麼說，紛紛站起來走向訓練場，途中的閒聊理所當然與迷宮有關。

每個人都在找朋友組隊，或是拉人一起攻略迷宮，本來以為會吸引很多人的兩姊弟卻沒半個人來挖角。之後我才知道，他們和莉絲之前似乎趁我不在的時候宣布不會跟我以外的人組隊。

「欸，大哥，我們也要去挑戰迷宮對吧？」

「那當然，應該會是很好的訓練。」

「最多可以四人一組，我們這隊已經定案了呢。」

「我會努力不扯大家後腿。」

要挑戰迷宮是可以，不過我想應該隔一段時間再去。因為剛開始幾天，迷宮入口聽說會被想搶第一名的貴族們堵住。

說不定會有無腦的貴族來找碴，什麼時候去挑戰比較適合呢？在我思考的時候，聽見我們交談的兩名學生跑來加入對話。

「欸欸欸，你們也要挑戰迷宮的話，要不要拚拚看第一個過關送的斗篷？」

「對呀。有雷烏斯和艾米莉亞在，絕對沒問題的！」

「這得問過天狼星少爺才行……您意下如何？」

「算了吧，太麻煩了。」

特別訂製的斗篷雖然挺好用的樣子，但可能會引來貴族們的反感招惹麻煩。因此我們只要之後再慢慢挑戰，體驗迷宮的氣氛即可。

「好可惜喔……」

「沒辦法。艾歐恩的那些貴族八成會煩死人。」

「也是。那我們呢？」

「當然要挑戰看看啊！得去湊齊剩下兩個隊員才行！」

決定召集隊員的兩人和其他同學交談著，走出教室。

正當我們也準備離開，麥格那老師招手叫我過去。

「老師，怎麼了嗎？」

「天狼星同學也會去探索迷宮吧？」

「是的，有什麼問題嗎？」

「沒有。只是如果你要參加，有人叫我把這東西交給你。」

麥格那老師遞給我一枚上面刻著校徽的硬幣。

「把它拿給負責人員可以免去繁瑣的審查程序，馬上就能進迷宮探索。」

「……我怎麼覺得事有蹊蹺。」

「怎麼會？這是出於校長純粹的好意。」

麥格那老師面帶一如往常的柔和笑容，我卻發現他微微別開視線。他似乎知道內情，可是被封口了。

「老師，下次我帶用亞普做的水果蛋糕——」

「拿那個硬幣進場似乎會被帶到特製的高難度迷宮。全是校長的意思。」

權力碰到蛋糕瞬間就失去意義。

特製的迷宮啊。恐怕是要順便實驗新的魔法陣，想拿我測試吧。這種事我遇過好幾次，對於開始習慣的自己，我不禁有點感慨。

話雖如此，不事先知會我就擅自安排這種事可不行。一個月我會帶幾次蛋糕給校長和麥格那老師，我決定下次不帶校長的份。

日後……校長知道自己沒蛋糕吃好像很難過，不過我可不管。

放學後，我們來到位在艾琉席恩的賈爾岡商會分店。

和其他店家比起來，賈爾岡商會的土地及建築物大了一個等級，生意好到什麼時候來，客人都絡繹不絕。

跟這裡熟到不行的我們堂堂正正從後門進去。我們已經是熟客，員工看到還會笑著點頭致意。

從後門進到事務所，會看到員工坐在桌子前面瞪著帳簿和進貨表，一名男人發現我們，站起身走過來。

「老闆，你來啦！來來，別站在這種地方，請到裡面來！」

這名男子是把我們載到艾琉席恩的札克。

札克本來是送貨到艾琉席恩的送貨員，現在則是這家分店的店長。

一年前……札克和賈德突然來到鮮少有人造訪的鑽石莊向我道謝。

『多虧老闆得到的情報，我們把妨礙賈爾岡商會做生意的那群人解決掉了。我一定要跟你說聲謝謝。』

之前我們在前往艾琉席恩的途中遭到盜賊襲擊，看來從那群盜賊口中問出的情報，成了賈爾岡商會擊敗敵對商人的契機。

『我們只是為了自己才趕走盜賊的。不管怎麼樣，問題都解決了，就別這麼客套啦。』

『是嗎？該說老闆你胸襟寬呢，還是無欲無求呢……真的和迪說得一樣。再次請你今後也多多關照啦，老闆！』

繼札克之後，賈德也認同我了，從那天開始他們就都不跟我講敬語，把我當對等的人對待。

之後我們聊了迪平安抵達諾艾兒的故鄉，還有我們吃的攜帶糧食。札克好像也覺得那個乾燥麵和湯底相當創新，一臉興奮，聊一聊就變成在談生意。

『這張紙上記載的就是湯底的食譜和乾燥麵的做法。』

『我就心懷感激地收下啦。可是老闆，抽成真的讓我們決定就好嗎？我覺得這東西能賣不少錢，不分得清楚一點，吃虧的只會是老闆喔？』

『我們在學校念書，所以沒那麼需要錢，而且我從小就透過迪受到你們的關照呢。』

『……瞭解。既然你都這麼說了，我們也會認真做事。那就──』

經過數次的討論後，我們決定一年間我可以按月拿到一部分的利潤，我卻主動把自己能拿到的金額砍半。

前幾天我收到諾艾兒和迪寄的信，兩人順利在故鄉開了間食堂，但我教他們做的料理需要市面上買不太到的食材及調味料，因此都是靠賈爾岡商會幫忙調貨。這得花不少錢，所以我想抽一半的利潤拿去抵他們的食材費。

『老闆人真的很好。好吧，既然是為了那傢伙，契約就這麼決定囉。詳情問札克吧。』

賈德拍拍札克的背把他推出來，不知為何，札克笑咪咪的。

『還有，以後這傢伙就是賈爾岡商會艾琉席恩分店的店長，有想要的東西或想賣的東西儘管找他，別客氣。』

『是！麻煩你多指教哩，老闆！』

原來如此……難怪他笑那麼開心。

就這樣，我與賈爾岡商會訂下契約，和札克的交情也快滿一年了。

偶爾我會像今天一樣，到這邊拿錢兼聊天，給他們新商品的建議，我認為我們跟札克關係非常良好。

我們被札克帶到裡面的房間，坐在沙發上，札克坐到對面，拿出一個裝滿金幣的袋子遞給我。

「這是這個月的份。湯底和乾燥麵已經發售一段時間了，卻完全沒有銷量下跌的跡象。哎呀，讓人笑得合不攏嘴喔！」

「那當然，這可是大哥發明的東西！」

我一邊跟札克說話一邊打開袋子，確認裡面裝的錢是不是札克向我報告的金額。

我並非不相信札克，但在跟商人交易時，清點金額是很重要的，算清楚才符合禮節。

「嗯……金額沒錯。是說照我們訂的契約，這些就是最後一筆了對吧？謝謝你這麼久以來的關照。」

「別客氣，契約就是這樣訂的嘛。不過老闆發明的商品還有很多，這段合作關係還會繼續下去哩。」

談完生意，剩下的就只是閒聊。

札克年紀雖然比我大，為人卻很親切，跟他講話一點都不累，身為商人的他對市場很瞭解，經常提供各種我想知道的資訊。

然而今天比起市內情況，我們聊的主要是學校的迷宮。

「大家也到可以進迷宮的年齡啦。這樣給第一名的斗篷等於是你們的囊中之物囉。」

「不，我不會特別想要那件斗篷。那東西在商人之間果然也很有名嗎？」

「正確地說是在貴族之間。而且斗篷不僅是用比制服更貴重的素材製作的，上面還有知名魔法技師畫的特殊魔法陣，實用性也很高，光是擁有那個東西就會變成名人。聽說有人長大後還會繼續用那件斗篷哩。」

「原來每個貴族都想要它就是這個原因。」

「俺聽以前進過迷宮的前輩說，難度似乎相當高。」

「嗯，就我所知，有人花了半年還是攻略不了。」

「可是羅跟我說也有平民輕鬆過關的例子耶？」

札克和雷烏斯說的不一樣，我想兩人的情報大概都是事實。

花了半年還過不了關是難度太高的時候，一下就被人攻略是難度降得太低，又剛好是平民去挑戰吧。原因推測是校長調整失誤。

難度差距這麼大的迷宮，這次還做了我專用的。

究竟會有什麼東西在等待我……

之後札克邀我們共進晚餐，我們便和札克一起來到某家食堂。

這間店似乎是札克發掘的，他很推薦。雷烏斯嚷嚷著「好興奮喔！」艾米莉亞和莉絲則負責叫他不要太激動，宛如種族不同、感情卻很好的家族。我站在後面欣賞這溫馨的畫面，札克突然湊到我耳邊低聲說道：

「老闆，有件事俺有點在意，跟你報告一下。」

「……麻煩你了。」

「最近在傳一個奇怪的謠言。聽說無緣無故就有大量魔導具流到市面上，還動不動就會看到可疑人士出沒，可能是從外地來的。那些人常提到一個詞……好像是『革命』。」

對商人來說，情報就是吃飯的工具。因此我拜託會收集市內情報的札克，如果有覺得奇怪的事就跟我說一聲。

起初札克一副不太甘願的樣子，但我告訴他幾個我趁晚上在市內奔走，自己探聽到的小道消息後，他就答應了。在那之後，我經常瞞著弟子們和札克交換情報。然而這次的事件相當詭異，連札克都半信半疑的樣子。

「可是國王陛下把國家治理得很好，社會的光明面和黑暗面都有取得平衡，俺想不到他們幹麼鬧革命。」

「以前也有過這種事。結果是討厭獸人的貴族放話是吧？」

「是啊。雖然俺覺得這次也一樣，還是想說跟你講一下。」

「不會，謝謝你。真的很有幫助。」

因為乍聽之下毫無用處的情報，可能會在意想不到之處派上用場。

我把札克提供的情報記在心裡，這時弟子們發現自己與我們越離越遠，跑了回來。艾米莉亞和莉絲抓住我的雙手，雷烏斯推著我的背前進。

「大哥！不要散步了，快走啦！」

「雷烏斯，別那麼激動。天狼星少爺，請把手給我。」

「今天可以吃到什麼樣的料理呢？好期待喔。」

入學後的這兩年發生的最大變化……就是如同家族的我們又多了一名成員。

尤其是莉絲，之前她從來沒有主動碰過我，現在卻跟我親近到會拉我手的地步。

「哈哈哈，老闆真受歡迎。」

「我很高興，不過真希望他們冷靜一點。」

我心想「希望這麼平穩的生活能一直持續下去」，和家人們一起走在街上。

※　※　※

迷宮開放後過了半個月。

每天好像都有貴族進去，至今卻沒半個人攻略成功。

聽挑戰過的學生說，這次的迷宮明顯偏難，裡面會出現大量靠魔法陣自動行動的巨石兵，以數量壓制挑戰者，非常難破。

半個月後開始有貴族放棄，我想我們差不多可以去挑戰了，做好準備來到迷宮，然而……

「……人還是好多。」

「對呀。要不要等人少一點再來？」

「不，都已經來了。我想至少進去體驗一下。」

隨便掃一眼都有近二十組隊伍，八成得等一段時間才輪得到我們。

站在這邊空等也很浪費時間，因此……

「趁現在檢查裝備吧。武器和隨身物品都有帶好嗎？」

我的武器是平常用的劍和祕銀刀，以及插著數把飛刀的皮帶。

防具只有制服，可是目前它是我最便於行動又耐穿的防具。

事實上，武器防具明明可以自由搭配，大部分前來挑戰的學生卻都是穿制服。

我們學校的制服真的是很好的衣服，穿起來又舒適。

為了以防萬一，拿在手上的小背袋裡裝滿攜帶糧食和水，每個人都帶著一個。

「我沒問題。隨時可以出發。」

艾米莉亞的武器是兩把小刀，除此之外還有好幾把飛刀藏在身體各個地方。

她以活用自身速度的攻擊方式為主，所以防具跟我一樣只有制服。

「我也好咧，大哥。」

雷烏斯背著跟身高一樣長的大劍與裝滿食物的袋子，防具除了制服還有一個鐵製胸甲。

那把大劍是我們之前認識的鍛造師格蘭多打的，又重又堅固。最大的優點是雷烏斯全力砍下去也不會彎不會斷。有了這把劍，雷烏斯的戰鬥力會大幅提升。

說到這個，這把劍打好時雷烏斯還高興得大吼。不過之後就被艾米莉亞罵了。

「嗯，我也準備好了。」

莉絲的裝備只有一把小刀和制服。她的任務主要是以魔法輔助我們，不會站到前線，我想這樣便足矣。

檢查完裝備後也快要輪到我們了，雷烏斯環顧四周，納悶地問：

「欸大哥，這麼多人同時進去，裡面不是會擠滿人嗎？」

「不一定喔。你看看迷宮入口。」

我指向看起來像個洞窟的入口，入口不只一個，而是多達無數個。

「內部構造好像設計成會依照入口完全區分開來，所以不會遇到其他學生。」

不只構造，機關也不同的樣子。

例如三號迷宮充滿陷阱，五號迷宮有大量巨石兵等等。由於要進的入口是負責人員隨機挑選的，重複挑戰還是會有新鮮感。

有人進去後，其他人得等一段時間才進得去，不同隊伍在裡面碰頭的意外也不常發生。這也證明了許多學生是因為迷宮太難，自己逃出來的。

根據傳聞，路線會在地下十樓匯集在一起，如果會碰到其他學生就是在那個時候吧。只要通過最後的試煉，就可以說是攻略了迷宮。

「就算在路上遇到其他人，也不可以跟他們合作或妨礙他們。還有，假如遇到的是貴族就讓他們先走，免得惹上麻煩。」

「明白了。雷烏斯也要注意唷。」

「知道啦。可是萬一他們對大哥不敬，我不覺得我忍得住。」

「說得也是。我也沒信心可以保持冷靜。」

「……到時就由我來跟對方交涉吧。」

「嗯，我來制住這兩隻。」

看到兩姊弟光明正大地宣言，我不禁嘆息，默默等待隊伍前進。

等到終於輪到我們時，機會難得，我便將麥格那老師給我的硬幣拿出來。

負責接待的男性看到硬幣，產生瞬間的動搖，將四人份的項鍊遞給我們，開始說明。

「在迷宮裡面都要把這條項鍊帶在身上喔。握著它注入魔力，迷宮的陷阱就不會發動，還會將配戴者的位置傳送給我們。」

類似迷宮限定的發信器嗎？中陷阱動彈不得或是遇到危險時，就用這東西求救的意思。

仔細一看，櫃檯後面掛著好幾條同樣的項鍊，其中一條開始閃爍紅光，浮現一個箭頭。在後面待機的女性確認項鍊編號和手邊的文件後，說：

「十八號發出救援信號。請各位前去救助『希望之風』的成員。」

「知道了。喂，你們幾個，走囉。」

有反應的是數名二十歲左右的冒險者，大概是學校雇來救助挑戰者的。

他們做好準備，從女性手中接過閃爍紅光的項鍊和白色硬幣，進入迷宮。

「剛好可以和你們解釋。把魔力注入項鍊後，掛在那邊的項鍊就會跟著發光。冒險者會拿它當記號去救人。」

「前去救人的冒險者，有沒有可能受困於迷宮裡？」

「別擔心。他們在進迷宮前拿到的硬幣，有讓陷阱不會對他們有反應的效果。會攻擊入侵者的巨石兵也設計成不會攻擊有硬幣的人。」

「只要偷到那個硬幣，不就能輕鬆攻略迷宮了嗎？」

負責人員苦笑著回答艾米莉亞合理的提問。

「是有幾個貴族跑來叫我們賣他硬幣啦，不過我們當然沒答應，而且說明過後他們也放棄了。帶著這個硬幣來到地下十樓的話，迷宮內的機能會切換，變成無法過關的狀態。總不能允許作弊吧。」

「哦……設計得真好。是說大哥的硬幣跟那種硬幣不一樣嗎？」

「等我一下。嗯……找到了。校長說擁有那枚硬幣的人要帶到特別迷宮去。就是指你們啊。」

男人從附近的箱子裡找出一份資料念出來，不安地看著我們。

「你們的決定是？這好像不是強制的，要挑戰一般的迷宮也是可以。」

我觀察弟子們的反應。

艾米莉亞點點頭，表示一切都交給我決定；雷烏斯笑得很開心，幹勁十足；莉絲也握緊雙拳，躍躍欲試的樣子。看來沒人反對。

「我們要試試看。」

於是，我們決定挑戰特別迷宮。

迷宮內部不是岩石凹凸不平的洞窟風，而是平坦的道路，牆壁好像是磚牆。

牆上等間隔地畫著會自動從大氣中吸收魔力的發光魔法陣，因此通道亮得連不遠處的道路都看得清楚。看來不用準備光源了。

「好，出發囉！」

「等等。」

雷烏斯不經思考就準備踏出去，我抓住他的後頸阻止他。

尚未落地的腳懸在半空中，雷烏斯悶悶不樂地回過頭。

「大哥，怎麼了？」

「你忘了嗎？這裡可是那個校長特製的迷宮。」

我也認識校長兩年了，知道他非常頑皮，興致一來就可能失控。

這種人特別調整過的難度……一想到就有種不好的預感。

我遵循直覺做了預防措施，然後放開雷烏斯，雷烏斯納悶地踏出一步……消失不見。

「姊、姊姊……我在這裡。」

「雷烏斯!?」

雷烏斯沒有消失，而是腳下的地板裂開，他掉進下面的洞裡。由於洞裡積滿了水，似乎並不危險，不過掉下去肯定會變落湯雞。但我事先把「魔力線」綁在雷烏斯的腰上，他沒有掉進水裡，而是掛在空中。

把雷烏斯拉上來後，洞緩緩闔上，浮現一個魔法陣。我走過去檢查卻感覺不到魔力，試著踩踩看，這次什麼事都沒發生。

「得、得救了，大哥。這東西是怎樣啊？」

「大概是發動一次就要等一段時間才會再發動的機關。這個魔法陣應該是用來讓它慢慢吸收大氣中的魔力，時間久了就會重新啟動。」

我看著魔法陣，藉由在學校學到的知識如此判斷。

等級那麼高的魔法陣卻用來做落穴陷阱……怎麼把技術浪費在這種地方。

「不過突然來這招真的很過分耶。才走一步就會掉進水裡。」

「因為沒人會隨時帶著一套衣服換嘛。」

「別亂動！」

「「咦？」」

太遲了。艾米莉亞向雷烏斯踏出一步，腳邊隨即浮現一個魔法陣發出光芒。

兩姊弟焦慮地豎耳傾聽，一支箭尖削圓的箭在前方道路傳來破空聲的同時射向我們。

他們瞬間嚇了一跳，立刻揮下武器把箭擊落。

「沒、沒事吧!?」

擔心兩人受傷的莉絲腳剛落地，腳邊就又出現魔法陣，吹起一陣狂風。

「咦!?哇啊啊啊啊——!?」

莉絲穿的是制服，所以制服裙會被由下往上吹來的風——

「休想得逞！」

我在那之前使用「魔力線」，把制服裙綁在她的大腿上。

風馬上就停了，莉絲卻癱坐在地，差點哭出來。

「謝、謝謝……」

「不客氣。你們……給我在那邊排好。」

「「……是。」」

你們幾個對陷阱未免太缺乏戒心了吧！

很少人會有這種體驗，所以大意也是無可奈何，但這種程度我可不能視而不見。

我叫弟子們排在確認過沒有陷阱的地方，上一堂陷阱課。

「好了，知道我為什麼叫你們排隊嗎？」

「因為我們中了陷阱……」

「沒錯。我沒有生氣，但你們不夠謹慎。之後我會一邊說明一邊前進，不要擅自行動。」

「「知道了。」」

我走在最前面，發現陷阱就一一說明，或是特地觸發陷阱讓弟子們當個經驗。

「不只地上，牆上也經常設置陷阱。除非有那個必要，否則絕對不要碰牆。因為很多陷阱是下意識去碰就會觸發的。」

「好險！我差點就碰到了。」

「仔細看這塊地板。雖然只有一點點，看得出不自然的髒汙對不對？八成是用來藏住魔法陣的。」

「前、前輩看得真仔細。就算知道有痕跡，還是很難看出來耶？」

「這裡乍看之下沒有任何異狀，其實藏著陷阱。前面有三條岔路，往你覺得沒有陷阱的方向走走看。」

「右邊……有種不好的預感，所以是左邊——哇!?」

「天狼星少爺！雷烏斯掉進洞裡了！」

「正確答案是中間。我可沒說陷阱只有一個，不能光靠別人提供的情報思考。」

順帶一提，我進入迷宮後從沒中過陷阱。

因為陷阱是靠魔法陣發動，只要用偵測得到魔力的「探查」就能查出每個陷阱的位置，當然還要歸功於我原有的直覺與經驗。

但我這次決定盡量不用「探查」。我要善加利用這裡，當成我們的訓練場。

在那之後，我們在充滿陷阱的路上一面學習一面前進，終於抵達地下四樓。

弟子們對陷阱也大致理解了，然而……

「我……快要討厭校長了。」

「對呀，幼稚也該有個限度。」

「女性之敵！」

製造這個迷宮的校長評價一落千丈。

因為落穴多到煩人的地步，還會有無數的四屬初級魔法攻擊我們……充滿惹人厭的陷阱。

我摸摸弟子們的頭安撫他們，走在地下四樓的道路上。這時有股詭異的氣息傳來，我們便停下腳步。

「大哥，有東西要來了！」

「我還在想怎麼下到四樓陷阱就變少了……原來如此。」

我警戒著注視前方，出現一隻全身用沙子做成的人型巨石兵。大小和我們差不多，由於沒有關節，就算做成人型動作還是很僵硬。

巨石兵緩緩走向我們。

「意思是之後的守衛是巨石兵嗎？」

「大哥，交給我！吃我這招！」

雷烏斯彷彿要發洩累積至今的怒氣，衝出去揮下大劍，巨石兵發出沙子爆開的巨響，轉眼間就被劈成兩半。

「簡單啦，可是因為它是用沙做的，手感好奇怪。」
「雷烏斯，後面，後面！」
「後面——呃，哇！」
被雷烏斯一分為二的巨石兵像倒帶一樣，聚集沙子立刻恢復原狀，往背對他的雷烏斯揮下拳頭。多虧艾米莉亞的警告，雷烏斯迅速迴避，因此沒有受傷。
「這、這傢伙怎麼回事!?我明明把它砍成兩半了……」
「雷烏斯，砍它右手的手肘！」
「知道了大哥！」
儘管可以再生，巨石兵的速度依然緩慢，雷烏斯閃開它大動作的攻擊，照我說的砍斷它的手肘，巨石兵的身體就開始崩壞，在地上留下一堆細沙。
「咦……為什麼這次沒有復活？」
「你砍斷的地方有畫魔法陣。巨石兵是靠魔法陣活動的，只要破壞魔法陣，就會無法維持形狀。」
土屬性魔法中，有可以做出巨石兵操控的魔法。
我想剛才那隻巨石兵就是用它做出來的，可惜如果身體是用沙做的，不費吹灰之力就能摧毀。
而且我們這邊還有人專剋沙子。

「天狼星少爺，這次來了三隻！」

「莉絲，該妳出場囉。」

「是！水啊，拜託了……『水彈』。」

莉絲伸出手的同時，好幾顆小水球出現在空中，一同射向慢慢逼近的巨石兵們。

水球輕易貫穿沙做的身體，打倒巨石兵，然而莉絲擊退的只有兩隻，剩下一隻恢復原狀了。

「嗯──魔法陣好難瞄準喔。」

「不對，莉絲。精靈對魔力比較敏銳，所以這種時候交給精靈瞄準就好。妳再試一次。」

「是。拜託各位了……『水彈』。」

她再度射出水球，貫穿巨石兵的右側腹，這次沒有再生。

「好厲害……一擊就打倒了。謝謝大家！」

莉絲向精靈道謝，我跟兩姊弟卻尚未放鬆警戒，盯著昏暗的道路前方。

大概是發現我們的緊張感了吧，莉絲停止歡呼，歪過頭。

「咦？難道還有嗎……」

「沒錯。這次至少三十隻。」

大量巨石兵接著出現。

它們像軍隊一樣排成三行，腳步聲整齊劃一。數量這麼多，要憑一個人的力量突破並不簡單。

「這次大家一起上。準備好了嗎？」

「沒問題，我抓到訣竅咧！」

「我也隨時可以戰鬥。」

「我、我會加油！」

「好，小心不要被包圍住，瞄準它們的弱點減少數量。上！」

我們勢如破竹，不斷前進。

雷烏斯用劍砍斷魔法陣，不過偶爾會沒砍中。艾米莉亞拿小刀精準地刺中它，莉絲則從後方用「水彈」減少敵人的數量。

姊弟倆因為和哥布林打過集團戰，早就習慣這種場面，莉絲動作卻很僵硬，或許是因為缺乏實戰經驗。我一面注意莉絲的情況一面前進，在我們擊退的巨石兵超過百隻時，總算發現樓梯。

弟子們安心地吁出一口氣，準備下樓，看到我駐足在原地便停下腳步。

「……大哥，怎麼了？快走吧。」

「今天就探索到這裡。差不多該回去了。」

「才走到地下四樓呢？我認為還早啊。」

「在這種地方容易抓不準時間。根據我的感覺，外面已經快天黑了。」

不能拿陽光當判斷依據，又維持在固定的氣溫，導致裡面的人很難得知外界的變化。沒長時間待過迷宮的弟子們是不會明白的吧。

聽到我說快要天黑，雷烏斯的肚子發出一陣巨響。

「真的耶!?」

「我們是上午進來的，時間過得真快。」

看來我幫弟子們上的陷阱課比想像中還花時間。但陷阱也成了新的刺激，所以這並非壞事。要說有什麼負面影響，就是對校長的不滿吧。

「莉絲也累了吧？今天就先回去好了。」

「對不起。我還沒辦法像各位一樣……」

「別在意，妳實戰經驗少，這也不能怪妳。比起這個，晚餐要吃什麼？」

裡面沒有遊戲或小說裡會有的那種傳送裝置，去程回程都要自己走。看似麻煩，只要按下通往下一層的樓梯前的開關，該樓層的陷阱跟巨石兵就會停止，可以確保回程是安全的。順帶一提，這個開關一按下去，地下十樓的門就會鎖住，讓比較強的那個人先開路這種小手段是行不通的。

我在回程途中詢問弟子們晚餐有沒有想吃的，三人精神百倍地提出意見。

「我想吃肉！」

「不能只吃肉，蔬菜也要吃。做燉菜如何？」

「咖哩飯呢？」

「咖哩啊……」

這兩年，我託賈爾岡商會尋找各式各樣的調味料及香料，親自試吃，試圖重現前世的料理，然後終於成功做出咖哩粉。

仔細一想，是段漫長的戰爭。想找味道相近的香料當然不簡單，還發生過調配失敗，試吃的雷烏斯辣得哭著逃走的事件。

最後，好不容易完成的咖哩變成異樣的紅色，可是吃起來沒有顏色看來那麼辣，味道也完美重現我上輩子的咖哩。

至於比咖哩更重要的米，是賈爾岡商會幫我找到的。雖然形狀莫名細長，用鍋子煮過後確實是米沒錯。

就這樣，我成功做出咖哩飯，每次煮咖哩，弟子們都會瘋狂往嘴裡送。

「就決定煮咖哩了。回去得買個東西才行。」

「嘿嘿嘿……太好了！」

「今天吃咖哩啊！我要吃到爽！」

「冷靜，雷烏斯。我們還沒出迷宮呢。」

艾米莉亞語氣平靜，身體卻很老實，尾巴高興得搖來搖去。我不禁揚起嘴角，和弟子們一起離開迷宮。

隔天……我們一到學校，同學們就按照慣例聚集過來，但今天跟之前不太一樣。

「欸欸欸！你們昨天進迷宮了對不對？」

「看這樣子……沒有攻略完呢。今年的果然很難。」

「連大哥跟老大都過不了嗎……」

我們去挑戰迷宮一事似乎傳開了，每個人都在問迷宮的問題。我呆呆看著眾人吵吵鬧鬧，這時教室的門突然用力打開，兩名疑似貴族的男女學生帶著隨從走進教室。

「有了！」

「找到了！」

他們大叫著走過來，站到姊弟倆面前指著他們。

「雷烏斯・席爾巴利恩！我哈路德・亞加特要求與你一決高下！」

「艾米莉亞・席爾巴利恩！我梅露露莎・密斯特莉雅要求與妳一決高下！」

「「……咦？」」

突然有人跑來下戰帖，姊弟倆同時歪過頭，哈路德和梅露露莎卻絲毫不在意，接著說道：

「為何愣在那裡？難道你忘記兩天前的模擬戰，你打贏過我嗎！」
「兩天前？喔，對喔……好像有這麼一回事？」
「妳也是，艾米莉亞。竟然看都不看我華麗的詠唱就使出魔法，不可饒恕！」
「先念完咒文的人先施法，不是理所當然的嗎……」
看來是前天下午的專門課，這兩個人和兩姊弟對打打輸了，無法接受比賽結果，要求和他們重比一場。看這氣氛，事情八成會變得很難處理。
「我們身為貴族，不能接受自己敗給你們平民。所以再來跟我們比一場！」
「又要比劍嗎？」
「不對。比賽內容是我們分開來探索迷宮，走到更深層的人贏！」
「身為貴族之人，必須在任何領域都高人一等。只要利用迷宮，就可以舉辦公平的比賽。接受我們的挑戰吧！」
面對自己跑來下戰帖的兩人，姊弟倆往我這邊看過來，彷彿在詢問我應該如何是好，兩名貴族學生見狀，突然笑了出來。
「沒用的隨從，什麼事都要依賴主人！」
「對呀。有這麼沒用的隨從，你們的主人真可憐。」
「「唔!?」」
姊弟倆沒有回話，不甘心地低下頭，大概是覺得對方雖然是刻意挑釁，講的也不完全錯吧。

真是……雖說是為了激怒他們，我可不能容許有人當著我的面欺負徒弟。而且我從沒看過比他們還要努力的人，怎麼可能覺得他們沒用呢。

我腦中瞬間閃過要把這兩個貴族教訓到哭的念頭，但他們找碴的對象可是姊弟倆。我沒有搶著幫他們出頭，而是把手放在他們頭上並點了下頭。

「別管我，照你們自己的意思做就好。」

「天狼星少爺……是！」

「姊姊！我決定好啦！」

「好。這張戰帖……我們收下了！」

艾米莉亞的宣言讓周遭的同學騷動不已，哈路德和梅露露莎則滿意地點點頭。

之後他們確認了比賽內容，決定今天下午在迷宮前集合。

「……嗯，規則就這樣吧。我們在迷宮前等你們！」

「不准逃喔！」

雖然這兩個人來得很突然，我們今天沒有特別安排行程，因此比賽就訂在今天了。

兩名貴族學生離開後，教室中的氣氛終於不再緊繃，與此同時，同學們紛紛跑過來鼓勵兩姊弟。他們那麼受歡迎，真的太好了。

「性情如此直率的貴族真少見。」

艾米莉亞問過假如他們輸了，下場會是如何，那兩個人卻言明自己只是覺得輸給姊弟倆不甘心，無論贏的人是誰都不會怎樣。

他們只是想贏回貴族的尊嚴才來找姊弟倆。旁人看來可能會覺得這兩人很奇怪，我卻不討厭這種直爽的人。

而且我知道，他們跟古雷葛里和對獸人有偏見的貴族不同，是帶著孩童般的純粹心情宣戰的。至少不會像兩年前作弊的那群人一樣。

所以我才決定讓他們自己下判斷。

輸了也能當一種經驗。敗北的滋味想必會成為他們成長的動力。

我邊想邊等待麥格那老師來上課，應付完同學們的兩姊弟神情凝重，向我低下頭。

「天狼星少爺。剛才我們答應的比賽，有件事想拜託您。」

「什麼事？」

「下午的比賽……可以只讓我們兩個參加嗎？」

「因為他們說得沒錯，我們一直依賴大哥也是事實，這次我們想靠自己的力量獲勝！」

我好不容易才忍住不要揚起嘴角。我本來就打算如果他們不主動提議，我就自己開口，想不到他們先說了。這樣很好。

「沒問題。儘管放手去做。」

「「是！」」

「我也一起去！我是你們的朋友，又不是主人！」

「謝謝妳莉絲。有妳在我就放心了。」

「有莉絲姊在，我們才不會輸咧！」

「啊、啊哈哈……你們這麼期待，我反而有點傷腦筋。」

就這樣……弟子們與貴族的比賽揭開序幕。

到了午休時間……

我目送回鑽石莊做好準備的弟子們離開，被校長威爾老師叫到麥格那老師的房間。麥格那老師自己有事所以不在，不過他的老師威爾老師在裡面，應該可以進去。威爾老師叫我的原因，似乎是想問我昨天挑戰迷宮的感想，在那之前他先問了今天早上那場騷動，我便跟他說明。

「……這樣啊。哈路德和梅露露莎因為性子太直，有時候會忘記顧及其他人的感受，但他們本性並不壞。應該不用擔心和貴族結仇。」

「馬克也這麼說，所以我才放心讓他們走。這次我有說去一般的迷宮就好，我想他們是不會輸的。」

「嗯，我也這麼認為。可是，沒想到他們不惜雇用冒險者也想取勝……輸給艾米莉亞跟雷烏斯，想必讓他們非常不甘心。」

兩姊弟和那兩個貴族學生決定比賽規則時，哈路德表示想雇用在迷宮櫃檯待機的冒險者。

他說，尋找優秀之人的觀察眼和能雇用冒險者的財力也是實力的一環。我不覺得這話有錯，可是在我懷疑「這樣真的好嗎？」的時候，姊弟倆就答應了。

算了……他們自己也說無所謂，如果這樣可以使戰力多少平衡一點，讓他們鍛鍊一下也不錯，因此我沒有插嘴。

「被問到學生能不能雇用冒險者時，我雖然有點猶豫，但從冒險者身上也是能學到東西，我就答應了。話說回來，你的弟子會雇冒險者嗎？」

「不，好像只有他們三個。和熟人一起作戰比較好行動，也是想證明即使我不在，他們三個也沒問題吧。」

「努力的學生們真可愛。換個話題，昨天挑戰的迷宮如何呀？」

威爾老師露出像惡作劇成功的小孩的笑容，彷彿在問我「很難吧？」不能怪我看了不爽。

「有適度的緊張感，還滿有趣的……不過我的徒弟對迷宮的評價極差，校長的人氣直線下滑喔。尤其是風從下面吹上來的陷阱，對女性來說太過分了……」

「這樣啊。我是想營造絕對不可以中陷阱的緊張感……那麼那個陷阱還是移除掉吧。」

該慶幸他設計那個陷阱不是出於色心嗎？

不管怎麼樣，威爾老師看起來有在反省，不枉我跟他報告。

「關於我們在迷宮裡遇到的巨石兵，安全性沒問題嗎？它力氣非常大，要是在受傷無法行動的時候被它打中，會很危險喔？」

「我把那些巨石兵設定成不會攻擊無法行動的人。哎呀，發明那個讓巨石兵手下留情的魔法陣，費了我好大一番工夫。」

「原來如此。方便讓我下次研究看看嗎？」

「國家叫我不可外傳我發明的魔法陣……」

「前幾天，我做了有好幾層鮮奶油的──」

「既然功能是手下留情，應該不會被用來做壞事，我允許你研究！那麼……總共有幾層鮮奶油！」

正當我準備叫喘著氣湊過來的威爾老師別那麼激動，麥格那老師突然慌慌張張回到房間。

「校長！緊急狀況！」

「麥格那老師，你冷靜點，跟我報告。」

「是、是的。我們之前請冒險者公會調查在城裡出沒的可疑人士……」

唔……看來威爾老師不僅要當校長，還有在做其他事。之前他說過會派人監視古雷葛里，對地下社會好像也挺瞭解的。

我看著兩人交談，默默在心底佩服，麥格那老師看到我，顯得有些遲疑。八成是不方便給我聽見的內容。

「兩位好像有事要忙，我就先告辭了。」

「不，你沒關係。麥格那老師，別在意，請繼續說。」

「好的。關於那群可疑人士……根據報告，似乎是『鮮血之龍』。」

「什麼!?」

怎麼了？那個冷靜的威爾老師竟然如此動搖，真難得。

看他大喊著站起來，想必事情非同小可。

「緊急聯絡所有老師！發現可疑人士不要接近，立刻向我報告！」

「是！」

麥格那老師和進門時一樣，用跑的離開房間，我目送他離開後，詢問坐回沙發上的威爾老師：

「威爾老師。請問那群聽起來就不是善類的人是？」

「這個嘛，跟你解釋一下好了。鮮血之龍是在各地犯罪、殺人，被冒險者公會通緝的四人組。特徵是所有人手背上，都有一隻紅龍的刺青。」

聽見這番話的瞬間……我想起來了。

今天下午……我看著弟子們準備進迷宮的時候。

弟子們在櫃檯辦手續，旁邊是先辦好的哈路德和梅露露莎。看他們說話的樣子，這兩人似乎要分組挑戰，各帶一名隨從和兩名雇來的冒險者，變成兩個四人隊伍。

他們雇用的四名冒險者，統統穿著遮住全身的連帽斗篷。偶爾露出來的手包著繃帶也很詭異，我自然而然觀察起他們。

所有人在最後確認比賽內容，同時進入迷宮的前一刻……其中一名冒險者的繃帶因為動到手而鬆開，他急忙把繃帶綁好。

其他人好像沒發現，我卻不小心看見了。

冒險者的手背上……刺著一隻紅龍。

「威爾老師。那群人究竟是……」

「鮮血之龍是……徹頭徹尾的殺人鬼集團。」

—— 雷烏斯 ——

被莫名其妙的貴族下戰帖的我們，在沒有大哥的狀態下進入迷宮。

雖然這是為了證明沒有大哥，我們也能戰鬥……說實話，少了一直保護我們的大哥，我有點不安。姊姊她們好像也是，不停往平常大哥會在的位置看過去，偷偷嘆氣。

不過姊姊像要填補大哥的空缺一樣，對我們下達各種指示，所以我們順利下到迷宮的第九層。

「呼……終於走到這裡了。你們還好嗎？」

「我沒事。魔力也還足夠。」

「我也沒問題！」

我們是一口氣衝到這裡的，但陷阱頂多只有轉角處有一個，也不會有超過十隻的巨石兵同時殺過來，所以並不會累。

跟昨天那個走兩、三步就會碰到陷阱，一次會有五十隻巨石兵出來的迷宮比起來，實在太簡單了。

「這樣我們隨便都能贏耶，姊姊。直接把迷宮攻略掉的話，大哥會不會誇獎我們？」

「雷烏斯，別太大意唷。看，你的腳邊。」

「噢……謝謝妳，姊姊。」

我慢慢收回準備踏出一步的腳，避開可能有陷阱的地方。看起來明明什麼都沒有的說，藏得真好。

「……虧你們看得出來。我還完全無法分辨呢。」

「只要觀察天狼星少爺就學得會了。」

「我就是不知道要怎麼做嘛。那雷烏斯為什麼看得出來？」

「呃……我覺得那裡怪怪的。用大哥的說法就是第六感吧。」

「更讓人一頭霧水了啦！」

其實我自己也搞不懂，總之就是遇到奇怪的地方或危險時，我的身體會竄過一種感覺。

大哥叫我好好珍惜它，也叫我不要太相信它。說等我學會操縱那種感覺，就能變得更強。

他還說過不可以停止思考。雖然很困難，這可是大哥說的話，我要努力遵守。

「別聊天囉！」

「交給我吧，姊姊！」

我邊想邊走，走道盡頭出現一群巨石兵。這次數量偏多，將近二十隻，對我們來說卻不算什麼。

「那我先上囉，『水彈』。」

「雷烏斯，跟上！『風斬』（註1）。」

先用姊姊她們的魔法減少敵人數量，再由我衝進去大鬧一場。

我的任務是打倒敵人，還有防止敵人接近待在後面的莉絲姊，得小心不要跑太前面。

昨天我有幾次沒砍中巨石兵的弱點——魔法陣，但現在我已經抓到訣竅，一隻接著一隻打倒它們。有些巨石兵跑到我砍不到的後方，這時就由姊姊用小刀，或是莉絲姊用魔法在巨石兵靠近前擊倒它。

換成大哥的話，應該不會讓任何一隻巨石兵跑到後面吧。真想快點變得跟大哥一樣，強到足以保護重要的人。

「這樣就結束啦！」

註1 エアスラッシュ（Air Slash），原譯風刃。日文庫版魔法、招式多使用片假名，經求證及比對WEB版漢字後，自本集起調整部分譯名，並檢附讀音。

最後一隻巨石兵在我的劍下解體。

我不小心太賣力，流了些汗，姊姊馬上拿出毛巾遞給我。

「我能理解你的心情，不過你有點太急了。再冷靜一點。」

「嗯，謝謝姊姊。可是我想說要盡量不讓敵人跑到妳們那邊嘛。」

「天狼星少爺不是常提醒我們，要知道自己的能力範圍嗎？我跟莉絲也可以戰鬥，不許勉強自己唷。」

「對呀雷烏斯。我也有在鍛鍊，你可以再多依賴我一點。」

「這樣啊。對不起姊姊。」

真糟糕，差點忘記基本功。大哥不在就會馬上忘記。我一面反省一面前進，過沒多久就找到通往下一層的樓梯。

「終於到這裡了。接下來只要通過最後的試煉就好。」

「最後到底會有什麼東西呀？」

這次會不會跑出石頭做的巨石兵？

不過只是石頭的話，這把大劍也砍得斷，有姊姊支援一定打得贏。

我走下樓梯，肚子在途中叫了。

啊啊……好餓。真想快點回家吃大哥煮的飯。

「呵呵，因為雷烏斯一直在動嘛。要吃肉乾嗎？」

「妳願意分我嗎！」

「那當然。畢竟身體要保持在最佳狀態嘛。」

「雷烏斯，別忘了補充水分。」

「嗯！」

雖然有的時候有點可怕，姊姊她們果然很溫柔。

我們在我吃完肉乾時抵達地下十樓。

十樓沒有陷阱也沒有巨石兵，只有彎彎曲曲的道路。

我們拐了好幾個彎，抵達一個大房間。大哥說會在十樓遇到其他學生，來到這裡我就知道為什麼了。

「哦……這些統統都是入口啊。」

「竟然有這麼多條路，真不可思議。」

從其他入口進來的學生最後都會抵達這裡，所以這個圓形大廳的牆壁上有很多條路。

我心想「這個地方好神祕喔」，在裡面走來走去，感覺到大廳中間有其他人的氣息。

「我等你很久了，雷烏斯！」

「久候多時，艾米莉亞！」

是來找我們比賽的哈……哈……哈路德嗎？管他的，總之哈路德他們站在大廳的正中央。

「我就知道你們一定會來。不過，看來是我們比較快。」

「我們贏了！」

「你們已經攻略迷宮了嗎!?」

比賽規則是走到最深層的人贏，但雙方都抵達十樓的話，就是先通過最終試煉的人贏。

意思是……他們已經通過最終試煉了!?

「不，還沒。」

「……咦？」

「我們在等你們！為了讓你們親眼見證我們通過試煉。」

難道這兩個人為了表現給我們看，特地留在這等我們？

不甘心歸不甘心，規則就是先到的贏，現在只能乖乖看他們接受試煉。

「姊姊……」

「我很想說我們還沒輸，不過……看來希望渺茫。」

那些人比中途完全沒休息的我們還要早抵達終點。我不覺得他們會在最後關頭失敗。而且那兩個貴族應該沒那麼強，我認為他們是託那幾個冒險者的福，速度才比我們快。

我偷偷嘆氣，莉絲姊看著他們，小聲地說：

「那些冒險者……是什麼來頭呀？」

「最好別跟他們扯上關係。尤其是雷烏斯，你多注意點。」

「不用妳說我也不想靠近他們。那幾個冒險者讓我有種不好的預感。」

他們披著斗篷戴著兜帽，所以看不出外表長什麼樣子，但我感覺得出他們很強。我看著他們，這時其中一個冒險者回過頭，和我對上視線……

「!?」

他笑了……？

不是古雷葛里或壞貴族的那種噁心笑容。

是更邪惡的……難以用言語形容的，非常討厭的笑。

「那我就先走一步了。你們就在那等待我的勝利吧。」

他們倆高高在上地走向豪華的大門，走到一半，一直在後面待命的其中一名冒險者走到前方，擋在他們面前。

怎麼回事……？

我覺得非常不安……甚至有點不舒服。

「怎麼了？別妨礙我。」

「……我們想要報酬。」

「你在說什麼？不是商量好通過試煉再給？」

「對啊！退下，別妨礙哈路德少爺！」

「!?」

下一刻，我反射性衝出來，從背後踹飛跟冒險者起爭執的哈路德。由於這是我情急之下採取的行動，沒空管站在哈路德旁邊的隨從。

在那名隨從開口罵我之前……

「不行，我現在就想要。想要聽你們演奏的……絕望的慘叫聲。」

從他口中傳出打從心底感到愉悅的冰冷聲音。

冒險者脫下斗篷，手一揮……隨從的兩隻手就掉到地上。

「啊……啊啊……啊啊啊啊啊——!?」

「嗯……來迷宮果然是正確的。慘叫聲會在室內迴盪……太棒了！」

隨從的慘叫聲響徹四方，剩下三名冒險者以此為信號，脫下斗篷襲向女貴族和隨從。

「你、你們以為我會原諒你們做這種事嗎！」

「我們不需要小鬼的原諒！」

「小鬼們，叫大聲一點啊！」

「梅露露莎大小姐！請您退到後面……啊啊啊啊——!?」

眼前的畫面……就像我曾經看過的地獄。

我住的村落……朋友……家人被統統吃光的，惡夢般的景象。

女貴族的隨從跳出來想保護她，冒險者們不只撕裂她的身體，還踩爛手腳逼她叫出來。

這麼可怕的事發生在自己面前，女貴族嚇得腿軟，動彈不得。

「不……不要……」

「怎麼能讓妳逃掉呢。來，妳也叫幾聲給我聽聽。」

「休想！」

在獸人冒險者揮下手之前，姊姊使出「風彈」把女貴族彈飛救了她。由於沒辦法控制力道，女貴族飛出去撞到牆壁，然後就沒反應了，不過我想只是昏過去而已。

被我踢飛的哈路德也因為我來不及踹輕一點，和女貴族一樣倒在牆邊，失去意識。

「哦……你們似乎跟那邊的玩具不一樣。」

開心地——完兩名隨從的冒險者們，離開已經叫不出聲的隨從，面向我們。

雖然他的表情看起來非常溫柔……但我怎麼可能對會做這種事的人放鬆警戒。

我擋在姊姊她們前面拔出劍，姊姊則把莉絲姊護在身後，緩緩開口。

「你們幾個……是什麼人？」

「咦？不認識我們啊？看到這個刺青也沒頭緒嗎？」

「……不好意思，因為除了那個人外，我對男人不太有興趣。方便的話可以請教你的名字嗎？」

姊姊之所以放慢講話速度，是為了等捂住嘴巴的莉絲姊平復下來。我們是因為過去的經歷才撐得住，可是這對溫柔的莉絲姊而言太殘酷了。不管要逃還是要戰鬥……都得爭取時間直到莉絲姊恢復。

秀出紅龍刺青的冒險者聽見姊姊的問題，高興地排在另外三個人旁邊。

「不錯喔！最近的人看到我們就逃，好久沒遇到這種的。那我就回應妳的要求介紹一下囉？」

一直在講話的這個人……是我第一次遇見的種族。

外表是人族，身體卻被細小的鱗片覆蓋著，頭上長角，屁股有一條像蜥蜴尾巴的東西。

更讓人在意的是……眼睛。

明明笑得很溫柔，眼裡好像寄宿著邪惡的感情，好噁心。

不對，不是好像，是真的有。否則他才不會殺人殺得那麼開心。

「我是『鮮血之龍』的隊長，龍族的葛拉恩。這邊的狼族男子叫亞修。是罕見的金狼族喔。」

金狼族和我一樣是狼族，把頭髮跟毛從銀色換成金色就是了。

可是生存方式完全不一樣。銀狼族重視家族、夥伴，以群體生活為主，金狼族卻是長到一定年紀就會被趕到外界的孤高種族。聽說他們非常強，由於那種獨特的生活方式，普遍認為是很少見的種族。

被點名介紹的金狼族亞修看著我們，用舌頭舔了下嘴巴。

「偶爾砍砍有獵捕價值的肉也不錯。」

「等等。我還沒介紹完。這邊這個矮大叔是矮人艾德，力氣很大喔。」

「矮是多餘的！」

矮人身高比我矮一截，不過毫不費力就能把看起來很重的盾牌及斧頭甩來甩去。尤其是那個盾牌，大到可以遮住全身，我甚至懷疑我的劍是否砍得斷。

「最後是人族的羅密歐斯。是擅長土屬性的魔法師。」

「獸人與人族的孩子們，多指教囉。」

人族羅密歐斯向我們一鞠躬，看起來是個彬彬有禮的青年，不過一看到他的臉，我尾巴的毛就自動豎了起來。

這群人很危險。要不是因為現在這種狀況，真想立刻逃跑……

「我們四個就是鮮血之龍。雖然我們相處的時間不會太久，請你們多多指教囉。」

「相處的時間不會太久……什麼意思啊？」

我拿著劍，尋找可以防止他們攻擊姊姊和莉絲姊的位置。

「咦？當然是因為你們馬上就會死啊。話先說在前頭，我們最喜歡砍人了，所以不會讓你們逃掉的喔。」

「是犯罪集團嗎？我還想問個問題，為什麼你們會在這裡？」

姊姊一邊撫摸莉絲姊的背安撫她，一邊爭取時間。我本來以為他們不會回答，隊長葛拉恩卻高興地說：

「我們在某座城市喝酒的時候，有個叫古雷葛里的大叔過來邀請我們，說有很多人可以殺，所以我們才移動到這座城市。結果他竟然叫我們什麼都別做，等他的命令喔？我忍到一半還是忍不住，就找人來殺了。不是常說忍耐對身體不好嗎？」

「小孩子的慘叫聲和肉砍起來的觸感，果然就是不一樣。」

「這些孩子感覺也會發出美妙的叫聲。」

「那個小鬼是我的獵物！」

對這些人來說，重要的是殺人，所以他們毫不隱藏殺氣。

話說回來，怎麼又是古雷葛里那傢伙。竟然把這種人引進城，他在想什麼啊！回去一定要揍他一頓——當我在內心抱怨時，葛拉恩突然拍了下手。

「欸，一刀把他們砍死固然不錯，不覺得還是想聽聽絕望的慘叫聲嗎？」

「唉……你的壞習慣又犯了。別管那麼多了啦，快點幹掉他們。」

「因為，全力抵抗的對手被我們蹂躪時露出的表情很棒耶。你們也能理解不是？」

「真是……拿你沒辦法，我們就聽從隊長的意見吧。」

「就是這樣，給你們一點時間。對了對了，要是敢逃就殺掉你們喔。」

我們什麼都還沒說，那群人就從一動也不動的隨從的行李中翻出水和食物，開始休息。他們完全把我們當玩具看待，不過對現在的我們來說，有多餘的時間真的很值得慶幸。

就算這樣，我仍然沒有放鬆警戒，回頭望向姊姊和莉絲姊。

「莉絲姊，還好嗎？」

「嗯……對不起。沒事了。」

「我用項鍊發出求救訊號了，但救兵應該不會馬上到。狀況不妙。」

「嗯，那群人……比我們還強。」

不用交手就看得出來。人數也是對方比較多，戰況明顯對我們不利。大哥說過覺得危險就馬上逃，不要猶豫，可是我不覺得他們會放我們逃走。

「比你們……還要強嗎？」

「如果只有一個人，我和姊姊一起上應該撐得住，不過同時要對付四個人絕對不可能。」

「那就快逃吧！只要用我的『水霧』……說不定逃得掉。」

聽到莉絲姊說要逃，我看了哈路德一眼……然後放棄了。我們也分身乏術，何況現在要以姊姊她們為優先。

「……我覺得很難。因為對手有嗅覺敏銳的狼族。就算我們逃了，他八成會馬上追過來，要是妳們被抓到就完蛋了……」

「那……要戰鬥嗎？」

「雖然勝算不大，也只能這樣了。莉絲……我們來爭取時間，妳快逃。」

「嗯，去通知大哥。」

「我……我不要。」

莉絲姊臉色蒼白，身體也在發抖，可是她雙手握拳，搖著頭說：

「要是選擇逃避，我絕對會後悔。會留下……永遠無法抹滅的傷痕。」

「說不定會死掉唷？」

「我好怕。我……不想死！但是，我絕對不要丟下你們自己逃……」

莉絲姊哭著凝視我們。其實很想逃，卻為了我和姊姊留下的莉絲姊……讓我鼓起勇氣。

「所以我也要戰鬥！大家一起……回去吧？」

「……謝謝妳。大家一起……回到天狼星少爺身邊吧。」

既然莉絲姊下定決心了，我也沒什麼話好說。

我們轉換心境，討論起怎麼樣才能活下來。

「直接從正面進攻……沒有勝算吧？」

「嗯。不過對手應該不知道我們的實力。首先……應該趁這個機會減少敵方的人數，順利的話可能逃得掉。」

「要奇襲就對了。目標是？」

「我看來個出其不意，以龍族隊長為目標吧。金狼族和矮人由雷烏斯牽制住，問題是不曉得風斬能不能對那隻龍族造成傷害……」

我在學校的書裡看過，龍族的身體非常耐打。

我的劍說不定砍得下去，但我必須牽制住其他兩人，也沒辦法事先確認姊姊的魔法管不管用。

既然是奇襲，機會只有一次，有沒有什麼比較保險的計策咧？

「那……由我上吧！」

「莉絲？」

「我辦得到……如果是用天狼星前輩教我的那個魔法，一定可以……」

「對喔！那個魔法應該行得通。」

「可是莉絲。要用那個魔法的話，非得衝到敵人身前唷？妳沒必要冒這麼大的危險……」

「只要輸了，結果就是一樣的。既然如此不是該採用勝算更大的戰術嗎？」

莉絲姊又開始發抖，快要連站都站不住了。不過她還是表現得很堅強，提議讓負責待在後方支援的自己站到前線。

我跟姊姊都點點頭，將手疊在莉絲姊手上。

「那就交給妳了。我和雷烏斯絕對會絆住其他人，妳只要以龍族為目標就好。」

「莉絲姊由我來保護！」

「我、我會努力！」

莉絲姊都展現出勇氣了，我們怎麼能不回應她呢？

「關於作戰計畫……」

姊姊看起來雖然很鎮定，其實只是在逞強而已。

我們把手疊在一起時，我發現姊姊在發抖。尾巴也垂下來了，要是稍有鬆懈，連我都會忍不住發抖。

可是……只能上了。絕對要回到大哥身邊。

我們聽完姊姊想出的計畫，準備完畢後，那些傢伙也發現了。

「可以了吧？好了……你們會怎麼戰鬥呢？」

龍族仍然笑得跟小孩子一樣……我馬上讓你笑不出來。

「水啊，拜託你……『水霧』。」

首先用莉絲姊的魔法遮蔽視線，我和姊姊同時衝出去，纏住剛才分配好的對手。

我的對手是金狼族和矮人。

這陣霧濃到連眼前都看不清楚，可是託莉絲姊的福，我們把那些傢伙看得清清楚楚。

我發動「增幅」，往在霧中不知所措的矮人身上揍下去。

「在這邊啦！『火拳』。」

「這種攻擊──唔!?」

火拳雖然打中了，卻被矮人迅速舉起的盾牌擋下來。不過我的目標不是打倒這傢伙，而是吸引他們的注意力，所以這樣就好。

用魔法就是為了這個，火拳製造的暴風和衝擊，成功讓男矮人後退了一些。

「我剛才不是叫你小心了嗎！在那裡！」

金狼族靠氣味與爆炸聲感應我的位置，從旁邊攻擊我，我揮下大劍應對。

這個金狼族好像是用自己的長爪戰鬥，沒有拿武器。好硬的爪子，擋住我的劍竟然還沒斷。而且我還有用「增幅」強化身體，看來力量是金狼族占上風。

「這種小把戲……用風吹散不就得了。我在此祈願，風啊……」

「休想得逞！」

姊姊衝向試圖用魔法把霧吹散的人族，混在霧中接近，刺出小刀想一擊解決掉他……卻被躲開了。

「可別因為對手是用魔法的，就覺得他不擅長近身戰。」

「嗯，我很明白！『風斬』。」

「竟然不用詠唱，真令人驚訝……可惜風的流向在霧中會被看得一清二楚喔？」

姊姊勉強絆住人族，但我因為要應付兩個人，沒辦法拖太久。

矮人動作慢，還可以牽制住，金狼族的速度卻比我想像中還快。

「亞修，讓開！你小子太礙事了！」

「囉嗦！我說過這傢伙是我的獵物！」

我之所以撐得住，是因為他們一邊跟我打，一邊還跟對方吵架。

他們動不動就互相攻擊，我便趁機閃躲。團隊合作果然很重要。

在我吸引對方注意力的期間，莉絲姊從側面靜靜繞到葛拉恩後方，從背後接近。

「哦……真有趣的魔法。什麼都看不見。」

「這麼大意……會害你丟了性命！」

她衝向葛拉恩，一口氣接近他，發動那個魔法。

「大家，借我力量……『水刃』。」

是大哥發明的水之刃。

總之就是用力射出細細一條的水，不只岩石，連鐵都能砍斷，是很厲害的魔法。大哥之前說過不是砍斷，是把目標物轟飛，但它可是擁有龐大力量的精靈魔法，想砍也不是砍不斷。缺點是距離太遠威力就會大幅下降，所以不擅長近身戰的莉絲姊很少用這個魔法。

從背後而來的奇襲，讓小看我們的葛拉恩反應慢了半拍，閃不開從莉絲姊的指尖射出的水之刃。莉絲姊手一揮，龍族的左手和左腳就被砍下來，掉在地上。

「……哦。」

「下、下次我會瞄準頭！想要我住手就帶著你的同伴回去！」

莉絲姊把手對著葛拉恩，故作堅強，身體卻還是在抖。這也不能怪她。即使對方是敵人，沒人會想砍別人的身體。

不過……少了一隻手一隻腳的葛拉恩，只是笑著注視莉絲姊。

「你、你在笑什麼！快點回去──」

「因為妳講的話會讓我想笑嘛。難道妳是第一次砍人？」

葛拉恩無視莉絲姊，撿起地上的手接在身上。

「上次被人砍成這樣，是之前上戰場的時候吧。想不到會被妳這種小女生砍中。」

「怎麼……可能……」

他的手腳明明斷了，看起來也沒用魔法，左手卻可以自由活動。

「嚇到啦？我的再生能力和其他龍族不一樣，特別優秀。看，腳也是！」

「啊……啊啊……」

葛拉恩用同樣的方法把腳接回去，站起來俯視莉絲姊。

莉絲姊完全被他釋放出的殺氣震懾住，動彈不得。霧也消失了，大概是因為嚇到魔力不穩吧。

「對對對，這絕望的表情……太棒了！可是妳砍了我的手腳，不好好回敬怎麼行呢？」

葛拉恩高興地舉起手，莉絲姊卻沒有反應……她動不了。我得去救她，但我現在在和這兩個人纏鬥，抽不出身。

「別東張西望的，跟我玩玩唄！」

「臭小鬼，你剛才竟敢揍我！」

「可惡！滾開啦你們！莉絲姊！」

我勉強閃過金狼族和矮人的攻擊，做好會遭到攻擊的覺悟奔向莉絲姊，葛拉恩的手卻揮了下來……

「莉絲！」

這時……姊姊從旁邊衝出來。

她撞開莉絲姊，用小刀擋住葛拉恩的手，不過葛拉恩力氣比較大，小刀被直接彈飛。要不是因為那把刀是格蘭多大叔鍛造的，葛拉恩說不定會把小刀擊碎，直接打在姊姊身上。

「煩耶，別礙事！」

站不穩的姊姊好不容易重新站好，想要反擊，但是……

「嗚!?」

對方速度較快。被葛拉恩踢飛的姊姊用力撞上牆壁，倒在地上不動了。

剛才那腳……是想殺了姊姊。

姊姊直接吃了那一擊……

「艾米莉亞！」

莉絲姊叫著姊姊的名字跑過去，而我則是……

「姊姊……？」

不會吧……

姊姊她……被這種人……

「怎麼啦？再跟我多玩玩啊！」

「我就收下你一隻手臂吧！」

「吵死了——————！」

變化只需要一瞬間。我的身體膨脹，長出毛來，力量在全身上下奔騰。

身體輕得讓人不敢相信，我全力用劍砍向攻過來的金狼族。

「唔!?這什麼鬼!?」

前一秒我力氣還輸給他，現在我的劍不只把爪子擋開，還把他整個人轟出去。

我接著攻擊矮人族，可是他已經拿起盾牌。

「你以為你能突破我的防禦嗎！」

「接招啊啊啊啊——！」

我毫不在意往盾牌砍過去，我的劍和矮人的盾用力撞在一起，發出巨響。

雖然沒砍爛這面堅固的盾，剛才的衝擊成功把矮人撞得遠遠的。

沒問題。這樣……我就能戰鬥！

得快點——掉這些人，把姊姊帶回大哥身邊！

「好厲害的小鬼。竟然能把正面接招的我打飛。」

「我記得……那是銀狼族罕見的特殊體質。最好不要把他當小孩子看。」

「那就沒辦法了。我們也稍微認真一下吧。」

他們好像在討論什麼……與我無關。

快點……要快點把姊姊……

「藍髮女孩就由我收下，那個男孩和女孩就讓給你們了。」

他們每講一句話，我就越來越不爽。

我把「增幅」的威力開到最大，朝他們猛衝。

「小鬼，在這裡！」

矮人獨自上前，所以我拿劍砍他，大劍卻被斜擺的盾擋掉，插進地面。

「只是單憑力量的攻擊，要防禦也很容易！」

我馬上試圖把劍拔出，矮人卻拿著盾用身體撞過來。我沒預料到他會來這招，所以來不及反應，有點被撞開，不過多虧我變身了，並不會很痛。

混帳東西！下次輪到我把你打飛——

「來來來，看這邊！你最重要的姊姊危險囉？」

「!?」

聽見這句不容忽視的話，我回過頭，發現金狼族男人正在逼近莉絲姊和昏倒的姊姊。

莉絲姊在專心用魔法治療姊姊，沒發現敵人接近。得由我保護她……！

「不准靠近姊姊——！」

我立刻狂奔而出，往他的背上砍下去，金狼族卻笑著轉過身，輕鬆閃掉我的劍。

剛才他明明用爪子擋，為什麼這次這麼簡單就躲開……不對，是因為知道我會攻擊他？

我才剛這麼想就有種不好的預感……轉頭看到一個跟我的頭差不多大的石塊朝我飛過來。這是射出石塊的土屬性初級魔法「岩彈」。

「小孩子真好對付。」

使出魔法的是那個人族。要閃是來得及，但我不能閃開。

既然如此……只能砍碎它！

我才剛揮下劍，所以只能由下往上砍。

和大哥教的一樣……強烈想像。

辦得到。現在的我……辦得到！

「就是這裡——！」

這一劍精準命中魔法，將石塊一分為二。

可是，因為成功迎擊而大意的我慢了一拍才發現……我砍碎的石頭後面還有另一顆石頭。那人同時射出兩發岩彈。

我以為只有一顆而已，現在揮劍大概也來不及。

如果扭轉身體全力往旁邊跳，說不定閃得開，但我絕對不能這麼做。

因為……姊姊她們在我後面。

「呃啊!?」

咬緊牙關的瞬間……胸口直接被石塊擊中，傳來有什麼東西碎掉的聲音。一定是骨頭碎了……要是我沒穿鐵胸甲來，石頭會直接刺進胸口，造成更大的傷害。

被強烈衝擊撞飛的我在地上滾了好幾圈，以仰躺的姿勢停下來。

「嗚……嗚嗚……」

意識……清醒。

但胸部非常痛，一咳嗽就吐出血來。

我試著轉動脖子，胸甲凹了一個大洞，拿劍的手恢復成平常的狀態。

我可是被直接打中……變身解除也是當然的。

「雷烏斯！」

我好像滾到了姊姊和莉絲姊附近。

我轉頭往聲音傳來的方向看過去，莉絲姊看著我，淚流不止。

「莉絲姊……妳沒事……」

「別說話！水啊……治療這孩子……求求你！」

莉絲姊的魔法雖然讓我胸口沒那麼痛了，她卻開始冒汗，表情看起來很痛苦。

我們闖到迷宮的地下十樓，莉絲姊還跟他們戰鬥又幫姊姊和我治療。她的魔力已經……

「不用了……莉絲姊……妳……快逃……」

「不要！叫我丟下你們……我絕對不要！」

她都快要因為魔力枯竭昏過去了，還是不停止施法。

姊姊完全不動，我用模糊的視線注視金狼族男人笑著走過來。

「好了，接下來該享受囉。」

已經……不行了。

不過，我……很努力對吧？

就算我直接昏過去，大哥一定會馬上來救我們吧？

等我醒來的時候，會發現姊姊跟莉絲姊擔心地看著我。

所以……可以……

可是……萬一大哥沒趕上？

我昏過去的話……姊姊會被攻擊。

不要！

死都……不要！

想起來啊……我是為了什麼決定要變強的！

是為了保護姊姊不是嗎！

要是姊姊會遭到攻擊……我還不如去死！

「啊、啊啊啊啊啊啊啊啊──！」

我用劍撐住身體站起來。

但……我已經沒力氣揮劍了。

就算這樣，我仍然無視莉絲姊制止我的聲音和胸口的疼痛，走向前方。雖然劍在途中就掉到地上，我還是擋在金狼族面前。

「挺努力的嘛。不過憑你那個狀態，又能拿我們怎麼樣？」

「閉嘴……放馬過來。」

「哼，氣勢倒挺不錯的。」

金狼族在我掄起拳頭前抓住我的頭髮，把我拎起來。

這種感覺，有點懷念……

還是奴隸的時候，我常常因為講話太自大，被人抓著頭髮打。

那個時候我馬上就會哭著道歉，可是……現在不一樣。

我還有……

「我還有武器啊啊啊啊啊啊──！」

「什麼!?臭、臭小鬼！」
我咬住金狼族的手。
只要我努力一點，這些傢伙就不會靠近姊姊和莉絲姊。
「該死！小鬼，給我放開！」
「唔唔唔唔唔！」
打死我都不放……！
不管有多難堪，我都要活下來，大家一起……回到大哥身邊！
「我叫你放開！」
金狼族用另一隻手揍我，我又在地上滾了好幾圈，倒在姊姊面前。
我好像把那傢伙的肉咬了一塊下來，明明死都不想放開的。這種肉我一點都不想吃。
「雷……烏斯。」
「艾米莉亞!?妳醒過來了嗎！」
聽見熟悉的聲音，我回過頭，姊姊倒在地上，微微睜開眼睛看著我。
太好了……姊姊還活著。真的……太好了。
「別再……動了。你……很努力了。」
「對、對呀！之後就由我來想辦法，你不要再動了！」

不要這麼說，會影響我的決心。

看，那傢伙又要過來了，這次看起來超生氣的。

「你咬了我的手，別以為可以死得輕輕鬆鬆喔。」

「……有種……就來啊。」

我會……再咬你一口。

無論你來幾次……我都會咬下去。

即使牙齒斷了，也死都不會放棄——

——砰砰砰砰砰砰砰砰砰砰砰砰砰砰砰砰砰砰砰砰砰砰砰砰砰砰砰砰砰！

這時……突然響起的爆炸聲讓所有人停止動作。

我望向聲音來源，附近的牆壁開了好幾個小洞。那些洞畫出一個圓，推測應該是想把牆壁打穿。

我哭了。

因為，辦得到這種事的人……我只想得到一個。

「怎麼回事？」

「小心！有東西在接近！」

那群傢伙提高警戒時，一道人影在牆壁開出一個洞的瞬間跳進來。

牆壁的碎片飛向葛拉恩他們，從洞裡跳出來的人迅速逼近朝我們走過來的金狼族。

「你這傢伙是什麼玩意！」

金狼族雖然反射性朝人影揮下拳頭，那個人卻輕易閃掉，還回踹一腳把他踢飛。

穩穩站好後，我們終於能確認那人的輪廓。

雖然因為疼痛及眼淚看不太清楚前方，但我不可能誤認那個背影。

那是我一直注視著的、最崇拜的……

「大……哥……」

「雷烏斯。能撐到現在……幹得好。」

《過去被喚為最強特務的男人》

——天狼星——

「你看過疑似鮮血之龍的人!?」

得知鮮血之龍是殺人鬼集團的我，告訴威爾老師有一群用斗篷遮住全身的冒險者。

「雖然只有一瞬間，我確實看見那人手背上刺著一隻紅龍。」

「若你所言為真，這可是緊急狀況。得立刻叫人確認。不過如此危險的人物，竟然這麼輕鬆就侵入學校……」

我閉上眼睛發動「探查」，這時衝出房間的麥格那老師不知為何回來了。

「噢，你來得正好。麥格那，立刻——」

「我有一件重要的事忘了通知！」

「都叫你冷靜點了！先聽你報告吧。」

「根據冒險者公會提供的情報，發現了一組四人隊伍的屍體，死相悽慘。那支隊伍是學校雇來將學生救出迷宮的冒險者們……」

「……天狼星的證言可信度越來越高了。」

我一面聽他們兩個交談，一面將「探查」的範圍擴展到極限。

雖然迷宮有點超出範圍，但如果不是探查四周，而是朝固定方向偵測，可以稍微延長點距離。

「其實還有一件事。監視古雷葛里的人，屍體也被發現了。和冒險者一樣死得很慘……」

「是嗎……令人惋惜。遺體呢？」

「是，已經回收了，上面有數不清的傷痕，疑似是遭到虐待，也有缺損的部位。」

「很像殺人鬼會做的事。幫我請人好好埋葬他們。監視古雷葛里老師的人遭到殺害的話……許多線索都聯繫得起來了。」

「我認為那群人是他引進城內的。」

「嗯，我也這麼覺得。馬上把古雷葛里老師……不，馬上把古雷葛里抓住！然後派警衛和冒險者去迷宮裡。至於天狼星──」

──偵測到了！

「威爾老師！」

「什、什麼事？」

「通往地下十樓的最短路徑是？」

「是指迷宮嗎？我記得是……九號入口。沒有岔路，只要一直往前走就好，可是裡面有大量的巨石——天狼星？」

儘管離這裡有一段距離，我成功用「探查」偵測到弟子們的魔力。反應位在迷宮深處……恐怕是最下層。

既然已經知道最短路徑，我該做的就是趕往那裡。我沒有聽完威爾老師的話，走向窗戶，順便把某個東西納入囊中。

「我就先過去了，麻煩兩位老師採取對策。還有，這個借我一下。」

「天狼星！這裡可不是一樓——」

我無視背後傳來的聲音，從窗戶一躍而出。麥格那老師的房間在四樓，我跳到隔壁棟的屋頂慢慢下降，最後用「空中踏臺」製造著陸點，平安降落，狂奔起來。

事態緊急，不是我隱藏實力的時候。我發動「增幅」，用力踩在地面上，全速奔馳。

我只花了幾分鐘就抵達迷宮，從目瞪口呆的人們頭上跳過去，衝進九號入口。

一進入迷宮就出現巨石兵，但我從巨石兵上面跳過去，避免與其交戰。巨石兵動作緩慢，如果只是要通過的話，沒必要打倒他。

我邊走邊頻頻發動「探查」，持續追蹤弟子們的狀況。

他們似乎在和複數身分不明的人戰鬥，目前平安無事。如此龐大的魔力反應，肯定是那群人沒錯。

在趕往地下十樓的路途中，我本來考慮用「傳訊」跟他們聯絡，可是戰鬥期間聽見我的聲音，說不定會分散他們的注意力。儘管可惜，我決定忍耐一下，拚命向前跑。

巨石兵排成一大排，不好跳過去的時候，就跳到牆上前進；出現足以堵住通道的巨大巨石兵的話，就用「麥格農」射穿魔法陣突破防線。我不斷奔跑，速度絲毫未減。

八樓……艾米莉亞被某人用力擊飛，一動也不動。莉絲的魔力慢慢變小。

九樓……雷烏斯魔力增強，但馬上又減弱了，處於危險狀態。

十樓……雷烏斯纏在某人身上，被那人甩來甩去。然後被扔出去，三個人聚在一起，都沒有反應。

這時我已經抵達離現場只隔著一面牆壁的地方。

我的徒弟，就在正前方這面牆的後面。然而逼近他們的魔力反應速度很快，沿著牆壁跑八成趕不上。

直接突破。

我瞬間下達判斷，邊跑邊抬起右手，想像貫穿力特化的穿甲彈，連續發射「麥格農」。

射出去的子彈彷彿把牆壁當成紙張，輕易將其貫穿，牆壁碎片射向疑似敵人的魔力反應，但我沒有去確認，而是直接奔向接近弟子們的某個人。

金色的狼耳……這傢伙是金狼族嗎？

不，管他是什麼族。這傢伙意圖傷害雷烏斯，既然如此，我該做的事只有一件。

「你這傢伙是什麼玩意！」

「我才要問你！」

我才要問你……想對我的徒弟做什麼！

我閃過他的拳頭往腳掃過去，趁那人失去平衡時踹了側腹一腳，把他踢飛。

確認暫時安全後，我轉過身去，看到倒在地上的弟子們淚流滿面，抬頭望著我。

「天狼星少爺……」

「艾米莉亞，妳沒事吧？」

「……是的。」

艾米莉亞身上沒有明顯的外傷，但從她動彈不得的模樣看來，身體應該出了問題。

「天狼星前輩……你來了呀……」

「這不是當然的嗎？」

莉絲沒有受傷，不過由於魔力枯竭，她什麼時候昏過去都不奇怪。

「大……哥……」

然後是雷烏斯……想必他拚命跟對方纏鬥過了。雷烏斯全身是血，遍體鱗傷癱倒在地。我在抵達這裡前不斷用「探查」偵測他們的狀態，所以我知道。

你一直在保護艾米莉亞和莉絲。

你是個……堅強的男人。

「雷烏斯。能撐到現在……幹得好。」

「我……很努力喔……」

「嗯，之後就交給我吧。等你醒來時就全都結束了。」

「……嗯。」

然後，我在弟子們的注視下，面向站在前方的傢伙們宣布：

「我不會……再讓你們碰我的徒弟一根寒毛！」

三個石塊朝我飛來，這大概就是他們的答覆。

岩石砲彈……以「岩彈」來說還挺大的，我用「麥格農」將飛過來的石塊一一擊碎。

「你竟敢踹我！」

可是剛才被我踢飛的傢伙也藏在石頭後面衝過來。

他舉起爪子長得異常的右手，腋下卻全是破綻，或許是因為太生氣吧。伸手往他的腋下一推，金狼族的右手就頓了一下，我趁他吃驚時往他臉上揍下去。

對方臉上傳來有什麼東西碎掉的觸感，不過跟弟子們受到的傷比起來，根本微不足道。只要別弄死他就行，否則我就沒辦法讓他後悔了。

我警戒著敵人會不會繼續攻擊，不知為何他們沒有其他動作，而是圍在被我揍飛的金狼族旁邊有說有笑。

不曉得是在治療夥伴還是怎樣，總之沒必要急著進攻。

我轉身走向倒在地上的雷烏斯，一面用「探查」維持警戒。

「天狼星前輩！雷烏斯為了保護我們！而且艾米莉亞也為了保護我！」

「天狼星少爺，雷烏斯他……」

「嗯，我知道。」

為了讓她們倆放心，我笑了笑，觸摸雷烏斯的身體發動「掃描」。

嗯……幾根肋骨裂了，內臟有點受損。受到挫傷的部位偵測得到石頭碎片，應該是被剛才的「岩彈」直接射中。

放著不處理會很危險，因此我對雷烏斯使用再生能力活性化，將從麥格那老師的房間拿來的東西遞給莉絲。

「比、比起我，先治療雷烏斯吧！」

「喝下那個能加快魔力恢復速度。」

「!?」

也許是因為魔力的質因人而異，這個世界不存在喝下去就能馬上補充魔力的東西。促進魔力恢復的倒是有，我給莉絲的就是。

莉絲馬上把它打開來喝光，然後緊緊皺起眉頭。

「好苦……不過這樣就沒問題了。」

「很好。抱歉，借我碰一下。」

我碰觸莉絲的頭掃描，她好像只有魔力枯竭和輕微的撞傷。莉絲臉瞬間變紅，可能是因為我突然碰她頭。

「那個……天狼星前輩？」

「我只是要調查妳有沒有受傷。嗯，妳沒事就好。」

「別這麼說……我根本沒派上用場，現在也是……什麼都辦不到。」

「有件事妳辦得到。聽好了，關於雷烏斯的狀態……」

莉絲渴望治療他人。

所以我之前在她能理解的範圍內，將前世的醫療知識教給她。

她知道骨頭、肌肉等依賴魔法的世界不需要理解的身體構造。也就是說，只要明白哪裡受傷就能集中治療，擅長回復魔法的她最適合這個任務。

我向莉絲解釋該治療的部位，叫她魔力一恢復就著手治療。

「交給我吧！」

莉絲剛剛在哀嘆自己什麼都辦不到，可是都是拜她的治療所賜，姊弟倆的傷勢才沒有惡化。我非常感謝她。

對方還沒有要進攻的跡象，接著來檢查艾米莉亞的狀態吧。

「久等了，艾米莉亞。」

「天狼星少爺……」

艾米莉亞有點神智不清，跟她講話反應也不大。

說不定是腦部有什麼異常，所以我仔細地掃描，這時，艾米莉亞伸手碰我的手。

「天狼星……少爺……對不起。」

「為何道歉？妳救了莉絲。我反而要誇妳努力呢。」

我溫柔撫摸她的臉頰，艾米莉亞露出微笑，好像很舒服的樣子。

經過診斷，艾米莉亞的身體似乎受到重度挫傷，但不至於影響到骨頭，那些傷也幾乎被莉絲治好了。

而她之所以意識不清……恐怕是輕微腦震盪。

我沒發現腦內有血管破裂或是可能會導致後遺症的異狀，讓她靜養應該就會恢復。

我跟集中精神恢復魔力的莉絲報告剛才的診斷結果，她鬆了口氣。

「真的嗎！太好了……真的太好了……」

「莉絲……妳幹麼哭呢？」

「當然會哭啊。要是妳因為保護我，出了什麼事……」

「抱歉，我打個岔，莉絲，他們就交給妳囉。因為……我還有件事得去處理。」

「是！」

大概是魔力恢復了一些吧，莉絲發動魔法，開始治療雷烏斯。

最後，我摸了下艾米莉亞的頭站起來，她卻用發抖的手抓住我的衣服。

「不行喔，乖乖休息。」

「可是……對手有四個人……少爺您……一個人……」

「那些人根本不算什麼。我馬上搞定他們，在這裡等著吧。」

「……是。」

我輕輕挪開艾米莉亞的手，對她微笑讓她放下心來，轉過身去。

武器雖然只有隨時帶在身上的祕銀刀，要對付他們也夠了吧。

我走到可以清楚看見他們的位置，一名頭上長角、屁股有條像蜥蜴尾巴的東西的男人，回頭對我露出親切笑容。

「講完啦？老實說我看得都快吐了，要感謝我特地忍到你們講完喔。因為讓那些孩子希望幻滅，感覺超有趣的！」

「這樣啊……」

那就是傳聞中的龍族嗎……

還有矮人和人族……各個帶著令人不快的笑容，確實很符合殺人鬼之名。前世我也看過好幾個這種雜碎，看來在這個世界也差不了多少。

「比起這個，你看。你把他的鼻子打斷了。你要怎麼賠人家？」

「我怎麼知道……」

「是嗎。對了，你認識我們嗎？需不需要幫你介紹一下？我們也有跟那幾個孩子自我介紹。我叫葛拉恩——」

「你們叫什麼名字不重要。你們幾個就是鮮血之龍沒錯吧？」

「你認識我們啊，真可惜。沒錯，我們就是鮮血——」

「我想問你一件事。」

他開始講起廢話，所以我打斷他，提出一個問題。

龍族男性因為話講到一半被打斷，面露不悅，但他臉上立刻掛回笑容，舉手對著我。

「別人講話要聽到最後。我是大人所以不會原諒你，不過就回答你的問題吧。你要問什麼？」

「我的弟子……後面那幾個孩子，對你們做了什麼嗎？」

他們互相對看，金狼族以外的人都笑著回答。

「他們沒怎麼樣喔？我們只是因為喜歡看人哭著大叫、喜歡砍人才下手的。」

「我有被做什麼好嗎！那小鬼把我的手咬了一塊肉下來……不把他碎屍萬段我吞不下這口氣！你這小鬼當然也是！」

「因為小鬼的叫聲特別讓人興奮嘛，百聽不厭。」

「希望他們叫好聽一點。」

確認完畢。

我方沒有犯任何錯，因此……他們毫無疑問是我的敵人。

「所以？你問這問題的意義是？你該不會要一個人跟我們打吧？不對……我反而希望你這麼做。你會用什麼樣的聲音慘叫呢？」

「嗯，如你所願。然後，我會讓你們後悔……」

身體已經熱起來了，隨時可以進入戰鬥狀態。

我提高魔力，踏出一步……

「活在這個世界上。」

切換開關。

————

傷害弟子們的罪人，站在我（天狼星）面前。

數量為四。不愧是到現在都還沒被抓到的殺人鬼，看得出實力不差。絲毫不容大意。

「哦……要讓我們後悔活在這個世界上啊。辦得到就試試看啊。」

「要後悔的是你吧？區區一個小鬼——」

「你的嘴巴是裝飾品嗎？廢話少說，放馬過來。」

「哼！別以為每次都可以讓你矇中！」

「這個目中無人的小鬼需要教育一下！」

金狼族與矮人被我激怒，同時猛衝而來，人族男性則在後面開始念咒。至於龍族男性……只是喜孜孜地觀戰。

金狼族丟下速度慢的矮人率先逼近……在我（天狼星）面前突然往旁邊跳開。

「打架還要保護人，真辛苦啊！」

他一副氣昏頭的樣子，其實挺冷靜——不，只是性格差勁而已。

金狼族繞過我跑向後方，應該是想攻擊後面的弟子們。

直接追過去八成會遭到他和矮人的前後夾擊，再加上人族的魔法。果然是為求勝利不擇手段的一群人。

可惜，我以前跟你們這種人渣交手過好幾次。

「來啊！你的寶貝徒弟要——什麼!?」

「太慢了。」

我沒有轉頭，直接往後跳到金狼族旁邊。

我們簡直像在並肩奔跑，金狼族雖然嚇了一跳，仍然揮手朝我攻來，可惜我的速度比較快。

我閃過他的手，轉身從背後把他的下半身踢離地面，金狼族以身體倒向前方的狀態騰空飛起。

「什麼!?」

接著我以單腳為軸心旋轉，賞了瞬間露出破綻的金狼族背後一記迴旋踢，把他踢向朝這裡逼近的矮人，矮人急忙拿盾接住飛過來的金狼族。

「你在搞什麼鬼！」

「閉、閉嘴啦！」

金狼族反射性抓住盾牌，回罵矮人，我（天狼星）則在這段期間採取下一個行動。

我衝出去追被我踢飛的金狼族，用右手碰觸攀在盾牌上的他，集中魔力。

跟矮人吵架的金狼族因為感覺到我碰他而回過頭……太遲了。

「你、你這傢伙……」

「怎麼了!?你擋在前面害我看不見！」

「去吧。」

零距離使出的「衝擊」穿透金狼族的身體波及矮人，輕易將他們轟飛，與此同時，我左手往旁邊一指，把射向這裡的好幾顆石塊用「麥格農」統統擊落。

「怎麼會!?」

能同時射出近十顆「岩彈」的人，我只認識麥格那老師。

也就是說，這名人類實力似乎相當不錯……可惜結果就是剛才那樣。

「……沒了嗎？」

「左右手同時使出不同魔法……不對！說起來，你是怎麼精準射中那些石塊的？」

雖說是同屬性的魔法，能夠左右手分別使用不同魔法的人並不常見。

不過這是能鍛鍊出來的，對手最驚訝的應該是我看都不看那些石塊、一眼就能迎擊。

「我沒道理告訴你。」

若要簡單說明我（天狼星）做了什麼，就是在對付金狼族和矮人的時候，用「探查」偵測人族射出的魔法迎擊，一面警戒在後方待機的龍族……同時處理這三件事，配合戰況採取適當的行動。

在腦內將思考中樞分成好幾個區塊，同時運作，視當下的情況讓身體隨心所欲行動……是上輩子只有我會使用的能力之一。

我稱之為「並列思考」。

簡單地說，就是用超快的速度同時思考好幾件事——我成功讓如此方便又有點幼稚的理論化為現實。足以媲美機器的思考速度，再加上跟師父訓練鍛鍊出來的技術及經驗，讓前世的我從來沒吞過敗仗，不知不覺就被冠上最強之名。

為了贏過師父，我創造出類似某種思考裝置的東西。

有點像共享知識的雙重人格，但這個人格不會掌控主導權。

他只負責思考，冷靜觀察周遭給我（天狼星）建議，叫我（天狼星）注意有岩彈從旁邊飛過來的也是他。

不過就算我學會這種能力，最後還是無法超越師父……

「該死！喂，雖然我不想和你合作——我們同時進攻！」

「呿！沒辦法。」

飛出去的金狼族和矮人重新站起身，這次一同向我逼近。

金狼族的爪子和矮人的斧頭同時襲來，我靠「並列思考」迴避，或是用小刀擋開，彷彿事前就預測出了攻擊路線。這兩個人由於太想殺我，完全沒有配合對方攻擊，因此這點小事並不難。

想必他們不太會與強者交戰，因為他們喜歡砍人，應該都是挑弱者下手。若要再補充一點，就是太依賴種族特有的身體能力。

「這招看你怎麼躲！」

人族趁我在應付他們時，不停找機會發射石塊，然而我不只是用「麥格農」迎擊……

「唔!?你在打哪裡啊！」

「是你自己衝過來的。」

「呃!?喂，停止施法！你不知道他在利用你嗎！」

我還引他們去撞岩彈，不時用「魔力線」拉他們的手腳，企圖讓他們被飛過來的石頭砸中，自己人打自己人。

「嘖……好吧。我在此祈願，從大地——」

「就是現在！趁魔法停住的時候幹掉他！」

「區區一個只會閃不會反擊的小鬼！」

「……你們果然不明白嗎？」

正是因為有人族的魔法幫忙，我才集中在閃躲攻擊上。

人族男性念起咒文，準備施展其他魔法……在這短短幾秒鐘的空檔，由於其中一人停止攻擊，我的行動也變得更加自由。

剛才被我踢飛的金狼族伸出爪子，從兩側攻擊我，我蹲下來閃過，迅速繞到他背後，使盡全力在他背上踹了一腳。

「小鬼頭竄來竄去夠了沒！」

「你白痴喔!?滾開啦！」

「什麼——呃啊啊啊!?」

金狼族彷彿被矮人慢半拍揮下的斧頭吸過去，飛向斧頭被矮人一斧劈中。

不過大概是矮人在前一刻煞車了吧，斧頭只有稍微砍到身體，沒有造成致命傷。

「搞什麼……鬼……」

然而，我的行動尚未結束。

趁對手動搖之時，我用「空中踏臺」從空中接近他們，拿祕銀刀往回過頭的金狼族的脖子割下去。

連鐵塊都能輕鬆切斷的祕銀製小刀，毫不費力劃破金狼族的脖子。金狼族大驚失色，脖子噴出鮮血，倒在地上。

「臭、臭小鬼，我絕對——噗喔!?」

「有時間叫囂不如防禦。」

我趁矮人怒吼時衝到他身前，賞了他下巴一記上勾拳。我還滿用力的，看起來卻沒什麼效果，大概是他脖子太耐打。

「唔……煩死了！」

斧頭砍不中我，所以連盾牌都被矮人拿來揮舞，不過動作還是很慢。

看他的裝備和體格，這傢伙是負責防禦的，所以他不該盲目攻擊，而是要專注在支援上，擋在我前面防禦或是阻礙我的動作。

我後退一步躲開盾牌，再度上前逼近矮人。

「臭小鬼——！」

「光靠蠻力亂揮的斧頭怎麼砍得中呢。」

我閃過直直揮下的斧頭衝向前，抓住矮人的脖子使勁將他砸到地上。

後背用力撞上地面的矮人咳了一聲，我（天狼星）掐住他的脖子，一隻腳踩在他肚子上，湊近矮人的臉。

「咳……區、區一個小鬼……竟有如此能耐……」

「你一直叫我小鬼，不把我放在眼裡，那被你所謂的區區一個小鬼打敗的你，又算得上什麼東西？」

「呿……」

聽見我這番話，矮人只有氣憤地咂嘴。大概是知道要是他敢亂動，我會掐斷他的脖子或使用魔法。

「以束縛之鎖囚禁罪人。大地之——呃啊!?」

從咒文推測，人族男性想使用的應該是從地面射出土鎖鏈綁住對手的魔法。但我使用的「衝擊」直接命中他的臉，強制中斷詠唱。他和某幾個貴族不一樣，可以邊移動邊念咒，因此我瞄準的是發動魔法前的短暫空檔。

只要有「並列思考」，這一點都不難。

「安靜一下。等等再陪你玩。」

「嘖……岩塊啊將敵人貫穿。岩——啊!?」

不管他念咒速度有多快，只要不能達到無詠唱的境界就贏不了我。

人族學不到教訓，再度試圖使用魔法，我（天狼星）用「衝擊」讓他閉嘴後，瞪著我（天狼星）的矮人像要投降似的笑了出來。

「哈哈，我們輸得真徹底。喂，我們不會再做這種事了，可不可以放過我們？」

「你是在求饒嗎？真沒用。」

「嘿嘿……因為我不想死嘛。而且輸給你這種小孩，我們也不用玩了。如果你願意放我們一馬，要我們把錢統統給你都可以。我們有成堆的金幣喔，怎麼樣？」

「……你答應離開迷宮後會去冒險者公會自首嗎？」

「我也是條漢子，絕對會遵守約定。你看，武器我也扔了，快點放開我。」

「……行。要是你敢騙人，小心我用魔法伺候你喔。」

「嗯，不蓋你。」

矮人把斧頭和盾扔掉後，我放開掐在他脖子上的手。

下一刻……

「蠢貨！看我掐死你！」

「……愚蠢的是你。」

「太遲了——嗚啊!?」

他伸手想勒住露出破綻的我（天狼星），但在那之前，我用踩在他肚子上的那隻腳使出「衝擊」。「空中踏臺」就是用腳釋放魔力製造出來的，所以用腳使用「衝擊」也只是小事一樁。

「你以為我只會用兩手施法？還有，要騙人的話麻煩演技好一點。」

「嗚……啊啊……怎麼……可能……」

「我剛才不是說過嗎？要是你敢騙人，小心我用魔法伺候你。」

「住……手……呃啊!?」

我又用腳使出「衝擊」震碎矮人的骨頭，威力大到足以穿透他的身體，把地面轟出好幾道裂痕。

即使如此，矮人依然還剩一口氣，不過看這個出血量遲早會死。

「好，久等了。下一個輪到你囉。」

「……不要因為打倒兩個人就得意忘形。既然不用擔心打中隊友，我也能使出全力！」

他似乎在我解決矮人的期間念完咒了，人族用力一揮手，空中隨即出現近二十個岩塊。

現在是一對一，因此我故意給他時間念咒，看到這個魔法，我不禁嘆了口氣。

真是……有能力使出這種程度的魔法卻跑去殺人，實在可惜。

「這麼多的石塊，看你怎麼同時防——」

「只有這些嗎？」

「咦？」

我用雙手連射「麥格農(天狼星)」，把他製造出來的岩彈統統擊碎，趁他呆住時接近他，把手放在他的肚子上冷靜詢問：

「用魔法攻擊銀狼族少年的人就是你吧？」

「不、不是——嗚!?」

他想裝傻，可是剛才那個人好像偏好用刀砍，從雷烏斯的傷勢判斷，肯定是這傢伙幹的。我瞪著他，手掌輕輕施力，陷進他的腹部，人族男性臉上便浮現懼色。

「我再問一次。是你……對吧？」

「是、是的。可是那孩子還活著，沒必要殺我吧……」

「自己笑著奪去他人的性命，卻連被殺的覺悟都沒有嗎？放心吧。這一擊會讓你嘗到跟那孩子一樣的痛楚。運氣好就不會死。」

「等一下——啊!?」

我打算之後從他口中套出情報，因此控制了一下力道，對他使出零距離的「衝擊」。人族男性遠遠飛出去，摔在龍族附近昏倒了。

還剩……一個人。

我一直在用「探查」監視剩下那名龍族，免得他偷襲我，不過隊友都被我打倒了，他依然不為所動。不僅如此，他還高興地觀戰，看到我（天狼星）解決掉三個人甚至在旁邊鼓掌。

「厲害。我的夥伴完全不是你的對手，你究竟是什麼人？」

「如你所見，就是個人族。同時也是你們想殺掉的孩子的師父。」

「哦……算了，這不重要。如果對手是你，我應該也能拿出真本事戰鬥。」

「廢話少說，快點放馬過來。」

「你好冷淡喔。那……先來打個招呼吧！」

龍族集中力量，身體膨脹起來，全身變成紅色，頭上的角開始伸長。看起來像人族的面貌也變成龍臉，化為用雙腳站立的血紅色的龍。

特徵在於沒有翅膀，只有右手的爪子特別長，看起來是個莫名異常的存在。是跟雷烏斯的變身類似的特性嗎？

「啊哈……啊哈哈……哈哈哈哈哈哈！好久沒有這種感覺了！」

我擺好架式，準備迎敵，龍族卻突然用右手的爪子攻擊倒在附近的人族同伴，把鮮血灑在四周。

「……你在做什麼？」

「咦？啊，對不起喔羅密歐斯。我有點控制不住……噢，你已經聽不見了吧？那就算了。」

……看來他失控了。

大概是因為力量太強大，導致他忘了理性，只會遵循本能行動。

他絲毫不在意自己親手殺了夥伴，笑著指向我（天狼星）。

「你確實很強。不過啊，我走遍了各地的戰場，並存活下來，跟你這樣的強者交手過好幾次。」

「真巧。我也經歷過不少次戰爭。」

「不少次？哈哈哈，少騙人了。你身上一點血的味道都沒有。我可是聞得出來的喔。」

光是記憶中的數量，我在前世經歷過的戰爭就超過五十場，但跟他講也沒用。他說在我身上聞不到血腥味，我都轉世投胎了，自然不可能會有。

「隨便啦，這也不重要。那我們開始吧，不要一下就被我玩壞喔？」

龍族一腳殺到我面前，揮下利爪，我迅速躍向後方迴避，低頭一看卻發現腹部附近的制服被他扯破一些。

體型將近我的兩倍，速度卻比金狼族還快的樣子。

「好厲害，竟然有我的爪子割不開的肉。不過就算你再怎麼會躲，最後贏的人都是我，你覺得是為什麼？」

他再度逼近，用爪子攻擊，這次我用「並列思考」看穿對手的動作完全迴避。我（天狼星）接著閃過大動作的攻擊，瞄準對手的關節施放零距離的「衝擊」，轟爛他右手的骨頭。

然而……龍族沒有因為這一擊卻步，伸出左手抓住我的腹部。

「抓到你囉！我要直接把你碎屍——」

「哼！」

我瞬間抽出祕銀刀砍斷他的左手，同時踢向肚子。踢擊命中的瞬間，我還用腳使出「衝擊」，因此雖然我們有體格差距，龍族仍然直直被我踹飛。

掉在我腳邊的左手也用「衝擊」轟碎，這樣他就兩手都不能用了。然而，站起身的龍族卻不怎麼難過的樣子。

「咦……我的左手呢？算了。反正那隻手傷口也變多了。」

龍族一施力，左手的斷面就膨脹起來，僅僅數秒就重新長出一隻手。

「看到沒？我會贏的理由就是這個再生能力。不管被人砍了幾刀射中幾發魔法，都會馬上復原。我是無敵的！」

除此之外，骨頭碎掉的右手動起來也並無大礙，如他所說，真的恢復原狀了。

戰鬥重新開始，我（天狼星）一面迴避一面使用「麥格農」，龍族卻閃都不閃，被「麥格農」擊中還是不停止攻擊。

想當然耳，龍族身上多出無數的彈痕，但那些洞也馬上癒合、再生。射穿他的臉也一樣。

「沒用的！來來來，看你可以閃到什麼時候。你跟可以一直再生的我不同，沒辦法一直閃下去吧？」

論迴避率是我占上風，因此要躲開他的攻擊不成問題，但他說得沒錯，這樣下去戰況會對我越來越不利。

「啊哈哈！怎麼啦，再多打我幾下感受絕望——唔!?」

總之先重整態勢吧。我想像閃光彈使用「光明」，趁龍族看不見時拉開距離。

「唔唔……抵抗也沒用……咦？為什麼你離我這麼遠？」

「我只是換個地方。」

我站在大廳的通道前，向龍族招手挑釁他。

「那裡是通道吧？竟然刻意換到狹窄的地方打，你白痴嗎？」

「我話先說在前頭，敢追過來你就完蛋了。仔細想想再決定要不要過來吧。」

「什麼嘛……是想挑釁我？好啊，真期待你會耍什麼花招！」

他對自身實力有絕對的自信，隨便講幾句也能挑釁成功。

確認龍族沒有要攻擊弟子們後，我（天狼星）衝進通道，和龍族保持適當距離，不停奔跑。然後在窄度剛好的通道途中停下，動了個手腳，龍族在這時追上了我。

「你看，我追上你囉！」

龍族站在正中央，笑著對我揮下爪子……他的手卻勾到了什麼，頓時停止動作。龍族驚訝地揮下左手，結果也跟右手一樣停在半空中。

「咦？為什麼我的身體……」

龍族已經中了我的陷阱。

假如他看得見魔力，應該會發現無數條「魔力線」刺在牆上，纏住他的手臂。

龍族的力量想必很驚人，不過這些「魔力線」是我想像前世的特殊金屬絲製成的，不會那麼簡單就斷掉。順帶一提，我想像的金屬絲是比一毫米還細，卻能輕鬆撐起一百公斤的好東西。

我還趁他不知所措的時候在他周圍來回奔跑，把「魔力線」纏到他身上。現在的我宛如一隻抓到獵物的蜘蛛。

「雖然不知道你做了什麼，這種東西我立刻扯斷給你看！」

「辦得到就試試看啊。」

我不只是把線纏上去，還將他的關節綁起來固定住，讓他全身無法施力，如此一來龍族就只能被我吊在空中，動彈不得。

「唔……這什麼鬼!?為什麼我動不了！該死……手臂彎不過來！」

「不能動的話，你那珍貴的能力也派不上用場了吧？」

凡事都有盡頭，我認為無限再生是絕對不可能的。

繼續攻擊他當然也可以，不過我都封住他的行動了，應該先調查一下他身體的祕密。我（天狼星）碰觸龍族的後腦勺，發動「掃描」。

我藉由魔力調查他的身體，查出頭部及胸部有兩個東西會釋放特別強大的魔力。我拿小刀在他身上割出一道傷口，發現傷口在那個異物發出魔力的同時癒合了。

「……原來如此。這就是次數將近無限的再生能力的源頭。」

以前我跟校長閒聊時聽他說過，龍族體內有個叫「龍心」的結晶，裡面蘊含強大的力量。正是因為有這個東西，龍族的能力才會如此驚人，一點小傷瞬間就能治好。

雖然我沒遇過其他龍族，從他的體內偵測到的東西應該就是「龍心」。而且這隻龍族好像還有兩顆。

龍族的再生能力本來就高，再加上理應只有一顆的「龍心」他卻有兩顆。這就是這傢伙再生能力高得異常的原因。

「可惡，放開我！別碰我！」

「剛好可以拿你來實驗。會有點痛喔？」

「你、你要做什麼……啊……啊……啊啊啊啊啊啊啊啊——!?」

我將龐大的魔力從手掌注入他的體內，龍族發出響徹迷宮的慘叫聲。

這跟用來治療的再生能力活性化不一樣，只要將攻擊性魔力注入體內，就能同時刺激對方全身的痛覺，給予他難以忍受的劇痛。簡單地說，就像在無法昏過去的狀態下被人持續施加電擊。

過了一會兒，龍族的變身解除了，但我（天狼星）依然沒有停止注入魔力。

確認該處理的東西處理好了後，我再度用刀割傷龍族。

「哈……啊哈哈！我不是說過沒用嗎？你看，剛才的疼痛和傷口都——」

「……沒消失對吧？」

「咦……？為什麼……為什麼血止不住！痛覺也是……怎麼會這樣！」

我往他體內注入魔力不是要折磨他，是為了破壞那兩顆「龍心」。

即使我用其他魔法破壞掉其中一顆，另一顆也會立刻讓它再生，所以必須兩顆一起破壞。我也考慮過用「麥格農」同時射爆它們，但我想順便實驗一下用魔力拷問人的方式。

「難道剛才你就是在!?別開玩笑了！竟敢把我的力量……我絕對不原諒你！」

「我不需要你的原諒。比起這個……你是不是忘了什麼？」

「什麼東西……嗚啊！」

龍族不停大吼大叫，我毫不猶豫揍了他的臉一拳。

解除變身後，他的身體還是一樣耐打，不過用「增幅」強化過的拳頭似乎足以造成傷害。

我（天狼星）抓住吐出鮮血的龍族的角，盯著他的眼睛宣告：

「你已經不是無敵之身了……做好覺悟了嗎？」

「住……住手！不要……不要碰我！」

「你們殺了那麼多人，以此為樂。我一點都不同情你。」

直接殺了他也可以，可是我有不少問題要問他。威爾老師說過他跟古雷葛里勾結，得讓他親口招供這些罪行，以及那些死在他們手下的人的屍體被扔在哪裡。

這裡離大廳有段距離，不用擔心被弟子們看見，可以盡情審問他。

在那之前還有件事要做。

是這傢伙……把艾米莉亞傷成那樣。

我沒有親眼看到，但在前往這裡的途中，我用「探查」掌握了所有人大概的位置，因此知道罪魁禍首是誰。

這傢伙傷害了我可愛的徒弟艾米莉亞，不可饒恕。

讓我遵循本能……做一些自己想做的事吧。

「這是艾米莉亞的份。麻煩你撐久一點喔……？」

——天狼星——

制裁和審問完畢後，達到目的的我回到大廳。

順帶一提，那名龍族被我用他的斗篷綁起來，像條破抹布似的扔在那裡，我看他不僅站不起來，連鬥志都沒了。

異常的再生能力消失，精神也徹底崩潰，即使他體力恢復，也不可能有辦法跟人戰鬥。暫時擱置應該也不會有問題吧。

在回去找弟子們的途中，我發現向兩姊弟宣戰的貴族——哈路德和梅露露莎。為求保險，我檢查了一下，他們只是昏過去而已，應該也是可以放著不管。

而且我用「探查」偵測到有幾個反應正在接近這裡，八成是威爾老師派的人，因此我決定把這兩名貴族交給那群人照顧，將他們搬到牆邊。

他們倆應該還有帶隨從來，可是看地上的屍體，似乎是被殺了。我默默離去，為他們祈禱冥福。

順便看一下我打倒的那三個人。

脖子被砍斷的金狼族就不用說了，矮人也已經停止呼吸。被失控的龍族一爪撕裂的人族也一樣。

也就是說，我殺了人。不過由於我上輩子早就習慣做這種事，現在完全沒有罪惡感。而且看那群人的言行舉止及「殺人鬼」這個頭銜，想必有許多人死在他們手下。這種人遭到殺害並不奇怪，也算是報應吧。

要殺人的話，自己也要做好被殺的覺悟。

這句話我教過前世的弟子，但現在的弟子我還沒向他們提過，總有一天得好好告訴他們。

前提是他們知道我沒有一絲躊躇就殺了人，還願意跟隨我。

至於這些屍體……就讓之後來的人處理吧。

換個角度看也不是不能把他們解釋成起內訌，龍族那邊我也調教——更正，跟他商量過了，叫他不要提及我的存在。要是被人發現……到時再想好了。

至少我救了這些學生，和校長協調一下，看能不能找到我們都能接受的妥協方案吧。

我把目前能做的事都處理好後，回到弟子們身邊。

「天狼星少爺……」

「天狼星前輩！」

回到大廳，迎接我的是上半身靠在牆壁上的艾米莉亞，以及用毛巾幫雷烏斯擦掉血的莉絲。

兩人一看到我就放心地笑了，我也點點頭回以微笑。

「天狼星少爺，您沒事吧……」

「嗯，都結束了。雷烏斯狀況如何？」

「他昏過去了，不過現在呼吸穩定，我想只要好好休息就不會有事。」

為了保險起見，我觸摸雷烏斯再度幫他診斷，裂掉的骨頭治療得差不多了。只剩下那麼點魔力還能讓雷烏斯恢復成這樣，莉絲在治療方面真的很有才能。

「嗯，我也這麼認為。那就快點離開迷宮吧。莉絲能自己走嗎？」

「沒問題。」

莉絲因為魔力枯竭，看起來很難受，但艾米莉亞現在連路都沒辦法好好走。

確認莉絲搖搖晃晃站起來後，我蹲在艾米莉亞面前，背對著她。

「艾米莉亞，上來。」

「……是。」

艾米莉亞喜孜孜地趴到我背上，我用「魔力線」將她固定住，避免她摔下來，抱著雷烏斯邁步而出。

走原來那條路回去，可能會撞見校長派來的人，我看走別條路好了。

「天狼星前輩。要把哈路德同學和梅露露莎同學留在這裡嗎？」

「別擔心，老師他們派來的人快到了。所以我們要趁被發現前快逃。」

「逃？請人家保護我們不是比較好嗎？」

「我邊走邊跟妳解釋。總之我們遇到殺人鬼，被打得遍體鱗傷，不過之後成功逃掉了，殺人鬼自己起內訌自相殘殺……就設定成這樣吧。」

「嗯、嗯……知道了。」

看到我神情凝重，莉絲雖然一臉納悶，還是點頭同意了。

我在回程告訴莉絲逃跑的原因。

我的魔法及技術在這個世界並不正常，頗為強大。

萬一這件事傳出去，出現無腦的貴族想籠絡我，不只是我，連兩姊弟和諾艾兒他們都可能被盯上。簡單地說就跟會使用精靈魔法的人一樣。我還講了其他幾個原因，莉絲似乎明白了，不愧是與我有兩年交情的人。

「如果事情鬧得太大，我可能會沒辦法繼續和你們待在一起。」

「……說得也是。我也是……跟大家在一起的時候最開心。」

對話中斷，我們默默走在路上。

我在途中確認弟子們的狀況，雷烏斯還沒醒來，莉絲走路雖然慢，步伐倒挺穩的，應該是沒問題。至於我背上的艾米莉亞，她會不時用臉蹭我脖子，有點癢。

我一面注意所有人的身體狀態，回到地下五樓，這時莉絲停下腳步，望向艾米莉亞。

「……那個，我沒那麼累了，艾米莉亞讓我來背吧？」

「不……我想感受她的重量。這是他們活著的證據。」

轉生到這個世界後……我第一次氣成那樣。

不惜使用為了打倒師父發明出的「並列思考」與假想人格，對於殺人一事沒有任何猶豫……結果就是輕易奪去數條人命。

儘管我上輩子已經習慣做這種事，殺人的感覺果然不會太好。

這種時候……和弟子們相處能讓我平靜下來。

弟子們的呼吸與心跳聲，從旁邊、手上與背上傳來，使我發自內心覺得幸好他們還活著。

是說艾米莉亞，可以不要一直咬我肩膀嗎？

看她這樣拚命跟我撒嬌，我不禁苦笑。這時我的袖子突然被扯了一下，我回過頭，莉絲緊盯著我，好像在煩惱什麼。

「天狼星前輩……為什麼可以那麼堅強？那些人確實很過分，不過你把他們……」

「嗯……殺掉了。」

「……果然。」

「會怕我嗎？」

「我不知道。天狼星前輩明明是為了我們戰鬥，應該感謝你才對……我卻不知道該怎麼辦。」

莉絲用力抓住我的袖子，內心萬分糾結。

雖然我有正當理由，殺人果然是很難被人接受的行為。在我思考該對莉絲說什麼時，剛才還在咬我肩膀的艾米莉亞伸出手，把手放在莉絲肩上。

「莉絲……不必想那麼多。因為妳的想法跟天狼星少爺一樣。」

「怎麼可能……！我是在大家遇到生命危險時，還是殺不了人的膽小鬼！」

莉絲將自身的失態吶喊出來。

她像在懺悔般，滔滔不絕地訴說自己嘴上說要戰鬥，真的面對龍族時卻心生猶豫，導致艾米莉亞受傷。

「所以……不要把天狼星前輩與我相提並論。我只是個……膽小鬼。」

「那妳為什麼沒有逃？明明覺得害怕，明明覺得自己會被殺，為什麼妳還願意跟我們一起作戰？」

「那、那是因為……艾米莉亞和雷烏斯是我重要的朋友。對我來說……就跟家人一樣。」

「嗯，我們也是。天狼星少爺，如果我們遇到強敵，希望您自己先逃……您會怎麼做？」

「我怎麼可能丟下你們逃走？當然是要一起迎敵，或是一起逃。」

「妳看……一樣的。你們的想法根基都一樣，只是天狼星少爺走在妳前面而已。」

「可是……」

「莉絲，妳聽好，膽小也沒關係。說起來，如果妳變得能輕易殺掉人，我反而會很傷腦筋。」

假如將來莉絲變得想都不想就能殺人，我八成會沮喪到不行。

還是治癒別人，笑著享用美食最適合莉絲。我真的不希望她溫柔的心產生變化。

「我只是比起那些人的性命，更重視你們罷了。因為他們是樂於奪走他人性命的殺人鬼，我殺他們才不會有一絲躊躇。如果妳不能原諒這樣子的我，不繼續拜我為師也沒關係。我尊重妳的意願。」

「我……不要。和大家在一起太自在，我再也不想離開你們。不過萬一又發生同樣的事，我有辦法這麼乾脆嗎……總覺得有點不安……」

原來如此……莉絲不是怕我，只是不能原諒自己這麼沒出息。也許她是覺得，殺了人也能毫不猶豫邁步向前的我太過遙遠。

「莉絲，妳有妳自己要走的路。不需要模仿我。」

「那……我該怎麼辦？」

「那不是該由我和其他人決定的。我可以給妳意見，但答案絕對要由妳自己發現。這樣一來無論發生什麼事，妳都能筆直前行。」

「我……做得到嗎？」

「沒問題的。所以之後也繼續煩惱、迷惘，尋找自己要走的路吧。失敗了我們也會當妳的靠山。」

「……謝謝。」

莉絲把臉埋在我肩上，默默哭泣。

其實我想把胸口借給她靠，但我前有雷烏斯，後有艾米莉亞，以這個狀態太高難度了。

雖然想盡快離開迷宮，還是等莉絲平靜下來吧。

「不愧是天昂星號爺！」

「艾米莉亞……不要咬著我的肩膀說話。」

「嗚嗚……嘿嘿，艾米莉亞是因為害怕才想跟你撒嬌啦。」

對銀狼族來說，咬肩膀是一種愛情表現，咬得越用力好像代表愛情越深。這樣下去總有一天我的肩膀會被咬下一塊肉，以後還是盡量不要背艾米莉亞好了。

等到我們終於離開迷宮時，迷宮前面擠滿人潮。

那些人幾乎都帶著武器，迷宮入口全都拉著表示禁止進入的繩子，不僅如此，還有一堆人在看守。

我們從迷宮裡走了出來，因此眾人當然一陣騷動。

「天狼星，你平安無事嗎！」

在眾人的注視下，麥格那老師從人群間飛奔而出，我鬆了口氣。這樣就能省下一些時間。

「是的，好不容易才逃出來。不過在我說明狀況前，我想先把艾米莉亞和雷烏斯送到治療室……」

「他們受傷了。我明白了，把他們送去學校的治療室吧。麻煩拿擔架來。」

麥格那老師叫數名老師及冒險者過來用擔架把雷烏斯抬走。接著輪到艾米莉亞，她卻攀在我脖子上不肯下來。

「艾米莉亞，下來。」

「再一下……」

「不行。妳可是傷患，得躺床上休息。」

「是……」

我好不容易叫艾米莉亞下來躺到擔架上，她用哀傷的眼神看著我，因此我摸了摸她的頭。

「之後再去看妳，要好好休息喔。」

「……我會等您。」

「莉絲，我得去跟老師說明情況，可以麻煩妳陪艾米莉亞嗎？」

「也是。讓現在的艾米莉亞自己一個人，總覺得不太放心……」

儘管沒有受傷，莉絲也累了。

我苦笑著目送莉絲追向被人抬走的兩姊弟，深深吐出一口氣。這樣就告一段落了……

「第一次看到艾米莉亞那麼撒嬌。」

「哈哈……請您當作沒看到。」

「這代表她受到的打擊有多大。我就把剛才那幕收在心底吧。雖然你看起來挺累的，方便告訴我發生了什麼事嗎？」

「是。在那之後……我馬上衝進迷宮，在地下十樓發現受傷的弟子們倒在鮮血之龍面前。」

我告訴麥格那老師的是我在回程想好的謊言。

我抵達的時候，鮮血之龍正在起內訌，疑似隊長的龍族變身成龍，大鬧一番。他大概是因為變身而失去理性了，把同伴統統殺掉後，大叫著四處破壞，過了一會就倒在地上一動也不動，我便把他綁起來扔在路邊。

「唉……太危險了。我知道你的能力超出常人，但這種事請你以後別再做了。」

「非常抱歉。之後我就抱著活下來的弟子回來了。和他們比賽的兩名貴族學生也平安無事，不過考慮到雷烏斯的傷勢，我認為應該快點回來，就把他們留在十樓的大廳。」

「確實，畢竟那個精力十足的雷烏斯都昏過去了。那兩個人就交給我們派進迷宮的救助隊吧。順帶一提，你們和哈爾特他們以外的學生，已經全數平安離開迷宮，『兩名』貴族學生的意思是……」

「如您所料。他們的兩位隨從已經……」

「……是嗎？雖然他們平安是件值得高興的事，遇難的學生實在令人惋惜。不好意思，能請你回學校向威爾老師——不對，向校長報告嗎？他好像在校長室等你。」

「沒問題，不過我可以離開了嗎？」

「嗯，之後交給我處理就行，我要在這等裡面的人回來提供情報。」

麥格那老師開始向其他人下達指示，我則跟在弟子們身後，轉身往學校走去。

我照麥格那老師所說，回到學校後先前往校長室。

校長室的門和麥格那老師的辦公室不一樣，是由左右兩扇門構成的大門，看起來很高級，給人一種莫名的壓迫感。

我和喬裝中的威爾老師講過好幾次話，踏進這個房間倒是第一次。

進入校長室，映入眼簾的是坐在一張大桌前面的羅德威爾，和平常喜歡吃蛋糕的威爾老師不一樣，充滿校長的威嚴。我感覺不到周圍有其他人，看來這裡只有我和他兩個人。

「首先要說的是，你沒事就好。噢，先泡杯紅茶喝吧。請坐在那張沙發上稍等一下。」

校長室裡放著一堆書，角落有個小小的流理臺，挺高級的。我坐在校長叫我坐的豪華沙發上等他，接過他親手泡的紅茶。

「我也挺喜歡泡茶的，不過不及麥格那老師就是了。」

校長泡的茶雖然比不過麥格那老師，茶的香味確實有泡出來，挺好喝的。而且我衝出麥格那老師的房間後都沒有補充水分，這杯茶來得正是時候。

「很好喝。然後，您叫我過來的原因是……」

「嗯。我想請你詳細說明迷宮裡發生了什麼事。」

我把告訴麥格那老師的情報跟校長說了一遍，校長神情凝重，看著我說：

「根據調查，安排那些殺人鬼進艾琉席恩的很可能是古雷葛里。真的很抱歉，我的部下傷害了你的弟子。」

「……古雷葛里現在在哪？」

「他從前幾天開始就沒來過學校，我已經派部下去古雷葛里家了。他就交給我們處置吧。」

「可以放心交給您吧？」

「即使他惹出這種麻煩，終究是一名貴族。要是你介入其中，我可能沒辦法包庇你，所以這次請你忍耐一下。」

「……我明白了。」

我審問過那個龍族，已經知道古雷葛里是罪魁禍首。

因此我本來打算今晚潛入古雷葛里家，不過校長都出手了，我看還是打消這個念頭吧。

而且……校長好像很生氣。

我感覺到他散發出面試時的那股氣勢，所以最好乖乖退讓。

「得審問那名活下來的龍族，無論如何都要找到對古雷葛里定罪的證據。他已經不是老師，而是一名罪犯。」

從指導學生的人淪落為罪犯嗎？

動不動就說獸人愚蠢的他，自己卻是最愚蠢的。

「現在我能告訴你的情報就這些。有什麼事我會通知你，今天請你先回去休息吧。」

「好的。那麼我去看看弟子們就回鑽石莊。」

我向校長行了一禮，離開校長室。

我來到學校的治療室，姊弟倆好像已經治療完畢，被搬到其他房間的床上休息，我先前往艾米莉亞的病房。

「來了……啊，天狼星前輩。」

我敲敲門，出來應門的是莉絲，她一看到我就露出笑容。

「我來看艾米莉亞，方便進去嗎？」

「嗯。艾米莉亞，天狼星前輩來了。」

「真的!?」

艾米莉亞的聲音聽起來頗有精神，看來她恢復得差不多了。

我走進病房，躺在床上的艾米莉亞坐起上半身，用燦爛的笑容迎接我。

「身體還好嗎？」

「頭還有點暈，不過已經沒事了。」

「……好，臉色也變好了。但不可大意，今天要在這裡乖乖休息喔？」

「這怎麼行!?鑽石莊還沒打掃完，而且我得照顧您……」

艾米莉亞一臉世界快要滅亡的樣子，可是我一摸她的頭，她的表情就放鬆了些。

「那些事可以等明天再做……聽話好嗎？別再讓我操心。」

「……我明白了。」

艾米莉亞雖然不太甘願，還是乖乖點頭。

真是……這種地方跟艾莉娜媽媽一模一樣。

艾米莉亞的服務精神讓我有點傻眼，這時莉絲打開門，離開病房。

「那個，我去看看雷烏斯。」

她這麼懂得看氣氛我很感激，可是最後那抹彷彿在說「兩位慢慢來」的笑容，我認為是多餘的。

大概是麥格那老師安排的吧，這間病房是單人房，因此莉絲走了後，變成只有我和艾米莉亞。時間將近傍晚，所以四周感覺不到其他人的氣息。我看著艾米莉亞的眼睛，撫摸她的頭。

「好了，莉絲走了喔。妳是不是有話想對我說？」

「…………天狼星少爺！」

艾米莉亞面色扭曲，哭著撲進我懷裡。

「好怕……我好怕！雷烏斯跟媽媽一樣……擋在我們前面……我又差點，失去重要的人……嗚、嗚嗚……」

家人在眼前死去的經歷，對艾米莉亞來說是尚未痊癒的心靈創傷。

這次的事件……導致她心靈創傷復發，其實她很想哭，但為了活下來，以及為了不讓雷烏斯與莉絲不安，只好拚命忍耐。

艾米莉亞向我撒嬌是為了掩飾情緒，如今剩下我們兩個人，她終於忍不住了。

不對，因為她一直憋著我會很困擾，算是我主動讓她把情緒發洩出來的吧。

「我……以為再也見不到您了……可是我必須保護他們兩個！幸好雷烏斯沒事！幸好莉絲沒事！幸好……還能被天狼星少爺摸頭……」

艾米莉亞將真心話吐露出來，語無倫次……這樣就好。

這裡只有我和妳，再也不用忍耐，妳可以盡情宣洩。我抱緊艾米莉亞，慈愛地摸著她的頭。

「妳很努力了。他們之所以平安無事，都是因為有妳幫忙。」

「可是……我被敵人打倒了，一事無成。雷烏斯拚命保護我們，我卻只能在旁邊看……」

「妳是因為挺身保護了莉絲才不能行動吧？而且，大家都平安回來就夠了。」

「天狼星少爺……嗚嗚……」

對了，以前我也像這樣安慰過艾米莉亞。

那時艾米莉亞只會一直哭……現在應該有所改變了。

哭了一會兒，她抬起頭拭去淚水，認真凝視著我。

「我再也——再也不會犯這種錯。為了保護像天狼星少爺一樣重要的人……我要變強！」

「……會很辛苦喔？」

「我不在乎。因為我再也無法忍受自己什麼都做不到，只能在旁邊看……」

……艾米莉亞，妳又成長了。

有那堅定的眼神和意志，妳一定會變得更強。

「聽到妳這麼說，我這個當師父的也很高興。不給妳一點獎勵說不過去啊。」

「真的嗎？那我想拜託您一件事……」

「什麼事？儘管說。」

「可以……再抱著我一會兒嗎？」

「嗯，可以啊。」

我照艾米莉亞的要求抱緊她，她喜孜孜地蹭到我身上。

過沒多久，艾米莉亞開始發出穩定的呼吸聲，我便把她放回床上，默默離去。

接著我來到雷烏斯的病房，莉絲剛好走出來。

「啊，天狼星前輩。艾米莉亞還好嗎？」

「剛才終於睡著了。雷烏斯狀況如何？」

「他醒著。好像很期待你去看他。」

「是嗎？那我得趕快去露個臉。」

我準備打開門的時候，不經意地望向旁邊，發現莉絲神情凝重。

「怎麼了莉絲？發生了什麼事嗎？」

「啊，沒有……我只是覺得雷烏斯怪怪的。看起來是很有精神沒錯，但有種勉強自己裝出來的感覺，好像有什麼難過的事……總之跟平常不一樣。」

我隱約察覺到原因。

同時也嚇了一跳，他們感情已經好到莉絲會發現雷烏斯細微的變化，雷烏斯也會讓莉絲看到自己脆弱的一面了。

「別擔心，之後就交給我吧。」

「嗯，畢竟同樣是男生，雷烏斯應該會比較願意對你說。」

「是說，妳和雷烏斯真的變得挺要好的。那傢伙基本上很親人，不過打從心底親近的只有寥寥數人而已。也就是說，妳也是其中一個。」

雷烏斯真的親近的，大概只有我、艾米莉亞、諾艾兒和迪吧。現在又加了莉絲進去。

「這樣呀。呵呵……好高興。」

「嗯，以後也麻煩妳跟他和艾米莉亞好好相處囉。那我去找雷烏斯了。」

「幫他打打氣吧。」

和莉絲道別後，我敲敲門，門後傳來雷烏斯的聲音。看來他隔著一扇門也知道是我。

我走進病房，不出所料，雷烏斯躺在床上，很開心的樣子。

「大哥！你來啦！」

雷烏斯坐起上半身，胸口和手臂雖然纏著繃帶，看起來還滿有精神的。

他兩眼發光，緊盯著走進病房的我。

「傷口沒事了嗎？」

「這點小傷一下就好了。比起這個，大哥果然超強的！這麼簡單就把我們完全打不過的那群人幹掉！」

「雖說對手是殺人鬼，我可是殺了兩個人喔。你不怕我嗎？」

「不會啊，大哥是為了保護我們而戰。我尊敬大哥，才不會怕咧！」

這傢伙真的很率真。雷烏斯不假修飾的這番話令我感到心曠神怡，心情平靜。

如莉絲所說，我發現他的笑容有點不自然。

「我啊……經過這次的戰鬥，明白要保護人有多難了。明明這麼難，大哥卻一直在我們後面保護我們。」

「我是你們的師父，那就是我的職責。」

「所以大哥……我絕對要變強，變得可以跟大哥並肩作戰！輸給那些人雖然很不甘心，我也學到了不少。」

「哦？方便告訴我你學到了什麼嗎？」

「嗯！」

他似乎一直在回想今天的失誤，自我反省。

該保護姊姊卻跑到前面作戰、被變身後的力量沖昏頭，只會靠蠻力亂揮劍等等，雷烏斯將自己的過失一個個列出來，向我報告。

然而……雷烏斯越講越沒精神，最後還把視線從我身上移開，望向窗外。

「欸……大哥，姊姊她們沒事，我也沒死，還看到大哥有多厲害。我從來沒贏過大哥和萊奧爾爺爺，所以我以為就算我輸給其他人，也不會不甘心。不過……」

雷烏斯咬緊牙關硬撐，淚水卻不受控制落到床上。

「為什麼……我現在這麼懊悔？大哥，我這樣是不是很奇怪？」

「哪裡奇怪。身為男人，你的反應很正常。」

「可是比起搞不好會保護不了姊姊，輸給他們更讓我覺得不甘心。明明這兩件事根本不能比……我可是更懊悔自己輸了喔？」

雷烏斯淚流不止，我摸摸他的頭。

儘管輸了戰鬥，敵人全都倒下了，我們則統統活著。光看結果是我們的勝利，雷烏斯卻無法接受。

「不過，你想保護艾米莉亞和莉絲的心情是千真萬確的吧？」

「那當然！我是真的很高興姊姊她們沒事。」

「那就好了。你只要兩邊的懊悔都承受就行，又不是只能選一個。然後，別忘記這種感覺。它一定會讓你變強。」

「……這樣可以嗎？」

在旁人眼中看來，雷烏斯好像比起姊姊，更在意自己輸了，但那是因為艾米莉亞跟莉絲現在平安無事。

「不管你怎麼想，都絕對不要忘記想保護艾米莉亞她們的這份心意。你為什麼想變強？再說一次看看。」

「為了保護姊姊！」

「對。所以治好傷後，變得更強吧。只要你想變強，我會奉陪到底。」

「知道了！」

雷烏斯擦乾眼淚，露出清爽的笑容。

他眼中的意志比以往還要堅定，是跨過一道坎的男人的眼神。

沒錯……雷烏斯，你是堅強的孩子。

你總有一天一定會超越萊奧爾爺爺……也會超越我。

我很高興能守候雷烏斯的成長。

之後我離開雷烏斯的病房，坐在走廊的椅子上吁出一口氣。

這次的事件要是一個弄不好，說不定會失去弟子們，所有人都沒事真的太好了。嘗到敗北滋味的他們想必會變得更強。他們看起來也沒有嚇得心靈受創，真的是堅強可靠的弟子們。

只不過……好累啊。

用盡全力打了一場，身體也因為長時間維持在「增幅」狀態，累積不少疲勞。

之後還有事要做，休息一下再回去好了。

我靠在椅子上，靜靜閉上眼睛。

——莉絲——

和天狼星前輩分別後，我去看了艾米莉亞……這孩子睡得非常香。

偶爾她還會笑出來，說夢話呼喚天狼星前輩的名字，我不禁感到疑惑，天狼星前輩究竟對她做了什麼？

我在那裡打發了一下時間，離開艾米莉亞的病房，去雷烏斯的病房找天狼星前輩。

雷烏斯雖然還有點沒精神，我想只要交給天狼星前輩就沒問題了。我邊走邊想「他們差不多講完話了吧」，走到病房前，看到天狼星前輩坐在外面的椅子上。

「天狼星……前輩？」

他在……睡覺嗎？

非常罕見的景象。我跟天狼星前輩認識兩年了，從來沒看過他這麼無防備。

可是……這也不能怪他。

為了拯救我們，他拚命趕過來，獨自與那麼強的人交手。

他若無其事地殺人的模樣，確實讓我覺得很可怕，但艾米莉亞說，那是因為我們受到傷害，天狼星前輩生氣了。可見他有多麼重視我們。

跟艾米莉亞比起來，我和天狼星前輩認識的時間並不長，但我一直在他身旁看著，因此我明白。

天狼星前輩和那些人不一樣，不是以殺戮為樂的人。

所以……

「嗯，天狼星前輩不可怕。」

這樣就夠了。

「嗯……莉絲嗎？」

「啊，對不起，吵醒你了？」

看來我好像靠得太近。他難得在休息的說，真不好意思。

「不，是我自己醒來的。如果來的人不是妳，我早就醒了。」

「是我的話你就不會馬上起來呀？」

「因為我用不著警戒妳。」

用不著警戒我嗎……好高興。

天狼星前輩真的是個不可思議的人。

比我小一歲卻這麼強，懂這麼多事……我不知不覺就尊敬起他來了。

身高比我高一點。身體雖然鍛鍊得很勤，跟大人比起來還是小小隻的。

「艾米莉亞和雷烏斯今天要住在病房，我也差不多該回鑽石莊了。妳之後有什麼打算？」

「我再陪他們一下就回宿舍。」

「是嗎？抱歉，我累了，先走一步。」

天狼星前輩的背影……果然十分高大。

明明看起來是與年齡相符的高度……越是瞭解這個人，就越會覺得他的背影厚實可靠。我很能體會艾米莉亞和雷烏斯把他當成父親仰慕、尊敬的心情。

父親嗎……

「是，爸爸您也辛苦了。」

「……我什麼時候變成妳爸了？」

「啊!?那個……我、我開玩笑的！啊、啊哈哈……」

「有妳這種女兒還挺幸運的。明天見。」

「是。明天見……」

確認天狼星前輩帶著陽光笑容轉身離去後，我深深嘆了口氣。

啊啊討厭……我怎麼這麼粗心。

看到那比我身邊的大人、老師還要高大的背影，我心想。
可靠的父親……一定就是指他這樣的人。
和我那個沒必要不會跟我講話，對我漠不關心的父親截然不同。
「真不想……對他們有所隱瞞……」
也許該向他們坦承我的真實身分了。
可是講了之後，這舒適的相處模式可能會產生變化……我好怕。
就算這樣，我仍不想繼續瞞著大家。
沒問題……跟今天發生的事比起來，一點都不可怕。
我相信大家一定會接受我，像以前一樣和我相處……所以，我決定了。
即使會後悔，也要照自己的意思筆直向前。

——天狼星——

迷宮發生殺人鬼事件的隔天早上，我一個人迎接日出——並沒有。
「早安，天狼星少爺。」
我還以為今天艾米莉亞應該會乖乖休息……結果還是老樣子。
不對，她反而變得更有精神。

「衣服我放在這裡。您頭髮睡得翹起來了，請用溼毛巾。早餐已經做好，若您想在這邊用餐，可以為您準備。」

我醒來的時候，她已經幫我把所有事都打理好。我從太陽的高度判斷現在時刻，跟平常的起床時間一樣。

「艾米莉亞……妳什麼時候來的？」

「不久前。昨天因為被您緊緊抱住，我幸福到今天早上才醒來，所以休息得很夠，身體狀況也非常良好。」

家事全都做好了……所以她大約是一個小時前來的吧？

艾米莉亞臉泛紅潮，幸福地扭動身子，如她所說，她臉色不錯，皮膚也有光澤，看她的動作身體也並無大礙。

為求保險，我招手叫她過來，想幫她檢查，艾米莉亞用迅雷不及掩耳的速度衝到我面前。這麼短的距離，不必用到全速好嗎？

「您叫我嗎？」

我只是叫她一下而已，艾米莉亞卻搖著尾巴露出滿面笑容，等待我的回答。我一伸出手，她就知道我要做什麼，自動低下頭，我便把手放在她頭上發動「掃描」。

「……似乎沒有異常。」

「那當然！我覺得現在的我什麼都做得到。」

艾米莉亞笑著不斷搖尾巴，幸福到了極點。

之後，我們在客廳吃艾米莉亞做的早餐。本來擔心她這麼有幹勁，搞不好會做一頓大餐，幸好是一般的餐點。

艾米莉亞剛痊癒，因此今天的晨練取消，可以悠閒享用早餐。過沒多久，莉絲著急地跑進來。

「呼……呼……真是的，妳果然在這裡。」

「「早安，莉絲。」」

「早安……不對！妳為什麼擅自溜出病房！我早上去妳的病房沒看到人，嚇了一跳耶。」

「因為我該在的地方是天狼星少爺身邊。」

「重點不在這裡！雖然老師那邊我幫妳矇騙過去了，別再自作主張了唷。不過，妳那麼有精神真的太好了。」

莉絲看起來很頭痛，可是馬上又恢復成以往溫柔的表情。

艾米莉亞在與莉絲鬥嘴的期間準備好她的早餐，莉絲坐到這兩年固定的位子上，雙手合十。現在她跟我們一樣，吃飯前會合掌，筷子也用得很順手。

「今天的早餐看起來也好好吃，我開動了。」

莉絲的吃相非常有氣質。除了基本的喝湯時不會發出聲音外，也絕對不會張大嘴巴吃飯。

不過，她能輕鬆解決和大胃王雷烏斯吃的飯同等的量。

明明吃相那麼優雅，速度卻很驚人，一塊牛排不知不覺就消失的案例也並不罕見。

雷烏斯運動量大，我能理解他為何吃得那麼多，但跟他食量相同的莉絲完全沒有發胖的跡象，那麼多養分到底跑到哪裡去了，至今仍然是個謎。

「……呃，你一直盯著我看，我會覺得有點彆扭。」

「噢，抱歉。我只是在想妳吃飯都吃得津津有味。」

「那個……因為很好吃。」

「謝謝妳。這樣我努力做菜也值得了。」

我們重新開始用餐，這時門口再度傳來聲音，客廳的門打了開來。

「大哥，姊姊，早——痛痛痛！」

雷烏斯……你也是嗎？

雷烏斯全身包著繃帶登場，在進門的同時摀住胸口痛得大叫。姊弟倆怎麼都這樣，不能聽話點嗎？

「嘿，雷烏斯！怎麼可以不乖乖待在病房？」

「這句話由妳說出口一點說服力都沒有……」
「因為光是躺在床上很無聊嘛，那裡端出來的飯又無法滿足我。」
「唉，沒辦法，你都已經來了。艾米莉亞，不好意思……」
「是，我立刻準備。」
於是，雷烏斯也坐到桌前，開始吃艾米莉亞端出來的早餐，速度快到讓人難以想像他昨天才受過重傷。
兩人份的早餐轉眼間就消失了，但他們一副吃不夠的樣子。也許是昨天流了太多血，身體本能地想要攝取營養。
「姊姊，再來一碗！」
「我也想要再來一碗。」
「呵呵，我知道。天狼星少爺也要嗎？」
「嗯，麻煩妳了。」
就這樣……我們的日常回來了。
我接過艾米莉亞遞給我的早餐，細細品味這平凡卻幸福的日子。
之後我們來到學校，一走進教室入座，同學們就紛紛圍過來。
平常也是這個狀況，不過今天的氣氛截然不同。

「欸欸欸，你們被捲入昨天的事件對不對？迷宮裡發生了什麼事呀？」

「大哥!?您怎麼受這麼重的傷！是哪個傢伙幹的！」

「迷宮裡到底跑出什麼東西啊！巨石兵的話這傷未免太重了吧？」

昨天的事件似乎傳遍學校了，同學們統統都在問這些。

迷宮裡發生異常狀況，將數名學生及我們捲入其中的傳言雖然已經傳開，校方卻沒有提及最重要的鮮血之龍。校長叫我在他正式公布情報前，先不要跟同學們講詳細情況，我也有叮嚀弟子們。

過沒多久，馬克慌慌張張進到教室，一看到我們就露出鬆一口氣的表情。

「早安，天狼星同學。我在來學校的路上聽說你們被捲入事件當中……幸好你們沒事。」

「早安馬克。發生了很多事，不過如你所見，我們都沒事，你大可放心。」

我和冷靜下來的馬克交談著，這時教室的門突然打開，同學們一陣騷動。

我心想「麥格那老師應該沒那麼早來啊」，望向門口……

「打擾了。」

「打擾各位了。」

是從殺人鬼手中存活下來的貴族學生——哈路德與梅露露莎。

學生們都聽說了他們也是事件的受害者，因此這兩人突然出現，教室裡瞬間變得鴉雀無聲。

即使是在這種狀況下，兩人依然抬頭挺胸走進教室，站在姊弟倆面前，擺出跟第一次登場時一樣的姿勢。

「雷烏斯・席爾巴利恩。我有話想對你說。」

「艾米莉亞・席爾巴利恩。我有話想對妳說。」

氣氛異常緊繃，身為貴族的兩人……默默向姊弟倆低下頭。

「雖然我記不太清楚，託你的福我得救了。謝謝你。」

「艾米莉亞，妳的魔法救了我。我是來謝謝妳的。」

「「呃……」」

那麼高傲倔強的兩人，用符合貴族身分的高雅態度向他們致謝。和昨天明顯不同的態度，令姊弟倆難掩困惑，只有默默應了一聲。

「我的謝意確實傳達到了。失陪了。」

「可以的話希望妳控制一下魔法的威力。再會。」

大概是想講的話都講完了吧，他們跟進來時一樣，抬頭挺胸走出教室。

然後，在仍然安靜無聲的教室中，雷烏斯看著我低聲詢問：

「欸……大哥，他們是怎樣？」

「他們也說了啊，只是來向你們道謝的。那兩個人是會回報他人恩情的貴族。」

「感覺好複雜。」

「不管你們怎麼想，我能說的只有一件事……你們做的並沒有錯。」

我邊說邊摸他們的頭，姊弟倆心滿意足地笑了。

一片靜默的教室又開始吵鬧起來時，麥格那老師來了。不知不覺就到了上課時間。

「各位同學早。馬上有件事要通知各位，請安靜一下。」

麥格那老師環視教室一圈，確認同學們都靜下來後才開口說話。中途他跟我對到了視線，我想不是錯覺。

「昨天發生的事件，想必大家也聽說了。校長下午會在講堂說明詳情，麻煩各位不要散播謠言。然後，天狼星。」

「是。」

「校長好像想問你事件的詳細情況，請你立刻去校長室。」

突如其來的指名令我一頭霧水，兩姊弟馬上站起來抗議。

「麥格那老師！為什麼只有天狼星少爺被叫去？」

「對啊！應該也要問問我們這些受害者吧。」

「你、你們兩個，冷靜一點！」

「你們說得對，但兩位是天狼星的隨從，因此應該由他這個主人出面。」
大概是因為麥格那老師說的也有道理，兩人心不甘情不願坐回椅子上。
「……為何露出這種眼神？我只是去講個話而已。」
「是沒錯。可是我有種不好的預感。」
「我也是。有什麼事請您立刻呼喚我。就算在上課我也會飛奔過去。」
「你們這麼堂堂正正地發表蹺課宣言，老師我很困擾呢……」
麥格那老師因兩姊弟的反應露出苦笑，我在他的目送下獨自走出教室。

接著我來到校長室……校長的模樣跟昨天比起來截然不同。
我昨天也看過他身為一校之長的認真神情，今天卻有種緊張感。看這氣氛……直接開打都不奇怪。
「你來了。請坐在那張沙發上。」
「……打擾了。」
校長一副不容拒絕的態度，叫我坐到沙發上，然後坐到我對面。
只不過……我們沒有交談，而是默默看著對方。
一觸即發的凝重氣氛維持一段時間後，校長終於開口。
「……我就直接進入正題了。找你來是要通知你昨天那起事件的後續，外加有件事想問你。」

「有件事想問我嗎……」

「這個之後再說，先跟你報告調查結果吧。昨天，根據進迷宮調查的人的回報，很遺憾，疑似鮮血之龍成員的三個人已經死亡，不過我們抓到了隊長葛拉恩。」

「意思是，審問結果出來了。」

「沒錯。抓到他之後，我們考慮到他可能會失控，將他帶到學校的鬥技場，想要先從他口中問出情報，可是……」

校長似乎也有參與審問，將整個過程詳細說給我聽。

把葛拉恩帶到鬥技場的路途中，隨行的老師及上級冒險者頻頻向他問話，卻完全無法與葛拉恩溝通。

因為……

『對不起對不起對不起對不起對不起……』

葛拉恩兩眼無神，抱著頭拚命道歉，一點反應都沒有。

『我們在迷宮找到這傢伙的時候就是這樣了。問什麼都只會道歉，沒辦法溝通。』

『傷腦筋。我有很多事想問他……』

『羅德威爾校長，可否用您的魔法想點辦法？』

『羅德……威爾!?你就是羅德威爾嗎！』

得知面前這個人就是羅德威爾，葛拉恩急忙逼近校長，但他全身上下都被綁住，只能狼狽地摔在地上。

『……我是羅德威爾沒錯，怎麼了嗎？』

『那傢伙叫我不准回答別人的問題，除了你以外——不對！我什麼都告訴你，快問我問題啦！』

『怎、怎麼回事？是被羅德威爾校長的氣勢鎮住了嗎？』

『唔……雖然我不是很清楚狀況，你願意提供情報當然最好。首先——』

校長覺得有點奇怪，不過葛拉恩似乎真的有照實回答問題。

從他們跟古雷葛里怎麼勾結的，到來到這座城市後殺害的屍體是如何處置的，以及過去的經歷和自己的能力，統統招了。

除此之外，明明校長沒問，他卻開始講自己喜歡的食物等無關緊要的事，滔滔不絕，想要把能講的全都講出來。

『夠了。可以不用再說了。』

『你想問的就這些!?真的……真的沒了!?』

『是、是啊。你到底為什麼那麼急？』

『啊啊……太好了。這樣我終於……』

然後……葛拉恩就死了。

「……他死了嗎？」

「要是他在我們把他交給冒險者公會之前或之後逃走，事情會變得很麻煩，所以本來就打算拿正當防衛當理由收拾他，才把他帶到鬥技場。畢竟可以拿來當證據的情報他也招了，像他這種等級的殺人鬼，只要交一顆頭出去就夠了。」

聽起來很殘忍，但葛拉恩可是惡名昭彰的殺人鬼，交給公會結果也是一樣。校長又不需要賞金，才會想利用自己的權限早點解決掉他。

他都當上身在高位的校長了，自然會容忍一些小手段。

「可是……殺掉他的人並不是我。他講完最後一句話，頭部就忽然炸開來。」

「頭炸開來？您對他用了什麼魔法嗎？」

「我什麼都沒做。就跟我說的一樣，他在大叫的同時頭部往上炸開，變成沒有生命的肉塊。」

「太慘了。」

我皺起眉頭，校長突然瞪著我，釋放殺氣。

「我直接問了。天狼星……你是不是做了什麼？」

「做了什麼……？」

「先說說我基於經驗和直覺的推測吧。殲滅鮮血之龍——包括葛拉恩在內的人……就是你對不對？」

……他果然察覺到了。

昨天，我和莉絲道別後沒有回鑽石莊，而是追蹤葛拉恩的反應跟在後面。看到葛拉恩被帶到鬥技場，向校長招供一切後……我從遠方的高臺用長距離狙擊魔法「狙擊」射穿他的頭。殺掉他的理由跟校長差不多，不過有一部分是因為我想親手解決那傢伙。

不曉得他是不是從魔力流向和神不知鬼不覺的殺人技巧發現的，校長散發出的殺氣，使我發動了「並列思考」。

「……我不知道您在說什麼。」

首先要爭取時間。

校長在虛張聲勢的可能性較高，不過為了以防萬一，準備發動「增幅」。

同時用「探查」確認弟子們的位置……他們沒有離開教室。

「這間房間的牆壁含有會吸收聲音的特殊礦石。只要不要太大聲，外面是聽不見的。」

「……也就是說，講私事或稍微打一場，並不會被發現？」

在對手念咒的同時發動「光明」，立刻逃跑。

再用「傳訊」聯絡弟子們。

馬上去教室接他們，逃出學校。

「正是。請你明白這點再回答我的問題，你來這間學校有什麼目的？假如你是會對學校造成危害的人，我就必須動手阻止你。」

「我來這裡的目的是為了學習知識，外加需要一個安全的環境，讓我成長到年齡足以當冒險者。以及培育、守護弟子。」

確認羅德威爾的魔力正在提升。「衝擊」對他應該不會有效，因此我選擇使用想像訓練彈做出來的「麥格農」。

周圍沒有外敵。

最短逃脫路徑……確認完畢。

所有狀況……預想完畢。

「此話當真？」

「是的。」

我毫不猶豫回答，默默與校長互瞪。

絕對不能移開目光。不只是因為會露出破綻，更重要的是面對校長，拿出誠意方為上策。

過了幾分鐘……校長的殺氣消失，為僵持不下的局面劃下句點。

「你果然不是簡單人物。看來犯人就是你沒錯。」

「………是的。是我打倒了那些殺人鬼。不過您未免太壞心眼了吧，竟然那麼認真地釋放殺氣測試我。」

經過各種考量……我決定老實承認。

因為要繼續騙他也不容易，外加雖然我和校長認識得不算久，我知道只要不跟他敵對，校長的態度就是井水不犯河水。要是我和校長打起來，學校全毀都不奇怪，所以我默默鬆了口氣，解除「並列思考」。

而且……在這裡待了兩年，我對這所學校和城市也有感情了，我誠心覺得不用拋棄弟子以外的人事物逃離這座城市，真的太好了。

「不好意思嚇到你，但我想藉這個機會聽聽你真正的想法。現在我很清楚我沒理由和你爭鬥。」

「您的手段會不會有點太強硬？搞不好會打起來喔？」

「沒辦法。我早就知道你很特別，想不到竟然有能力輕易打倒龍族和上級冒險者。不能怪我因為這次的事件產生危機意識。」

「是沒錯……畢竟我這次真的做得太過頭。」

校長所言甚是。我因為弟子們受到傷害，過於憤怒，完全沒考慮到後果就做了那種事，不能怪他警戒我。

「你擁有強大的力量，卻沒有用錯誤的方式使用它，也很有禮貌。我個人是想跟以前一樣，與你維持良好的關係。」

「我也是。還有，有件事想麻煩您，關於我的實力……」

「我瞭解，要是其他人知道你的身手，想必會惹來許多麻煩。雖然我覺得遲早會被發現，在那之前我會幫你保密。」

「這種說法真令人不安。麻煩您了。」

「這次的事件我們也有疏失，多少可以通融一下。而且……不跟你好好相處就沒蛋糕吃了。」

我怎麼覺得最後一句才是真心話，是錯覺嗎？

總而言之，關於鮮血之龍事件和我的實力似乎沒問題了，暫時可以放心。

校長好像還有事要通知我，但他神情凝重，看起來不是好消息。

「很遺憾，我們沒抓到這次的幕後黑手古雷葛里。」

「被他逃掉了嗎？」

「是的。我派了調查隊去古雷葛里家，那裡已經只剩下空殼。虧我之前還叫你把他交給我處理……真難堪。」

「不會，您並沒有做錯。看來古雷葛里是個擅長脫身的人。」

「他的逃亡技術非常高明。不過我用昨天得到的證言和從他家裡搜出的證據，通緝了古雷葛里，在城內發放懸賞令，至少他應該無法在艾琉席恩光明正大地活動。」

「他的那些學生怎麼辦？」

「學生們是無辜的，所以我找其他老師接手古雷葛里帶的班級。但我擔心那個男人灌輸學生奇怪的觀念，必須再觀察一段時間。」

也有學生什麼都沒做，要是他們因為大人亂鬧事遭到波及，未免太可憐了。

校長在找我來之前，好像先跟失去隨從的哈路德與梅露露莎談過，兩人深深反省過了，決定不再跟隨古雷葛里。

「我還有件事想問你。你殺掉葛拉恩的魔法……到底是什麼？」

大概是指「狙擊」吧。

這個世界沒有可以從超遠距離射穿對手頭部的魔法或武器，羅德威爾會好奇也很正常。

「對不起，恕我無法回答。可是那個魔法，我只會對葛拉恩那種殺人鬼用……」

「唉……好吧。我欠你一個人情，也相信你的人格，就不再過問了。但那個力量很危險。雖然我想用不著我特地提醒，還是請你多加注意。」

羅德威爾放棄得比想像中還要乾脆，這是他信賴我的證據嗎？

和校長講完話後，我回到教室，姊弟倆像要確認我平安無事般大聲嚷嚷，結果被麥格那老師罵了一頓。

當天下午……全校學生在講堂集合，聽校長親口說明事情經過。

學校的迷宮出現殺人鬼，有學生慘遭殺害。

校長沒有隱瞞真相，宣布把殺人鬼引進來的是古雷葛里，現在下落不明，成了通緝犯。

我認為校方願意將這不幸的事件公開挺有勇氣的，似乎是為了讓學生們理解，古雷葛里這種擁有危險想法與驕傲的人做了什麼事，下場又是如何。

安全無虞的學校，也會因為一個人愚蠢的行為產生危險。總之就是學生們的危機意識不夠，校方要藉此提醒他們多注意一點。

之後校長站在講臺上，繼續說明從這起事件中應該學到什麼。

『我希望各位的力量可以用在拯救他人上，而不是用來奪走無辜的生命。因為你們是擁有無限可能性的學生。』

把力量用在拯救他人上，而不是用來奪走生命嗎……

上輩子的夥伴也說過同樣的話。

可能會有人覺得這句話跟以暗殺維生的我完全扯不上邊，但我殺的都是若不取他們性命，他們會殺掉上千、上萬人的惡人。

我不是在把自己的行為正當化。

經歷過那麼多場戰爭，我早就想通了，更重要的是，這是我自己選擇的道路。

特務大多都是從事地下工作的人，不會站到陽光底下，暗地處理掉目標乃稀鬆平常之事。

關於我的這一面，我打算等到有必要的時候再向弟子們說。

因為我不希望他們模仿我。

畢竟暗殺這種事，換個角度看跟那群人一樣是殺人鬼。

差別只在於有沒有樂在其中。

不過……若是為了保護弟子，就算要我殺人，我也不會動搖吧。

我的本質就是這樣，投胎轉世後仍然沒有改變。

這是我身為一名老師……身為一名特務的生存方式。

儘管幕後黑手逃之夭夭，讓人覺得心裡還有塊疙瘩，殺人鬼事件就這樣落幕了。

《妃雅莉絲的祕密》

艾琉席恩豐穰祭。

那是艾琉席恩數年舉辦一次，祈求作物豐收的祭典。

整個豐穰祭長達數天，本來就充滿活力的艾琉席恩會變得非常熱鬧。

豐穰祭期間學校不上課，平常除了學生和相關人士外禁止進入的校內設施，也會開放一部分給一般民眾使用的樣子。

我們用來打交換戰的鬥技場會舉辦小型武鬥大會，學生只要徵求老師的同意，還能擺攤賺錢。

當然也可以什麼都不做地享受祭典氣氛，因此眾多學生都翹首以待。

離豐穰祭只剩一個月的某天放學後……我獨自來到校長室。

「你做的蛋糕裡面，我認為起司蛋糕是最美味的。」

「我倒是最喜歡一般的草莓鮮奶油蛋糕。」

殺人鬼事件落幕後，校長不僅會邀我到他的房間作客，在各種意義上變得與我親近許多。證據就是沒事他也會找我喝茶，在我面前不再變裝。

我們邊喝紅茶邊聊天，自然而然聊到豐穰祭。

「祭典時期會開放部分校內設施，所以老師得排班巡視才行。」

「感覺很辛苦，畢竟應該會有很多人來。」

「是啊。一下要去注意學生有沒有亂來，一下要去和貴族應酬，非常麻煩。話說回來，你豐穰祭有什麼計畫嗎？」

「沒有。我打算跟弟子們一起逛祭典。」

「我有個提議，要不要賣蛋糕看看？絕對會生意興隆。」

「是沒錯，但要賣的話就必須大量製造，可能會沒多的蛋糕帶給——」

「不准你擺攤。我絕對不會允許。」

你也變太快了吧？校長八成會如他所說，用盡各種手段阻止我，反正我本來就沒打算擺攤，就別管他好了。

我帶蛋糕過來除了是因為校長會催我，也是因為我想跟校長和麥格那老師打好關係，這樣才方便拜託他們一些事。

因此今天我來這裡不只是為了送蛋糕，還要來拿之前我委託的東西。

「請問，我之前請您幫忙弄到的東西呢？」

「噢，蛋糕太好吃害我忘記了，就是這個。」

校長從懷裡拿出一顆閃耀綠色光芒的石頭給我。

大小連我小拇指的指甲都不到，但別看它這麼小，這可是非常貴的石頭。

這種石頭是蘊含魔力的礦石經過長久歲月結晶化而成的，通稱「魔石」。

魔石和礦石不一樣，裡面濃縮著魔力，可以拿來當魔導具，所以我之前就很想要。好像也可以直接在上面畫魔法陣，用完即丟，可是只有有錢人才能這麼做。

「這個大小要多少錢？」

「八枚金幣。不過你的話分期付款也——」

「八枚金幣嗎……請收下。」

我從懷裡拿出金幣放在桌上，校長愣了一下，收下金幣。大概是沒想到我可以一次付清吧。我之前發明了幾個商品帶去賈爾岡商會賣，這點錢不算什麼。

本來想委託賈爾岡商會幫我找魔石，不過似乎要徵求公會的許可才能販售，我才轉而拜託有特殊管道的校長。但賈爾岡商會的札克告訴我最近得到許可了，之後應該就能跟他們收購。

「你真的很不簡單。對了，你打算怎麼用那顆魔石？」

「我想實驗在魔石上面畫魔法陣，能不能用我自創的魔法。」

我想測試的是能否用「傳訊」通話。

單方面傳話當然也很好用，不過若能讓雙方互相聯絡，使用起來會更加便利。

雖然風魔法「風響（註2）」可以操縱風，將聲音傳達給對方，但用「風響」的話不僅沒辦法傳給遠距離的對象，還可能在途中被人聽見。

但我的「傳訊」成功率將近百分之百，能當成上輩子的手機用，因此我想盡快開發「傳訊」的魔法陣。毫不猶豫買下高價的魔石也是為了這個。

校長瞬間呆住，然後用一隻手按著頭，嘆了口氣。

「我不知道你發明的是什麼樣的魔法，不過如果你成功創造出新的魔法陣，等於完成了一項偉業。可能會有愚蠢的貴族或魔法技師盯上你，請你絕對不要透露給外人知道。」

「我明白。」

我只打算給我自己和徒弟們用。

這一帶雖然很和平，也有一些國家會為了擴張領土開戰，假如「傳訊」的情報不小心傳出去，絕對會立刻被盯上。

我認為鬥爭是人類的天性，所以不會叫他們不要開戰，但我可不想被牽扯進去

註2 エコー（Echo），原譯回音。

或是害戰爭激化。

「話說，你畢業後好像要去當冒險者？」

「是的，我想多看看這個世界。」

「不錯的想法。以你這個實力，在外面闖蕩應該也不成問題，但對我來說實在很可惜，我本來想雇你當我的廚師……」

「您別開玩笑了。」

「不，我是認真的。」

校長表情比剛才還要認真。我喜歡做菜沒錯，可是沒打算以此維生。

「你踏上旅程後，就吃不到你做的蛋糕了。這麼好吃的蛋糕，竟然只能再吃兩年……」

「關於這點，我有個好消息。」

其實，我在想差不多可以把蛋糕的食譜賣給賈爾岡商會了。

正確地說，不是賣材料和食譜，而是可以拿來當烤箱用的魔導具的製作方式。用來做蛋糕的魔導具是我自己做的，我在考慮要不要把它的做法也賣給賈爾岡商會。只不過，隨隨便便就把魔導具的製作方式公諸於世好像不太好。於是我決定請教魔法知識豐富的校長，賣烤箱型的魔導具有沒有問題。

我把魔導具的構造畫在紙上跟他解釋，校長得知從未見過的魔導具，以及沒有我也能吃到蛋糕的事實，顯得興奮不已。

「哦……在密閉箱子的四面設置發熱的魔法陣，平均加熱物體的魔導具嗎？只要換個使用方式，已有的魔法陣也能發揮新功能……」

「您覺得怎麼樣？可以把它賣給賈爾岡商會，讓它普及化嗎？」

「嗯……這個魔導具使用的是一般的魔法陣，應該沒問題。但我想先跟你說的那個賈爾岡商會的代表談談。」

「為了判斷他們會不會把它用在危險的地方？」

「不，是要叫他們可以量產蛋糕後，要優先留給我。」

「喂。」

你太超過囉。害我忍不住用原本的語氣吐槽。

我們已經熟到露出本性也不會惹對方生氣的地步，所以沒什麼關係，不過崇拜校長的人看到這個狀況八成會幻滅。

總之，他對這件事抱持的態度如此樂觀，應該沒問題吧。希望沒問題。

為了以防萬一，我告訴校長蛋糕吃太多會得的病有多麼恐怖，才離開校長室。

接著我來到訓練場找弟子們。

學校的訓練場很大，有練習魔法的射擊場和好幾個讓人練劍的稻草人。此外還有個只用圍欄圍起來的小競技場，供學生們對戰，雷烏斯在裡面默默揮劍。

「喔，大哥！你話講完啦？」

「嗯。你那邊的事情……看來也處理完了。」

一堆被雷烏斯打倒的學生倒在競技場上。他們都還活著，放著不管也不會怎樣吧。

雷烏斯看到我就搖起尾巴，跳過地上的學生和競技場的柵欄，朝我跑過來。

「嗯，我現在狀況超好！」

看到他把自己的小弟和來挑戰他的人統統打垮，我就知道雷烏斯狀況很好了。那起殺人鬼事件已經過了半個月以上，雷烏斯的身體和精神方面都沒有留下後遺症，精力十足地持續鍛鍊。

我看著他把空揮用的重劍收好，發現另外兩個人不在這裡。

「對了……艾米莉亞和莉絲去哪了？」

「姊姊帶班上的人去跑步，應該快回來了。莉絲姊說家人有事找她，先回去了。」

「家人找她嗎……艾米莉亞或許會知道些什麼。」

這時，我剛好看到艾米莉亞回來。

後面跟著一堆學生，看來是艾米莉亞在最前面帶領大家。

「天狼星少爺——！」、

然而，她在看到我的瞬間就不管隊伍了，用把其他人拋在後頭的超快速度飛奔而來，搖著尾巴停在我面前，整理好衣服行了一禮。

「辛苦您了。您的事情都辦完了嗎？」

「嗯，但我看妳還有事要做喔？」

帶頭的艾米莉亞脫隊，導致隊伍節奏整個亂掉，出現脫隊的學生。艾米莉亞發現這個狀況，急忙跑回去帶隊伍跑回訓練場。

她有記得最後要確認所有人的身體狀況，剛才的失誤我就睜一隻眼閉一隻眼吧。

「讓您久等了。」

「辛苦了。是大家拜託妳帶他們跑步的嗎？」

「是的。大家想知道我們平常怎麼訓練，我想讓他們稍微體驗一下，就請他們跟我一起跑，結果……」

結果……跟在艾米莉亞後面的學生癱在地上動都不動，艾米莉亞則搖著尾巴，一副沒事的樣子。一眼就看得出差距。

「這代表想變強沒有捷徑可走。話說回來，雷烏斯告訴我莉絲被叫回老家了，妳有沒有聽她提到什麼？」

「對不起，我也不太清楚。下課時有位疑似使者的人帶來一封信給她，莉絲看了就急忙說要回家。」

「當時她的表情是？」

「非常凝重。不曉得發生了什麼事。」

殺人鬼事件過後，姊弟倆都恢復正常，只有莉絲怪怪的。好像有事情想告訴我們，卻又開不了口……總之就是常看到她迷惘的樣子。

「等她回來再找她談談吧。莉絲的話，稍微推她一把可能比較好。」

「要我用氣味追蹤她的位置嗎？」

「我知道妳會擔心，不過別這麼做。至少狀況應該沒有嚴重到會危及她的生命。」

我摸摸艾米莉亞的頭分散她的注意力，艾米莉亞舒服得閉上眼。

講點題外話，這對狼耳的根部好像是艾米莉亞喜歡被摸的地方，專攻那裡她的尾巴會搖得更快。

「大哥！我也要我也要！」

「知道了，冷靜點。來……」

「喔喔……」

雷烏斯開心地眯起眼睛。他喜歡用力一點。

這對姊弟的撒嬌病一直改不掉啊。

「呼……好舒服。天狼星少爺，不好意思，可以請您再等我一下嗎？我要去跟學生們講述您有多麼偉大。」

「住手！」

妳想帶著這麼陶醉的表情對他們說什麼？放著不管說不定會出現崇拜我的奇怪集團，必須阻止。

結果，直到學生們恢復體力各自解散前，我都在摸艾米莉亞的頭。

之後我們離開訓練場，來到街上。

鑽石莊的調味料和食材快用完了，所以我來這裡補貨，順便休息一下。

在類似商店街的大街上，雷烏斯看到我發現罕見的東西停下腳步，略顯無奈。

「……大哥好喜歡到處逛到處看喔。」

「我不否認。可是有時候也會因為我到處亂看，發現新料理的食材喔？咖哩的材料也是我在街上找到的。」

「那很重要耶！」

你知道就好。

我們繼續逛街，最後前往賈爾岡商會。因為很多東西只有這裡才買得到，更重要的是我要來談蛋糕的生意。

「老闆，歡迎光臨。今天來這裡有什麼事咧？」

「來買食材和調味料……還有跟你討論蛋糕的事囉。」

「終於願意告訴俺啦！別站在這種地方說，請到裡面的房間談！」

「札克先生，廚房借我用一下。」

「請自便。來來來，老闆請進。」

我跟著札克來到裡面的房間……店長的辦公室，可是看札克的態度，反而我比較像店長。

有一種就算直接坐到店長的座位上，札克也不會多說什麼的感覺。

「這裡明明是札克哥哥的店，大哥看起來卻比較偉大耶。」

「哈哈哈，這話也沒說錯。俺才剛當上店長，事實上要是沒有老闆的商品，這家店根本沒辦法開這麼大。所以老闆要坐那張椅子俺也完全不在意。不如說要不要換人做做看店長？」

「……不用了。」

若要問我覺得什麼東西可怕，雷烏斯敏銳的直覺和一下就想把店長之位讓給我的札克很可怕。

在我因這兩個相似的人感到無奈時，艾米莉亞借廚房泡了飲料。起初是店裡的人負責泡，不知不覺就變成艾米莉亞會先去準備了。

「請用。天狼星少爺不加糖不加牛奶對不對？」

「謝謝妳。」

艾米莉亞沒有發出半點聲音，放下杯子將黑色液體倒入其中，令人懷念、平靜的香氣在房裡擴散開來。

沒什麼好隱瞞的，這正是我上輩子愛喝的咖啡。

前幾天，我看到某部族在街上擺攤，店長在嚼疑似咖啡豆的東西。

我調查了一下，那就是咖啡豆。那個部族好像不只會吃咖啡豆，還習慣剝開硬殼，把裡面的種子烤過後拿來咬，藉此提高戰意。

烤……也就是烘焙，他們雖然懂得烘豆子，卻沒想過可以把它磨成粉泡來喝。

豆子的品質跟上輩子比起來稱不上太好，但想喝咖啡的我馬上就掏出銀幣，把它們全包了。

烘好豆子試喝過後，味道多少有些特別，不過香氣和味道確實是咖啡沒錯，久違的獨特苦味令人心曠神怡。順帶一提，雷烏斯模仿過我不加糖一口氣喝光咖啡，結果像噴霧一樣把咖啡全噴出來，被艾米莉亞罵了一頓。

之後我把咖啡豆帶到賈爾岡商會，問他們可不可以定期進貨。

「札克先生是少糖，雷烏斯是糖和牛奶加量。」

「謝哩。艾米莉亞泡的咖啡，香味果然就是不一樣。」

「謝謝姊姊。」

幸好雷烏斯不討厭咖啡，不過他喝的其實算是咖啡歐蕾。

「雖然俺很關心蛋糕，還是先向老闆報告幾件事。老闆發明的咖哩香料順利量產中，那個部族也同意賣我們咖啡豆，應該可以穩定供應給老闆。」

「不好意思，總是麻煩你們。那麼進入正題吧，關於蛋糕……」

第一次帶蛋糕給札克吃的時候，他以商人的身分拜託我告訴他食譜，我因為魔導具的問題和想要賣校長人情，刻意拒絕了。然而，考慮到我總有一天會離開這座城市，我決定把做法教給他。

我還順便說了校長想與他談談。

「咦咦咦咦!?羅、羅德威爾大人想跟俺見面，不得了啊！」

「不會啦，他就只是個喜歡蛋糕的妖精。」

「會這麼想的人只有老闆！羅德威爾大人不只是眾人皆知的名人，和王族關係也很好。要是出了什麼差錯，俺的腦袋搞不好就沒了！」

校長確實又強又偉大，可是我一直看著他和麥格那老師一起享用蛋糕，在我眼中他一點威嚴都沒有。

吃太多蛋糕害他生病也不好，因此我最近可是特地為他的健康著想，砂糖都有減量喔——為什麼我得為他考慮這麼多？

「我看他要講的也不是什麼重要的話，如果你不想可以拒絕喔？」

「唔……可是在這種時候退縮，俺會失去成長的機會，所以俺要下定決心答應！」

「那下次見面我和他說一聲。只要對方沒有敵意，他這人挺彬彬有禮的，你就當成是在和我講話，保持平常心就好。有沒有想指定哪一天見面？」

「麻煩你哩。幫俺跟校長說俺啥時都有空。不如說不太可能有比這更重要的事。」

「知道了，我會轉告他。最後，老樣子要跟你下訂單。」

我遞給札克的紙，上面寫著目前只有賈爾岡商會有賣的食材及調味料。札克掃了一眼，叫來疑似員工的女性把訂單交給她。

「瞭解。明天就送到鑽石莊。」

「還有，肉和調味料我直接帶回去就好，可以幫我包起來嗎？」

「今天不一起吃飯啊？」

平常我們如果有事到賈爾岡商會，都會和札克找家店吃晚餐。可是莉絲今天不在，說不定晚點她會去鑽石莊找我們，因此我想盡快回去。

「只有莉絲一個人不在也有點那個。不好意思，今天就不一起吃了。」

辦完事情的我們邊跟札克閒聊邊等我的商品包好，聊天內容仍然是即將到來的豐穰祭。

「賈爾岡商會打算賣老闆你教的可麗餅。如果來得及賣蛋糕就好了，可是好像有點勉強。」

「一扯到蛋糕，校長就會變得很囉嗦，不可以妥協喔。」

「真、真的假的⁉俺會努力！對了老闆，你知道國王的獨生女莉菲爾公主最近要結婚嗎？」

這件事不只城內，連校內都在討論。

艾琉席恩的國王卡帝亞斯・巴德非爾多有數名兒子，卻只有一個女兒。聽說國王的獨生女莉菲爾公主非常美麗，不僅冰雪聰明，也是個有政治手腕的人，然而公主一直找不到結婚對象，國王為此十分焦急。

最近公主好像終於找到對象，配合豐穰祭把城裡的氣氛炒得相當熱鬧。

「知道啊，怎麼了嗎？」

「不覺得如果送你教的蛋糕給莉菲爾公主當結婚賀禮，賈爾岡商會會變得更有名嗎？」

「你算得真精。不過我覺得送蛋糕慶祝還不錯。」

「既然老闆都這麼說了，應該可以試試看。賈爾岡商會現在生意正旺，要趁這個機會全速向前衝！」

之後我們又跟札克聊了一下，等到我買的東西包好才離開賈爾岡商會。

我們回到學校，走在通往鑽石莊的山路時，艾米莉亞看著她幫我拿的食材，心情很好的樣子。

「札克先生給了我們看起來好好吃的肉。今晚要煮什麼呢？」

「這個嘛……要不要再來做烤牛肉？」

「肉嗎！那我比起吃切片的，更想直接咬！」

「莉絲說不定會過來，注意別吃太多唷。」

「啊，對喔。莉絲姊也喜歡烤牛肉，萬一她來的時候肉已經吃完，說不定會哭出來。」

我很想說「不會有人為這種小事哭吧」，但莉絲非常喜歡吃東西，我無法完全否定這個可能性，好哀傷。

我在內心向莉絲道歉，走在最前面的雷烏斯回過頭，難得露出嚴肅的表情。

「怎麼了？看你一臉正經。」

「欸大哥，莉絲姊畢業後……會做什麼啊？」

「經你這麼一說，我也沒聽莉絲提過呢。」

我們決定畢業後要走遍世界。

由於我們已經無家可歸，可以不用顧慮其他事，成為冒險者踏上旅途，然而莉絲有家人在，也有家可以回去。畢業後她想做什麼呢？

這件事和莉絲藏在心底的祕密，依然是個謎。

「不曉得莉絲姊會不會願意跟我們一起來……」

「對呀。如果能和莉絲一起旅行，我也會很高興，可是我不想勉強她。」

「大哥覺得咧？」

我啊……

莉絲對我來說是可愛的徒弟，說實話，單純把她當成一名女孩子看，我也挺喜歡她的。

莉絲很努力，心地善良，不會在意種族差異，看到她的笑容，大家心情就會自然而然平靜下來，有種神奇的魅力。

最近她看待我的眼神比起師父，更像把我視為父親，我並不覺得討厭，所以我也懷著多出一個可愛女兒的心情守候她成長。

「跟你們一樣，我也覺得如果能和莉絲一起旅行會很愉快。但是，最後還是要由莉絲自己做決定。」

「儘管離畢業還有一段時間，必須找一天和莉絲談談呢。」

「就算莉絲想跟我們走，她是貴族，家人八成會阻止。到時候……乾脆帶莉絲逃走好了？不過這麼一來我們肯定會變通緝犯。」

「就算會變成通緝犯，我也願意跟隨您到天涯海角。」

「我也是！」

「開玩笑的啦。這麼做莉絲也會困擾。」

我嘴上雖然這麼說，假如莉絲家有什麼問題，或是她被家人欺負，我也是有考慮真的把她帶走。

莉絲是我的徒弟，對姊弟倆而言也是如同家人的存在，她遇到麻煩的話當然要幫忙。

等我們都吃完晚餐了，莉絲還是沒來鑽石莊，甚至連學校宿舍都沒回。

兩天後……莉絲回來了。

這一天學校放假，我們在鑽石莊做午餐後的訓練時，察覺到通往學校的山路上，有人在接近這裡。

「……大哥！有人來了。」

「嗯，我知道。聽這個聲音……是馬車嗎？」

「是賈爾岡商會嗎？我們訂的東西不是昨天就送到了？」

會開來這種地方的馬車也只有賈爾岡商會。

我用「探查」偵測不出危險，但馬車行駛的速度讓人有點在意。

為求保險，我進入戒備狀態，一輛貴族搭乘的高級馬車從山路開過來，車門在馬車停在我們面前的同時打開，莉絲飛奔而出。

我們兩天沒見了，以節儉的莉絲來說，這個登場方式真高級。

「太好了。大家都在……」

莉絲看到我們便鬆了口氣，可是下一刻，她的表情又轉為嚴肅，深深向我們低下頭。

「天狼星前輩，突然提出這種要求或許會讓你感到困擾，可以請你跟我走一趟嗎？」

「莉絲，到底怎麼了？我還在想妳怎麼忽然跑過來……」

「那個……到我家再說……」

「……知道了。需要帶什麼東西嗎？」

看莉絲這麼著急，又一副難以啟齒的樣子，事情肯定很棘手，不過莉絲是明白這點才來找我幫忙。儘管她沒有詳細說明狀況，我本來就打算她有困難就出手相助，因此立刻決定跟她走。

「謝謝你！只要你願意來就夠了。」

「莉絲，我不能一起去嗎？」

「我也不能跟去喔？」

「怎麼會不能……希望你們兩個也一起來。因為……我想讓大家更瞭解我。」

大家都決定好了。由於莉絲說穿正裝比較好，我們急忙換上制服，坐上馬車。

馬車雖然不算大，給四個人坐倒是綽綽有餘，雷烏斯坐在我旁邊，艾米莉亞和莉絲則坐在對面。

莉絲表示可以出發後，馬車就開始前進，速度挺快的，轉眼間就離開學校，往城裡前進。

我們一面觀察從來沒坐過的高級馬車內部，一面欣賞窗外流逝而去的景色。

「好讚喔，大哥。椅子超級軟。睡起來應該很舒服。」

「嘿，雷烏斯，給我安分點。」

「沒關係。其實我第一次坐的時候也是這麼想的。」

莉絲前一刻還緊張地低著頭，看到姊弟倆平常的模樣就恢復平靜，終於露出以往的自然表情。

但是，她的表情底下顯露出倦意，使人感覺到魔力枯竭時的倦怠感，以及精神上的疲勞。

無論如何，不瞭解狀況就什麼事都做不了，因此我看著莉絲請她說明。

「可以告訴我到底發生了什麼事嗎？」

「好的。我接下來要說的話，可能會害大家牽扯上非常棘手的事件。可是我只能拜託天狼星前輩……」

「坐上這輛馬車的瞬間我就做好覺悟了，更重要的是，我是妳的師父兼同伴。說吧，別跟我客氣。」

「我不知道我能做些什麼，不過如果莉絲需要幫忙，我什麼事都願意做。」

「我也是，莉絲姊！」

「……謝謝大家。」

莉絲有點泛淚，端正坐姿後凝視著我，開口說道：

「之前我和大家說過，我的母親是某位貴族的小妾，其實不是的。我的全名叫妃雅莉絲．巴德非爾多。」

「巴德非爾多？等一下，莉絲。那該不會是……」

「嗯，就是妳想的那樣。我的父親……是艾琉席恩的國王。」

原來如此……這就是校長之前說的「複雜的狀況」。恐怕只有幾個相關人士，以及羅德威爾這種大人物才知道這個祕密。

坦承自己是王族之女的莉絲不安地闔上眼，等待我們的回應。

「……那我之後該怎麼稱呼妳？」

「咦!?那個，叫我莉絲就好……」

「是不是對莉絲姊用敬語比較好啊？可是我不太習慣講敬語耶。」

「不、不要啦。希望你們像以前一樣和我相處。」

「那就這樣囉。」

「……你們不驚訝嗎？」

我就算了，兩姊弟不驚訝大概是因為從來沒跟王族接觸過，以為王族和貴族差不多吧。畢竟我們小時候住的家是封閉的環境，幾乎不會接收到外界情報。

「比起國王，我覺得大哥更厲害。」

「雖然這樣說對莉絲不太好意思，我也這麼覺得。」

「感覺好複雜……」

莉絲嘆了口氣，表情卻豁然開朗。

「真是的……我自己一個人想太多……跟笨蛋一樣。」

「因為就算妳說妳是王族，莉絲一點王族的感覺都沒有嘛。」

「對啊。比起穿著漂亮的禮服住在城堡裡，莉絲姊還是最適合津津有味地吃大哥煮的菜。」

「什麼嘛。不過……我好高興，謝謝你們。」

莉絲非常感動，像在擁抱珍愛的事物般用雙手包覆住兩人的手，姊弟倆有點難為情，高興地笑了。

「就是這樣，我們不在乎妳的身分。我還有很多事想教妳，可以繼續當我的徒弟吧？」

「嗯！之後也請你多多指導。」

「交給我吧。」

我們笑了笑，莉絲也跟著笑出來。

我知道莉絲的身分也不驚訝，是因為多少有預料到，同時也是因為她既然成了我的徒弟，就和貴族、王族這種身分沒有關係。

意思就是不管怎麼樣，我都會對弟子一視同仁。即使國王出面，我也不打算改變教育方針。

這時我不經意地從馬車的窗戶看出去，外面是一排金碧輝煌的巨大建築物。我的朋友馬克家就在這裡，所以我來過好幾次，這一帶是艾琉席恩裡被稱作貴族街的地區，本來不是我和姊弟倆這種平民可以隨便進來的地方。

「我知道妳的身分了，現在可以告訴我妳為什麼叫我來了嗎？」

「其實是我想請你幫我的姊姊……莉菲爾公主看病。」

莉菲爾……人們所說的下任女王，大街小巷都在討論她結婚傳聞中的人物。莉絲自己就是王族，出現這種大人物也沒什麼奇怪的，但還真是超出我的預料。

「雖然我有很多事想問，要我幫她看病，意思是她生病了？」

「還搞不清楚。前天姊姊突然身體不適，之後症狀就越來越嚴重……」

「治療魔法有效嗎？」

「我的治療魔法可以減緩症狀，可是過一會兒她又會開始不舒服……」

「於是妳又用魔法幫她治療，停止治療後又會發作……」

莉絲看起來很疲憊，是因為一直使用治療魔法導致魔力枯竭，以及精神上的疲勞嗎？她這麼努力，肯定是等到自己撐不下去才停止施法。

「媽媽過世後，使者突然過來跟我說我是王族時，我還以為自己在作夢。本來還是平民的我一下就被帶到城內，我好擔心之後到底該怎麼辦……這個時候，是姊姊幫了我。」

被帶到城堡的莉絲是第一次見到貴為國王的父親，她的父親卻只會冷冷看著她，直至今日都還沒跟她好好講過話的樣子。

莉絲因為家人冷淡的態度差點哭出來，這時她的姊姊莉菲爾公主出現在她面前，不僅安慰她，還給了她生活上的許多幫助。

覺得本來是平民、對政治一無所知的莉絲不該扯進王族的政策，提議隱瞞她的身分及家世讓她上學，並出面說服父親的人，也是莉菲爾公主。

「我是託姊姊的福才能去上學，遇見艾米莉亞……還有天狼星前輩和雷烏斯。我討厭恩人明明在受苦，自己卻什麼都沒辦法做。所以求求你！請你……請你救救姊姊！」

莉絲顫抖不已，拚命克制不要哭出來，大概是在氣自己無能為力吧。艾米莉亞抱住莉絲，摸著她的背安撫她。

「莉菲爾公主是那麼棒的人，我很想見她一面。妳願意把我介紹給她認識嗎？」

「我也很想看看她！」

「艾米莉亞，雷烏斯……嗯，我會跟姊姊說你們是我的朋友。」

「我當然也該向人家打聲招呼，告訴她我是妳的師父。不知道年紀比較小的我講這種話，她會不會相信。」

我比莉絲小一歲，外表完全是個小孩，對方聽到我是她的師父，八成只會覺得我在胡說八道。

「莉絲，我不清楚妳姊姊的狀態。所以可以提供一些情報給我嗎？妳要沮喪的話，之後也還有空吧。」

「說得也是……現在可沒那個時間。」

「就是這樣。我想先知道妳姊姊身上有什麼症狀，以及症狀出現時的詳細情況。還有她是否得過重大疾病，希望妳把妳知道的盡量告訴我。」

我很想答應莉絲要幫她，但如果是生病，沒人知道病情會怎麼發展，因此我無法斷言。詳情只能等見到本人後再調查，移動時間就這樣白白浪費掉也很可惜，所以我不斷向莉絲提問，想至少收集一些情報。

過了一會兒，我們抵達離貴族街中心有段距離的豪宅前。

大小和華麗度都不及路上看到的房子，可是在我們這些知情的人眼中，它的格調明顯不同。

沒有多餘的裝飾，庭院的樹木也修剪得很仔細。充滿機能美的這棟建築物，正適合給王族居住。

我走下馬車，在心中讚嘆，莉絲走到我旁邊為我說明：

「姊姊平常都住在城堡，現在則在這裡療養。」

「民眾不知道她生病，是因為下了封口令？」

「嗯。姊姊都宣布要結婚了，得避免觸霉頭的事。」

載我們過來的馬車開走後，我看到數名男女從屋裡走出來。所有人都穿著女僕裝，或是管家會穿的那種燕尾服，我想應該是這裡的傭人。

來到我們面前的傭人中，走出一名疑似代表的女性，向莉絲深深一鞠躬。

「歡迎回來，莉絲殿下。」

「我回來了，賽妮亞。」

名為賽妮亞的女性是頭上有對兔耳，屁股長著圓尾巴的兔族獸人。

論外表她絕對是稱得上美人的美麗女性，我卻在她的眼底看見如刀刃般銳利的鋒芒。恐怕這個人實力非常堅強，不只是傭人，還身兼護衛吧。

假如我敢對莉絲怎麼樣，她絕對會殺了我，沒有一絲猶豫。

「您突然跑出去，莉菲爾殿下很擔心唷。還有，這幾位是？」

包括賽妮亞在內，傭人們都對我們投以懷疑的目光，莉絲急忙站到賽妮亞前面。

「我之前不是跟妳說過嗎？是我在學校的朋──」

「妃雅莉絲殿下！您跑去哪裡了！」

莉絲話才講到一半，就被一名比較晚到的青年打斷。

是名高大的人族青年，身穿以藍色為底的輕便鎧甲，腰間有把裝飾華麗的劍。從他的形象來判斷，應該是國王的近衛騎士吧？

青年長得相當俊美，看著我們的眼神卻非常不客氣。

「而且還帶了沒看過的人回來，您明白公主現在的處境嗎！」

「閉上你的嘴，梅爾特。」

「妳說什麼!?」

「你知不知道自己在做什麼？你打斷了莉菲爾殿下的妹妹──莉絲殿下說話！退下，別再丟人現眼了。」

「唔……」

賽妮亞的地位似乎比較高，叫做梅爾特的青年大概是被戳到痛處，不甘願地退到後方。

尷尬的氣氛散去後，賽妮亞用手勢請莉絲繼續說。

「呃……他是我在學校交到的朋友天狼星前輩，這兩位是艾米莉亞和雷烏斯。」

「初次見面。我叫天狼星。」

「我是天狼星少爺的隨從艾米莉亞。」

「我也是天狼星少爺的隨從，我叫雷烏斯。」

第一印象最重要。

我們照媽媽教的方式，向把我們當可疑人士看的傭人們鞠躬，他們感慨地點點頭，變得沒那麼警戒。

「各位行了那麼漂亮的禮，我們怎麼能輸呢。各位好，我是莉菲爾殿下的專屬隨從賽妮亞。我們衷心歡迎莉絲殿下的同學。」

賽妮亞用明顯比我們優雅許多的姿勢行禮，待在後面的其他傭人也同時鞠躬。只有青年梅爾特毫無反應，仍然板著臉，我看最好不要管他。

「對不起，賽妮亞。我很想慢慢跟妳介紹，但我想快點讓大家去見姊姊。」

「可是莉絲殿下，莉菲爾殿下目前謝絕會面……」

「您在說什麼啊！」

梅爾特忍不住插嘴，再度大叫。

他連殺氣都不掩飾了，瞪著我們，一副隨時會拔劍的樣子。以他這個年紀有點反應過度，給人一種精神過度緊繃的感覺。

「把這些人叫進來，萬一害公主病情惡化該如何是好！不，就算公主沒有生病，我身為公主的近衛騎士也絕不允許！」

「梅爾特先生，請你別這麼說！我的朋友說不定治得好姊姊。」

「不、不可以！」

這名青年好像挺死腦筋的，不過他說的也有道理。儘管有莉絲的介紹，一下就讓陌生的平民和公主見面，未免太誇張了。

然而莉絲依然沒有放棄，像在求助般握住賽妮亞的手。

「求求妳賽妮亞！天狼星前輩或許……不，他絕對有辦法救姊姊……」

「莉絲殿下……」

賽妮亞在梅爾特的怒視下，默默閉眼沉思。

過沒多久，她睜開眼露出柔和笑容，讓出一條通往大門的路，彷彿在歡迎我們。

「……請進。我帶各位去見莉菲爾殿下。」

「什麼……妳在說什麼!?妳認真的嗎！」

「嗯，我明白你的顧慮。可是莉菲爾殿下非常好奇莉絲殿下的同學是什麼樣的人。擔心的話你也一起來吧。假如他們意圖危害莉菲爾殿下就不要客氣，盡你護衛的職責。」

「……說得對。要是他們形跡可疑，我立刻把他們轟出去。」

「非常抱歉。梅爾特的意見也沒錯，請允許他同行。」

「沒關係。謝謝妳……賽妮亞。」

莉絲高興地抱住賽妮亞，賽妮亞露出慈祥的表情。這抹笑容與媽媽有幾分相似，因此我和兩姊弟瞇起眼睛，有點感傷。

接著他們簡單檢查了一下我們帶的東西，判斷沒有危險物品才帶我們進門。

我在賽妮亞的帶領下進到屋內，邊走邊好奇地觀賞豪華的裝飾，姊弟倆卻不停回頭注意走在最後面的梅爾特。

這也不能怪他們。因為進來後梅爾特一直釋放殺氣，有如在表示我們的一舉一動他都看在眼裡。

「梅爾特，控制你的殺氣。」

「我只是在告訴他們不要做多餘的事。」

「我不是不能理解你的焦慮，但莉菲爾殿下的寢室快到了。帶著殺氣見主人是護衛的工作嗎？」

「……也是。」

梅爾特終於收斂了些，這時我們走到一扇房門特別豪華的房間前。

等等要見的是下任女王，因此我們整理了一下儀容，賽妮亞則在這段期間敲門對房內的人說：

「莉菲爾殿下。莉絲殿下帶著同學想跟您見面，請問您方便嗎？」

「莉絲的朋友!?她終於帶來啦。快請他們進來。」

「殿下允許了，各位請進。」

房內的人興奮回答後，賽妮亞打開門，莉絲第一個衝進去，我們也跟在後頭。

莉菲爾公主的房間很大，裝飾華麗，有一堆書和書櫃，像個小型圖書館。

被書包圍的房間角落，有張附床頂的大床，一名紅色長髮的少女坐在上面看著我們。

「姊姊，我回來了。」

「歡迎回來，莉絲。我還在想妳怎麼突然跑出門，原來是去找朋友來。」

莉菲爾公主真的是很美麗的女性，不愧是公主殿下。她明明只是坐在那裡，就散發出一股令人著迷的神祕魅力。

公主因為剛才莉絲提到的疾病，看起來有點疲憊，宛如紅寶石的雙眼卻炯炯有神，讓我懷疑她真的生病了嗎？

「姊姊，身體還好嗎？我的魔力恢復了一些，會痛的話可以用魔法幫妳。」

「不行。妳知道截至今日，妳昏倒了幾次嗎？」

「和姊姊受的苦起來，用光魔力根本不算什麼！」

「可是妳的魔法也只能暫時緩解疼痛。比起這個，我更希望妳介紹後面那幾個孩子給我認識。身為妳的姊姊，我想好好跟妹妹引以為傲的朋友和有興趣的男孩打招呼。」

「有興趣的男孩……莉絲是怎麼向姊姊介紹天狼星少爺的呢？」

「很、很普通呀!?姊姊不要亂說話啦！」

莉絲害羞得雙手揮來揮去，我覺得她終於恢復成平常的她了。

莉絲調整好呼吸，清了下喉嚨，開始介紹我們。

「總之，我先跟姊姊介紹一下大家。她是艾米莉亞。我在學校第一個交到的朋友。」

「初次見面，莉菲爾殿下。我叫艾米莉亞。總是受到莉絲殿下的照顧。」

「呵呵，妳好。和莉絲說的一樣，是很有禮貌的孩子。難怪妳會說她像賽妮亞。」

「姊、姊姊！」

「艾米莉亞知道嗎？這孩子來到艾琉席恩後，一直被賽妮亞寵著，所以她很喜歡獸人唷。交到妳這個朋友的時候，她非常高興，說認識一個跟賽妮亞一樣的女孩。」

「啊、啊嗚嗚……」

傳聞中冰雪聰明、政治手腕優秀的公主，其實是與文雅嫻靜完全扯不上邊的豪爽女性。或許她只有在妹妹面前才會這樣，不過我並不討厭這樣子的人。

「對了，都忘記介紹我自己。我想你們也知道了，我叫莉菲爾。是說……艾米莉亞的銀髮好漂亮唷。可以讓我摸摸看嗎？」

「請便。」

「公主，不可以！您都生病了竟然還亂接觸陌生人！」

「沒事啦，妹妹的朋友又不是外人。我也很注重頭髮保養，但有種比不過艾米莉亞的感覺。讓我確認一下。」

在角落盯著我們的梅爾特大聲吶喊，莉菲爾公主卻看都不看他一眼，反駁了一句就摸上艾米莉亞的頭髮，然後大吃一驚。

「嗯……好厲害，手指完全不會勾住頭髮。妳怎麼把頭髮保養得這麼好的？」

「都是拜我的主人天狼星少爺所賜。除了有效率的保養法，天狼星少爺還會提供營養的餐點，所以我不只是頭髮，連身體都很健康。」

「莉絲髮質變好也是這個原因吧。再多跟我說一些。」

公主整個人都失控了，兩眼發光不停提問，還叫賽妮亞做筆記。

莉絲看得傻眼，由於我們還沒有自我介紹完，她硬是打斷莉菲爾公主。

「姊姊，剩下的請妳之後再問。這孩子是雷烏斯，艾米莉亞的弟弟。」

「初、初次見面！我叫雷烏斯，莉絲姊——不對，莉絲殿下一直很照顧我。」

「嗯，請多指教，雷烏斯。我說……你的態度莫名僵硬呢。莉絲的弟弟就是我的弟弟，你可以再放鬆點……對，也可以叫我姊姊唷？」

「公主！就算他們是妃雅莉絲殿下的同學，我也不能允許您這麼做！您可是王族喔？」

「這裡又不是公共場合，我都同意了就沒關係啦。認真工作是很好，但察覺主人的用意不也是你的職責？」

「唔……我、我明白了。」

勉為其難退下的梅爾特還是一樣瞪著我們，不過和剛才不同，看起來放心了一點。

「對不起，梅爾特這個樣子。我生病之後，那孩子就變得異常神經質。好了，雷烏斯跟我講話也可以不用那麼拘束。」

「那……我叫妳莉菲姊可以嗎？」

「可以呀。我聽說你拚了命保護莉絲不被殺人鬼傷害，早就想跟你見一次面，好好向你道謝。」

「不是您——不是妳說的那樣啦。因為我還是被打敗了，沒辦法保護姊姊和莉絲姊到最後。救了大家的人是大哥。」

「要是你沒有保護她，莉絲現在說不定就不在這裡了喔？所以我向你道謝並沒有錯，你接受我的謝意也是理所當然的。」

「是嗎？那……我就收下了。」

「呵呵，乖孩子。」

莉菲爾公主伸手摸他的頭，雷烏斯靦腆地搔著臉頰。

太好了，雷烏斯。能被公主殿下摸頭可不是常有的事。

最後輪到我自我介紹，莉菲爾公主的眼神卻變得有點銳利，和看待兩姊弟時不一樣。

「這就是妳說的那孩子？」

「是的！他是我的師父天狼星前輩，常常告訴我各式各樣的知識。」

「我叫天狼星。請多指教，莉菲爾殿下。」

「你就是莉絲說的天狼星前輩呀……不好意思突然問這種問題，方便告訴我你幾歲嗎？」

莉菲爾公主把我從頭到腳打量一遍，彷彿在為我打分數。

我聽說公主今年十八歲，她銳利的眼神中卻蘊含大人也無法匹敵的堅定意志。她可是把兩位哥哥甩在後頭，成為人人口中的下任女王，太小看她可能會大吃苦頭。

哎，不管怎麼樣，對方都是莉絲信賴的家人。人家都把寶貝妹妹交給我照顧了，我得注意禮節才行。

「今年滿十三歲。」

「雖然我事前就聽說了，真的比莉絲小呢……」

「我這種小孩指導莉絲殿下，果然太不懂分寸了嗎？」

「沒這回事。要向誰學習是這孩子的自由，更重要的是，遇見你之後莉絲真的變強了。包括你從殺人鬼手中保護了這孩子，我非常感謝你。」

「姊、姊姊！」

公主殿下向我這個平民低頭致謝，我有點驚訝。

雖然也是因為這裡不是公共場合，王族要向平民低頭可不是簡單的事。可見莉絲對她而言有多重要。

我看了旁邊一眼，那麼咄咄逼人的梅爾特也深深一鞠躬。儘管他馬上又恢復成護衛模式，梅爾特看起來並非因為主人道謝才跟著鞠躬，他應該也很關心莉絲吧。

這是我個人的見解，我想他大概跟莉菲爾公主相反，精神年齡還很年輕，不太會隱藏情緒。我上輩子的弟子也有這種類型的人，總覺得突然對他產生了一股親切感。

我有點在意他，不過現在得先指出莉菲爾公主的錯誤。

「您的謝意我心懷感激地收下了。但恕我訂正一點。莉絲殿下會有所成長，是因為她自己一直努力不懈，我只有幫一點小忙而已。」

「怎、怎麼會！都是因為有天狼星前輩在一旁守護我們，我才能……我們才能堅持下去！」

「嗯……原來如此。我很～清楚妳說的『高大的背影』是什麼意思了。難怪妳會這麼崇拜他。」

「姊姊！」

「哎呀，剛才那不能說對不對？對不起喔莉絲。」

莉絲滿臉通紅，捶著故意說溜嘴的莉菲爾公主的肩膀。我看著她們，嘴角自然上揚，這時莉菲爾公主輕輕拍了下手，將臉轉向我。

「對了對了，天狼星弟弟也不必那麼客氣。這孩子好像忍得很辛苦，所以我來幫她說好了，你就照平常的方式叫莉絲吧。每次你叫她『莉絲殿下』，這孩子都一副想嘆氣的樣子。」

「姊、姊姊……」

「別露出這種表情。我不是一直叫妳要把自己的想法表達出來嗎？」

莉菲爾公主夾雜教誨與莉絲聊天的模樣，看起來非常開心。

姊妹倆溫馨的對談告一段落後，莉菲爾公主表情有點嚴肅起來，將視線轉移到我們身上。

「不過……真的太好了。我本來還在擔心莉絲離開我會不會有問題，現在他不只交到朋友，還多了尊敬的師父，過得很愉快的樣子。看來讓她去上學是正確的抉擇。」

「想到要讓莉絲上學的，是莉菲爾殿下對吧？」

「對呀。提議的人是我，下令的是爸爸。你看，莉絲一點王族的威嚴都沒有對不對？」

「嗯，我也這麼覺得！」

「我也是。」

「嗚嗚……雖然我自己也這麼想，你們講得這麼直接，我心情好複雜……」

我也有同感，可是莉絲有點沮喪，還是別說出來好了。

無論理由如何，我們都是託莉菲爾公主的福才能認識莉絲。等事情處理好再好好跟她道謝吧。

「好了，別因為這種事鬧彆扭。話說回來，你們應該不趕時間吧？可以的話我想請你們再陪我聊聊天。最近我一直躺在床上，好無聊喔。」

「一直躺在床上——啊!?對了姊姊，妳的病！」

我們才剛認識，應該先得到她的信賴，所以我比較重視雙方交談的時間，但妳這個帶我們過來的人可別忘記啊。

算了……這也不能怪她，畢竟連我們這幾個第一次見到莉菲爾公主的人，都不覺得她像病人。

「別擔心。預計明天會送新藥來，吃了藥一定會好的。」

「姊姊說過我的治療魔法是全國最厲害的，可是連我的魔法都沒有治好病的跡象，吃藥真的治得好嗎？」

「說不定這種病跟魔法和魔力相沖呀。而且就算藥沒效，還有很多其他方法，不必這麼擔心。」

「既然這樣……能不能讓天狼星前輩幫妳看看？」

「天狼星弟弟嗎？」

「是的！天狼星前輩很清楚人體構造，我的治療魔法也是因為他教了我這些知識，才又有進步。只要讓天狼星前輩幫妳診斷，他一定找得出妳身體不舒服的原因……可以嗎？」

「診斷的意思是，他會碰到我的身體？」

「對呀，怎麼了嗎？」

莉絲正準備把我推向前，莉菲爾公主表情就瞬間變了。現在的她不是剛才溫柔的姊姊，而是用銳利視線射穿我們的王女——莉菲爾・巴德非爾多。

「莉絲……妳明白我是什麼身分嗎？就算是妹妹的請求，我也不是什麼都能答應。」

「可是！我是因為擔心姊姊……」

「嗯，我知道妳很溫柔。但別忘了我是一國的公主。還有，天狼星弟弟。」

「……是。」

「你真的要為我看病？未經許可碰到還沒嫁人的我可是重罪，假如你檢查之後什麼都沒查出來，我也得採取相應的措施。」

「姊姊，這裡又不是公共場合……」

「我是在問天狼星弟弟。告訴我，你有那個覺悟嗎？」

雷烏斯是莉菲爾公主主動摸他頭的，所以沒有問題。

莉菲爾公主用眼神詢問我的覺悟……我的回答早就決定好了。

「我只是受到朋友莉絲的拜託，想幫助她的家人。要我幫忙看病，反而是我要開條件。」

「哦……你會這麼回話就已經讓我很驚訝了，想不到竟然還要跟我談條件。那我就聽聽看囉？」

「我使用的是不想被別人知道的特殊魔法。希望您發誓不會說出去。」

「夠了……我忍不住了！不准你用這種態度對公主說話！」

「退下，梅爾特。我正在跟天狼星談正事。關於你說的條件……要是我無法守約會如何？」

「那我就擄走莉絲，離開艾琉席恩。」

「咦!?」

就是所謂的流亡生活囉。

艾米莉亞和雷烏斯肯定會跟隨我，再說，我是因為想要安全的成長環境才進學校念書，既然弟子們也在一起，我沒道理一定要待在這座城市。因此我打算毫不客氣，帶著莉絲逃跑。

莉絲聽了非常慌張，莉菲爾公主則開始散發殺氣。

「……你覺得我會允許嗎？我絕對會派人把你抓回來。」

「那我就到別的大陸去吧。大陸之間應該很難互相干涉，我們也習慣在遠離人群的深山裡生活。」

「你辦得到嗎？封鎖港口這點權力，我也是有的唷。」

「辦得到。因為我有特殊的移動路線。」

只要先逃到小時候住的房子附近，再像到萊奧爾爺爺家一樣在空中移動，分別把他們帶過去即可。由於我們不坐船，在港口堵人也沒用，可以的話還能躲在萊奧爾住的小屋等風頭過去。

要被擄走的當事人臉都紅了，不知所措，卻有種不怎麼排斥的感覺，先放著她別管好了。

「你為何對莉絲如此執著？」

「原因很多，不過……因為她是我的徒弟。雖然可能會過得很辛苦，與其在這裡接受妳的庇護，跟我們在一起還比較好，而且她也比較能做自己。」

「是嗎………合格！」

我不知道這是不是正確答案，但莉菲爾公主聽見我的回答，露出神清氣爽的表情，興奮地對賽妮亞說：

「賽妮亞，妳聽見了嗎？天狼星弟弟不僅沒有逃避，還說要帶莉絲逃走耶？」

「是啊。姑且不論手段，看來他是真的在為莉絲殿下著想。」

「帶著自己逃亡啊──跟那孩子喜歡的童話故事裡的王子一樣。我也想被人如此熱情地愛著。對不對……梅爾特？」

「公、公主！您這麼期待地看著我，我很困擾。」

「咦……咦？姊姊……妳不生氣嗎？」

「莉絲，妳姊沒有生氣，她是在測試我。」

要把重要的妹妹交給我，身為姊姊當然會想測試我有多認真。不過校長也好公主也罷，這個世界的大人物會用殺氣威嚇人是常識嗎？

莉菲爾公主和賽妮亞聊夠後，帶著心滿意足的表情向我伸出手。

「不過要是沒有我的允許就碰我，真的會被懲罰喔。我現在允許你碰我了，麻煩你幫我診療。碰手就可以了嗎？啊，你還是小孩子，所以絕對不能碰胸部唷。」

「……手就可以了。」

很遺憾，莉菲爾公主的胸部和妹妹比起來……不，別再想了。這種時候女性的直覺可是很敏銳的。

莉菲爾公主下達許可後，我握住她的手，滑滑的很舒服，體溫卻有點偏高，大概是因為身體出了問題。

總之我先透過她的手發動「掃描」，開始診斷，莉菲爾公主納悶地問：

「……什麼反應都沒有耶，真的有在看病嗎？」

「這是天狼星少爺自創的魔法，用魔力調查身體有無異常。我和雷烏斯都接受過好幾次診療，從來沒有感覺到異狀。」

「身體的異常……也就是調查病灶對吧。確實是不能輕易告訴他人的魔法。」

「只要把這個魔法告訴大家，就能救更多人了……」

「是呀。或許會有很多人因此得救，不過一旦這個魔法傳出去，想必會有人盯上天狼星，想要分析它。你們兩個也聽見了，在這裡發生的事不許對別人說。這是公主的命令。」

「遵命。」

「是！」

隨從與護衛優雅地一鞠躬，可是梅爾特馬上抬起頭來，一直盯著我和莉菲爾公主的手看。

或許是因為他是保護公主的近衛騎士吧，但我有種其中還參雜嫉妒的感覺。

我仔細用「掃描」調查……發現這並非疾病，因此我放開手，用所有人都聽得見的音量宣告結果。

「發現原因了。莉菲爾殿下體內似乎有異物。」

「體內有異物？我沒感覺、也不記得有人把異物放進我體內耶？」

「那東西非常小，小到不會讓身體察覺不對勁。異物差不多在……這附近。」

我指著莉菲爾公主上臂到手腕之間的部位。「掃描」不僅偵測到這附近有異物，還有神祕的魔力反應。

「我想請教一下，您的手最近受過重傷嗎？」

「……有。我之前騎馬時不小心摔下來，被石頭割出了一道很深的傷口。」

騎馬摔下來……這位公主殿下還真活潑。

她說割了一道很深的傷口，那麼深的傷，我卻完全沒看到傷痕。

「那個時候真的急死人了。要是沒有莉絲殿下的治療魔法，莉菲爾殿下手上肯定會留下明顯的疤痕。」

「我只有負責最後的處理而已。還有，希望姊姊可以安分一點。」

「唔……我不是道過好幾次歉了嗎？別談這個了，莉絲的治療魔法真的好厲害，身為公主要是身上有疤不太體面，真的幫了我很大的忙。」

「這也是多虧天狼星前輩的指導。」

「不，純粹是妳的努力。證據就是我教給妳的知識，妳都能實際應用。」

「大哥說得對。因為我有很多傷都是莉絲姊治的嘛！」

雷烏斯常常在每日訓練以及和我進行模擬戰時受傷，不愁沒機會練習治療魔法。

在反覆治療的過程中，莉絲跟雷烏斯感情也變得越來越好，儘管種族不同，他們現在就像一對真正的姊弟。也可以說跟艾米莉亞一樣……形成了不知為何無法反抗對方的上下關係。

「總之，可以確定的是公主手臂受過傷……身體不適是從前天開始的嗎？」

「嗯，沒錯。可是我也覺得那道傷怪怪的，有用治療魔法處理，也有請知名藥師調查過唷？然後查出我不舒服的原因是全身的魔力亂掉了，現在正在想辦法處理。」

「根據我的診斷，導致您魔力被打亂的原因是手臂裡的異物。我認為應該盡快將它取出……」

莉菲爾公主體內的異物，散發出與她體質明顯不同的魔力，如同毒素侵蝕她的身體，害她感到不適。

莉絲的治療魔法只是暫時把那異質的魔力消除，若不設法取出魔力根源，莉菲爾公主會一直飽受折磨。

然而，聽完我的說明，第一個出聲的是梅爾特。

「等一下。公主的傷已經完全癒合了，你這傢伙想把公主的手割開嗎？」

「那東西的位置有點深，我認為除此之外沒有其他方法可以取出。」

「身為公主的近衛，我怎麼可能允許別人傷害公主！而且我從來沒聽過有魔法可以調查體內的異物，你有辦法證明公主體內真的有東西嗎？」

這個世界沒有「手術」這個概念。

因為大部分的傷和疾病都能用魔法或藥治好，除了戰爭外也沒必要傷害人。如果是肉眼可見的箭或劍也就算了，這次要動手術拿出來的，可是除了我以外沒人確定它在公主體內的異物。

再加上梅爾特是公主的近衛騎士，會有這個反應也是理所當然，他的主人莉菲爾公主倒挺冷靜的。

「冷靜點，梅爾特。說謊對他有弊無利，而且懷疑他不就等於懷疑莉絲嗎？身為上位者，這麼做或許不是個好榜樣，但我決定相信妹妹。」

「姊姊……」

「不過我也明白梅爾特的顧慮，所以姑且問一下。天狼星，我的手臂裡真的有異物嗎？」

「很遺憾，除了拿出來給您看外，我無法證明。」

表面看來公主的手完全沒有異常，除此之外別無他法。

既然如此，只能想辦法取得她的信賴，然而要叫她相信第一次見面的我也有難度。

「公主，我們還有沒試過的藥，現在就決定割開手臂是否操之過急了……」

「我個人建議早點把它拿出來。放著不管，只會害莉菲爾公主繼續受苦。」

「天狼星前輩，意思是姊姊會……」

「不至於立刻送命，然而只要這東西還在體內，公主就會一直這麼難受。現在她應該也非常不舒服。」

「沒錯。我就老實說了，我覺得全身上下都在哀號。這症狀害我睡不太好，昨晚我甚至用了睡蠅粉。」

睡蠅粉是從睡蠅這種魔物身上採集到的粉末，簡單來說就是安眠藥。

明明症狀嚴重到不靠藥物就睡不著，為了不讓莉絲擔心，她仍笑著跟我們交談。

公主殿下如此強大的精神力令我心生佩服，因此我也得讓她看看我的覺悟才行。

「這樣的話，為了取信於您，我有個提議。」

「……說來聽聽。」

「屆時假如沒有發現任何異物……我願意賠上這條性命。」

「你說什麼？」

莉菲爾公主大吃一驚，但對我來說，只是要把確實存在的東西拿出來而已。我知道我的態度頗強硬，可是為了讓莉絲放心，我想盡快治好她。

「既然天狼星少爺這麼說，我也願意賠上性命。」

「我也是！」

明明沒和他們套過招，兩姊弟卻跟著站出來。他們站在我這邊是很令人感激……不過身為你們的老師，身為你們的家人，心情非常複雜。

「我、我也是！」

「莉絲!?怎麼連妳都……」

「因為天狼星前輩都說有異物了，那就一定有。如果能快點治好姊姊，我……」

傷腦筋的是，連莉絲都挺身而出。

看到妹妹展現堅定的意志，莉菲爾公主深深嘆了口氣，接著露出溫柔的微笑。

「真是的……才一下子沒見，妳就變堅強了。賽妮亞也這麼認為對吧？」

「是的。莉絲殿下真的成長許多。這也是拜這幾位益友所賜吧。」

「我只是想救姊姊，才沒有什麼成長……」

「不，以前的妳絕對不會講這種話。可是現在的妳卻能自己做出決定，毫不猶豫地把想法表達出來。雖然還有點不夠坦率，妳的心靈變得如此堅強，是不是因為墜入愛河了呢？」

「墜、墜入愛河!?不、不不不是啦!天狼星前輩有艾米莉亞了!」

「哎呀，愛情也是可以靠實力搶來的唷。身為我的妹妹，怎麼可以在上戰場前就放棄?」

妳們要聊天可以，但被無視的梅爾特一直在瞪人，我想進入下一階段了。

「那麼，可以請您交給我處理嗎?」

「雖然我不要你的性命，但既然舍妹都這麼說了，我也不好拒絕。再說事到如今拒絕只會顯得我器量狹小，那就拜託你囉。」

「萬萬請您再冷靜思考一下。幫殿下診斷過的人，不是都說您的手臂沒有異狀嗎?」

「是呀，大家都說我體內的魔力被打亂……到頭來也查不出原因。這麼多幫我檢查過的人裡面，只有天狼星弟弟告訴我明確的病因，要是有個萬一也有莉絲在，所以一定不會有事的。」

「唔……那、那至少要徵求國王陛下的同意——嗚!?」

梅爾特正準備轉身走出房間，賽妮亞就以行雲流水般的動作接近他，拿出一根小針刺向他的脖子。

梅爾特立刻昏過去，被拖到房間角落放置。我有很多話想說，堂堂一名近衛騎士，他的待遇未免太慘了。

「這是塗了睡蠅粉的針，這樣他應該會睡一陣子。」

「辛苦了，賽妮亞。那就麻煩你囉？天狼星弟弟。」

「……放著那個人不管沒問題嗎？」

「沒問題，這種事也不是第一次了。梅爾特做為我的近衛是很優秀沒錯，不過有時會因為太愛操心而失去控制。雖然他這麼為我著想，還滿令人開心的啦。」

「我懂。我的隨從也經常失控。」

「哎呀，有同伴真令人高興。」

莉菲爾公主瞄了兩姊弟一眼，點點頭，彷彿什麼都懂了，因此我們自然地握了手。要是梅爾特沒睡著，八成又會抗議。

由於莉菲爾公主下達許可，我馬上開始準備動手術。

我請他們準備一個大桶子和類似鑷子的工具，拜託賽妮亞燒熱水後，碰觸莉菲爾公主的手臂重新確認異物的位置，解釋手術流程。

「等等我要用刀子割開這裡，取出異物。當然一定會流血，請您做好心理準備。」

「早就做好了。跟全身的疼痛比起來，被刀子割一下根本不算什麼。」

「噢，我應該先向您說明才對。不必擔心會產生痛楚，因為我現在要消除您的痛覺。」

「你在說什……哎呀？」

我邊說明邊用魔力做好麻醉處理，這隻手應該會有一段時間完全沒有任何知覺。

莉菲爾公主察覺到異狀，驚訝地用另一隻手摸它，然後動了動。

「哦……真不可思議。別說痛，連用摸的也沒有感覺。」

「我用特殊方法將魔力注入，讓手臂麻痺。這樣就算被刀子割也不會痛。」

「這也是你自己想出來的嗎？不……現在得先進行治療。麻煩你了。」

我本來建議公主把眼睛蒙上，她卻說會好奇，想看我動手術，因此眾人的視線自然而然集中在我身上。

我把桶子放在公主的手臂下，旁邊是助手艾米莉亞，對面是負責治療的莉絲，她們一點頭，我便開始動手術。

說是「手術」聽起來挺嚴重的，但這次不會動到重要的器官或臟器，也還有魔法這種與前世不同的技術可以用，已經算輕鬆了吧。

簡而言之，只要割開手臂取出異物，再把傷治好即可。只要注意衛生，應該不會出問題。話雖如此，動手術一定會出血，因此我必須慎重、快速地完成任務。因為這個世界不可能有辦法輸血。

「我要用『魔力線』綁住您的手臂，多少降低一些出血量。」

「好……是說『魔力線』有這麼堅韌嗎？」

我拿起用熱水消毒過的刀子，割開莉菲爾公主的手臂，流出來的血滴到下面的桶子裡。

每個人看到都屏住呼吸，我迅速擴大傷口，把鑷子伸進去。

「姊、姊姊……沒事吧？」

「妳的臉色比我更差。不過……真的好神祕唷。感覺不到痛是很好，之後會恢復嗎？」

「過半天就會復原。天狼星少爺馬上會幫您取出異物，請您放心等候。」

「妳很信賴他嘛。」

「是的。因為我的一切都獻給了天狼星少爺。」

「哎呀，強敵出現。人家這麼積極，莉絲也得學學唷。」

「姊姊，現在不是講這些的時候……」

雖說沒有痛覺，在這種狀況下竟然還有心情閒聊——真不簡單。她放輕鬆一點我也會比較好辦事，快點搞定它吧。

我慎重地夾出異物，以免傷到血管，把它放到艾米莉亞遞過來的托盤上，結束手術。多虧莉菲爾公主盡量保持不動，才能這麼簡單就開完刀。

「拿出來了……之後就交給妳囉，莉絲。」

「是！我馬上幫姊姊治療。」

最後一個步驟是治癒傷口，交給莉絲就行了。

莉絲用治療魔法讓傷口癒合後，我解除「魔力線」，告訴莉菲爾公主已經可以了，著手調查剛取出的異物。

由於異物被血染紅，我用賽妮亞拿給我的毛巾把血擦乾淨——是顆綠色的小石頭。

大小連我小拇指的指甲都不到，我看過這種石頭。

「想不到莉菲爾殿下體內有這種東西……」

「嗯……雖然你事前就跟我說過了，實際看到有東西拿出來，還是會嚇一跳呢。」

「欸，大哥，這石頭是什麼啊？挺漂亮的。」

「這是……魔石，而且純度好像比我之前購買的還高。」

就算是小顆的魔石，裡面也蘊含龐大魔力，折磨莉菲爾公主的就是這顆魔石散發的魔力。

我不認為如此珍貴的魔石會剛好掉在公主摔下來的位置，總覺得事有蹊蹺。

在我思考該怎麼跟她說明時，莉絲也治療完畢，莉菲爾公主的手臂恢復成沒有半點傷痕的狀態。

「姊姊，身體還好嗎？」

「這個嘛……有點累，不過那令人煩躁的疼痛感消失了。」

莉菲爾公主確認完自己的狀況，滿意地點頭。她身上的汗和血都由賽妮亞拿溼毛巾擦乾淨了。

「此刻您除了疲勞還外加一定程度的失血，不能輕忽，但只要靜養幾天體力應該就會恢復。」

「雖然我有許多疑惑，但得先向你致謝才行。謝謝你，天狼星弟弟。」

「我也是。感謝您救了莉菲爾殿下。」

一國的公主及其隨從跟我道謝，讓人有點誠惶誠恐，不過感覺並不壞。

回頭一看，姊弟倆笑著點點頭，莉絲則感動地用雙手握住我的手。

「謝謝你救了姊姊。遇見你真的太好了……」

「很好，這是個好機會，莉絲！直接給他抱下去！」

「姊、姊姊，別再這樣了！天狼星前輩只是……那個，只是我尊敬的師父。」

「那妳為什麼說他的背影看起來十分高大？還有，妳看他的眼神不像把他當師父看呀。」

「那是指天狼星前輩很可靠的意思……呃，姊姊，妳怎麼害我講這種話啦！」

「是妳自己說溜嘴的吧？」

過沒多久，醒過來的梅爾特引起了一場小騷動，可是看到從公主體內取出的魔石，他就乖乖道歉了。

我對他的第一印象沒好到哪去，但我知道他是因為身為公主護衛的職責，外加對公主純粹的擔心才會這麼做，因此並不生氣。

根據莉絲偷偷告訴我的情報，莉菲爾公主和梅爾特是兩情相悅的青梅竹馬，然而兩人之間存在階級差距，狀況挺複雜的樣子。

梅爾特本來是身分較低的下級貴族，後來才爬到近衛騎士這個地位。這也全是出於他對莉菲爾公主鍥而不捨的愛。

身體是小孩的我講這種話雖然有點奇怪，但年輕真好啊。

就這樣，莉絲的煩惱解決了，之後賽妮亞泡了紅茶請我們喝。儘管不是正式的委託，公主還是想給我報酬謝謝我救了她，但我拒絕了。

「莉絲也一直受到你的照顧，不好好答謝你我過意不去。看你想要什麼都可以，別客氣，儘管說。」

「不用了，目前我沒有特別需要的東西。若您要答謝我，我想問一件莉絲的事。」

「哎呀，不是我而是莉絲？你直接去問她不就行了嗎？」

「因為內容有點敏感，我想在她的家人莉菲爾殿下在場的時候問。我明白這個問題很失禮，可是我想請問，國王為何隱瞞莉絲的存在？」

民眾知道的公主只有一個人，就是莉菲爾殿下。

然而，莉菲爾公主也承認的另一位公主就在這裡。

本來我絲毫不在意莉絲的身分，不過既然她是王族，我還想多教她一些魔法以外的東西。

總之為了方便調整今後的教育方針，應該多瞭解一下莉絲和她的成長環境。

聽到我直指核心的問題，不只是莉菲爾公主，賽妮亞和梅爾特也板起臉，和平的氣氛瞬間緊張起來。兩姊弟守在我身後，莉絲則困擾地東張西望。

一觸即發的緊張感持續了一會兒，打破僵局的是莉菲爾公主。

「賽妮亞，梅爾特，別那麼警戒。」

「遵命。」

「公主，這樣沒問題嗎？」

「他們可是莉絲信賴的人。而且莉絲說不定遲早會跟他們講這些事，我覺得告訴他們也無妨。」

「姊姊，我不想繼續瞞著大家。」

「莉絲都這麼說囉？原因沒什麼特別的，如果你們發誓不會洩漏出去，是可以跟你們說。」

「我們發誓不會洩漏出去。我只是想要更瞭解莉絲。」

老實說，我不是很想和王族扯上關係，但莉絲的家人另當別論。話說回來，我之前還在考慮畢業後邀莉絲跟我們一起旅行，她是王族的話希望應該不大吧。

既然這樣，或許該至少教她一些攻擊、威嚇用的魔法或防身術，這樣我們不在她也能保護自己。

「莉絲的存在沒有對外公開，原因除了她是庶子外，也是想避免她受到愚蠢之徒的干涉。假如其他人知道國王還有莉絲這個女兒，八成會有一堆貴族想娶這孩子，躋身王族。」

確實如此。而且莉絲她……

「我是有辦法趕走那種人，不過莉絲感覺很可能被騙對吧？直到幾年前她都還過著平民的生活，又這麼天真溫柔，或許也不能怪她啦。」

「對呀，莉絲一看到好吃的東西就會失去判斷力。」

「感覺拿大哥的蛋糕出來，莉絲姊就會乖乖跟過去。」

「嗚嗚……我無法否認。可是雷烏斯，你不也一樣嗎？」

「我是因為那是大哥做的才跟過去！」

「唔⁉」

莉絲的精神力被大家從其他方向慢慢削弱。

嗯……莉菲爾公主說得沒錯，莉絲天真又容易被騙的樣子，但我認為那也是她的魅力之一。

「總之因為這些原因，爸爸提議不要讓別人知道莉絲是他的女兒。等到莉絲畢業，再讓她自己選擇要走哪條路。」

也就是說，要以王族之女的身分活下去，還是要找到新的道路當一個平民，都是莉絲的自由嗎？雖說是庶子，莉絲畢竟還是王族，基於政治因素被拿來利用也不奇怪，她卻可以自己選擇……莉菲爾公主真的很為莉絲著想。

「大哥，只要能說服莉絲姊，她是不是就會跟我們一起來？」

「不一定吧？」

這座城市有那麼疼愛她的家人。就算我們開口邀約，莉絲也不可能馬上下決定。這樣我就知道他們為何隱瞞莉絲的身世了，順便問個重要的問題吧。

「莉絲擁有王位繼承權嗎？」

「有是有……可是前面還有我的兄弟，應該輪不到她，除非羅德威爾叔叔在城內使用極大魔法，害我們統統命喪黃泉。」

「公主，這玩笑未免太輕浮了，請您控制一下。」

「總之莉絲上位的可能性近乎於零。這樣妳也比較高興吧？」

「嗯、嗯。我本來就對那些事沒興趣，再說，我絕對不是當女王的料。」

「我也對王族一點興趣都沒有，所以今後對莉絲的態度也不會改變。莉絲，請妳多多指教囉。」

「……是！」

莉絲紅著臉，開心地展露燦爛笑容。

之後大家邊喝第二杯紅茶邊聊天，回過神時已經天黑了，因此我們決定回鑽石莊。

莉絲本來因為擔心姊姊，想要留在這裡，可是由於莉菲爾公主叫她回去，現在她心不甘情不願地跟我們坐在同一輛馬車上。

「這樣講可能有點不恰當，但這次的事讓我更瞭解莉絲，也向莉絲的家人打了招呼，好高興唷。」

「對啊。不過魔石竟然會刺進手裡，莉菲姊也真夠倒楣的。」

這個世界的常識是只要受傷就先用治療魔法，因此一旦碰到緊急情況，就會忘記注意周遭環境的衛生。這次公主受傷的原因是從馬上摔在有石頭、塵土的地面上，有個東西刺進體內也不奇怪。

所以就和雷烏斯說的一樣，是莉菲爾公主自己倒楣……我很想這麼說，然而魔石是只存在於礦山深處或地層深處的東西，很難想像它會碰巧掉在公主摔下來的地方。

我問了一下，懂得注意衛生的莉絲是在中途才施法治療公主……因此一開始治療公主的人故意把魔石放進公主體內，企圖暗殺她的可能性很高。

莉菲爾公主當然也想過這個可能，所以才叫莉絲回家，不想讓她看到找犯人時會露出的黑暗面吧。不愧是下任女王，真辛苦。

不過我想應該無須擔憂。我們今天才見過面，我就知道她跟傳聞中一樣，是非常優秀的人。我想她八成立刻就會抓出犯人，給予制裁。

「對了，晚餐要吃什麼？今天莉絲也在，要不要做之前妳沒吃到的烤牛肉？」

「……可以嗎？」

莉絲本來看著窗外，有點鬧脾氣，一聽到烤牛肉就有反應了。這孩子遇到食物真的很老實。

「可是大家不是之前才吃過？只要是天狼星前輩做的，什麼都很好吃，吃別的也可以唷？」

「那種肉非常美味，只有莉絲沒吃到太可惜了。」

「我也還想再吃，所以完全沒關係喔？」

「那另一道就做燉菜好了，放多點蔬菜，燉得入味一點。」

「「贊成！」」

我們坐豪華的馬車突襲賈爾岡商會，嚇了札克一跳後，回到鑽石莊吃晚餐。

跟在貴為王族的莉菲爾公主那裡吃到的東西比起來，我們的晚餐滿簡單的，莉絲卻說兩者一樣好吃。

「嗯……和姊姊他們吃飯會讓我心情很平靜，跟大家一起吃飯也是唷。希望總有一天能所有人聚在一起吃飯……」

「是啊。吃飯就是要大家一起吃才開心，找一天問問妳姊吧。」

「我也這麼覺得！大哥，再來一碗！」

「天狼星少爺，我也要再來一碗。」

「啊，我也是！」

「為什麼不自己添飯！」

由我添飯他們好像會比較高興，搞不懂為什麼。

還有，莉絲果然最適合與兩姊弟一同嬉笑。

就這樣，雖然發生了一些事，我們沒有惹上王族的麻煩，順利回歸日常生活。

我一面煩惱明天該做什麼樣的訓練，一面幫弟子們盛燉菜。

然而過了兩天……不知為何，我又被請到莉菲爾公主住的豪宅。

公主似乎有事找我，今天只有我跟莉絲在場。順帶一提，公主希望他們這次不要來的姊弟倆，應該忿忿不平地在鑽石莊自己練習。

現在……我坐在房間的沙發上，對面是笑得很開心的莉菲爾公主。

「歡迎你來，天狼星弟弟。不好意思，明明是我有事找你，卻要你特地跑一趟。」

「不會，以您的身分要來找我大概有困難吧，而且我也很關心您之後的狀況，請不要在意。太好了，您看起來很有精神。」

和上次不同，莉菲爾公主蒼白的臉色恢復紅潤，看來體力正在復原。

公主穿著疑似平常穿的禮服，看到她現在儀容端整的模樣，誰都會覺得她是完美的公主。

「嗯，託你的福，我現在超有精神的。話說回來，關於我叫你來的理由……在告訴你之前，可以請莉絲離開一下嗎？」

「姊姊，很可疑喔。妳到底打算跟人家說什麼？」

「別露出那種表情啦。只是要講有點深奧的話題，又不是要把他搶走。乖，去隔壁房間和賽妮亞一起吃點心。」

「不要把我當小孩子看！真是……既然妳都這麼說了，我就乖乖出去吧，不過要是妳敢對天狼星前輩做什麼，我會生氣唷。」

「請放心，莉絲殿下。對了，我有準備前天艾米莉亞教我做的點心，想請莉絲殿下也嚐看看。」

「嗯……真、真拿妳沒辦法。」

莉絲吞了口口水，跟著賽妮亞離開，房內只剩下我和莉菲爾公主……好像還少了些什麼。

我知道了，梅爾特今天不在，難怪我覺得今天莫名安靜。

「對了……您的近衛梅爾特先生呢？」

「梅爾特有事要辦，回城去了。我跟你在一起他會囉哩囉嗦，他不在也比較方便吧？」

「他不是您的近衛嗎？這樣不就沒人保護您了？」

「有賽妮亞在。她是我的隨從，也是我的近衛。」

「我不是這個意思，現在這間房間只有我們兩個……對吧？」

即所謂的兩人獨處，她沒想過被我暗殺的危險性嗎？

我當然沒有那個企圖，可是由於前世的影響，我自然而然會往那個方向想。莉菲爾公主似乎察覺到了我的意思，但她只是露出從容不迫的笑容。

「哎呀，你想暗殺我？」

「一點也不，這樣莉絲會哭的。」

「那就沒問題啦。嗯嗯，你真的是比我想像中還要優秀的人才。我越來越想要你了。」

莉菲爾公主用看獵物的眼神看我，在這個瞬間，我就知道她為何召我前來。

然而事到如今，我也不覺得自己逃得掉，於是我別開視線多少抵抗一下，催促她繼續說。

「那麼，您召見我的目的是？」

「這個嘛……先跟你報告從我體內拿出的魔石好了。不出所料，那是有人刻意塞進去的，想偽裝成怪病纏身的樣子暗殺我。」

莉菲爾公主冷靜敘述起事件的真相。

把魔石塞進公主體內的，好像是公主摔下馬後立刻過來幫她治療的男人。跟我預料的一樣。

那名男子並不清楚魔石是什麼，只是上司告訴他把這放進體內有助於治療，才事先交給他。這次碰到莉菲爾公主受傷，他聽信上司的話，便把魔石塞進公主體內。他始終以為自己的做法是正確的，所以其他人也沒懷疑他。

至於給他魔石的上司，是在城裡負責管理魔法研究者的男人。由於魔石是非常昂貴的東西，照著金錢流向查下去自然會查到他身上。

那人似乎完全沒想到魔石會被人從公主體內取出，還實際出示給他看，就十分乾脆地認罪了。

「聽說把魔石放進我體內的男人也患了病，拒絕見客，詳細調查過後發現早就被他的上司處理掉了。似乎是怕他聽到傳聞跑去自首，在我察覺身體異樣前就已遇害。」

「意思是，罪魁禍首就是那名魔法研究者……不對，考慮到他盯上的是身為王儲的您，應該還有其他指使者。」

「你真敏銳。沒錯，真凶是侍奉我哥——迪拉夫哥哥的貴族。他似乎是想暗中把我除掉，讓比較容易操控的迪拉夫哥哥當上國王。」

此外，那名貴族還是個蔑視女性的男人，無法接受站在艾琉席恩頂點的人是女王，失去理智才做出這種事。

「……真幼稚。」

「是啊。我叫人搜了那男人的住處，發現一堆證據，已經把他打進牢裡了。我想極刑應該免不了，但他好歹是個貴族，八成會被人在這幾天偽裝成生病偷偷處分掉。」

想暗殺別人的人反而被暗殺。正是所謂的因果報應。

莉菲爾公主說完後露出得意的笑容，彷彿在問我「怎麼樣？厲害吧」……她講這些是想讓我知道她有多能幹嗎？

好啦，不到兩天就抓到真凶解決問題，我確實覺得她挺厲害的。

「那個……我想問個問題。為什麼要跟我報告這些？我雖然曾幫您治療，但這起事件幾乎與我無關吧？」

「我是託你的福才能發現真相，所以你有權知道。接下來要講的才是正題……」

……果然。

讓我知道她的能力、分享王族的祕密給我，然後才進入正題——從這些行為判斷，我已經察覺到莉菲爾公主的目的。

我在內心嘆了口氣，等待公主繼續說下去。莉菲爾公主對我伸出手，直截了當地說：

「天狼星弟弟……不對，天狼星。我叫你來是想挖角，畢業後願意來我手下做事嗎？」

不出所料。

我不僅會施展自創的魔法，還把本來就資質不錯的莉絲鍛鍊起來，莉菲爾公主對我的評價也因此上升。

之前就想過如果透過莉絲繼續跟公主保持聯繫，總有一天會被挖角，想不到見過一次面就叫我為她做事。不曉得該說她器量大還是膽量大。

「……雖然這樣評價自己有點奇怪，我不但只是一介平民，身分來歷還非常可疑喔？雇用這種人沒問題嗎？」

「你確實優秀得不像小孩，可疑到了極點，不過看莉絲和你的兩位隨從，就知道你是什麼樣的人了。他們對你抱持著純粹的信賴，這種人不會是惡徒……我是這麼想的。」

「我只對弟子這樣。就直說吧，我對敵人是不會客氣的喔？」

「這才是我要的人才。只有溫柔的心靈，並不能保護該保護的東西，無論如何都需要強大的力量。正因為你理解這點，我才想要你。」

莉菲爾公主沒有因為我是小孩就小看我，而是把我視為一名男性。她叫我的方式改變也是因為這緣故吧。

然而，我想多看看這個世界，目前不打算在任何人手下工作。

「對我這種平民來說，實在非常榮幸，但我畢業後打算出外遊歷。況且我有艾米莉亞和雷烏斯要照顧。」

「哎呀，艾米莉亞和雷烏斯當然也一起來呀，畢竟他們好像擁有賽妮亞也會予以肯定的能力。莉絲也可以順便送給你。」

「請您別把妹妹當成贈品。再說我是平民，不能無視當事者的意見……」

「是嗎？那孩子看起來不會不願意，我認為你一定能給她幸福。」

「這主意很吸引人，但非常抱歉。我還是要拒絕您。」

看到我堅定不移的態度，莉菲爾公主輕聲嘆息，好像放棄了。

想不到她連妹妹都拿出來當籌碼，至少先問過本人的意見吧？

「唉……竟然要白白放你這種人才跑掉，太可惜了。這次我就乖乖放棄，但我一旦覓得獵物就會糾纏到底唷。等你遊遍世界後，我還是會繼續招募你，給我做好覺悟。」

「不知道要等到幾年後喔？」

「我不在乎。況且我遲早會當上這個國家的女王，讓艾琉席恩變得更加繁榮。總有一天，你會想尋求我的錄用。」

別說放棄了，公主的鬥志反而熊熊燃燒。

儘管我們認識的時間不長，莉菲爾公主腦袋靈活、清濁能容，具備上位者的資質。我覺得她真的會讓剛才那句話成真，使艾琉席恩變得更加進步。

上輩子我做的大多是見不得光的工作，是組織的一員、夥伴的下屬，因此我並不討厭在別人麾下做事。

嗯……視未來的情況而定，說不定也可以考慮跟隨她看看。

不過這是很久以後的事。總之現在先把她當成莉絲的姊姊，照一般的步調跟她增進情誼，至少沒有壞處。

我把我帶過來的木箱放到桌上，莉菲爾公主好奇地探出頭。

「上次什麼都沒帶，這次我做了些甜點，順便當成探病的慰問禮。」

「哎呀，何必這麼客氣？不過，雖然這麼說稍稍有失威儀，如果是你帶過來的東西，我還挺期待的。」

「我聽莉絲說您已經可以正常進食，就做了蛋糕。」

「蛋糕!?」

木箱上畫著學校教的冷卻魔法陣，裡面裝的是一整個起司蛋糕，莉絲爾公主一看到蛋糕，眼中就綻放出光芒。

我做過幾次蛋糕叫莉絲帶回家分給家人，所以莉菲爾公主並不是第一次品嘗。

「這麼大的蛋糕……跟作夢一樣。我從來沒看過這種蛋糕耶，吃起來是什麼樣的味道呢？」

「您之前沒印象嗎？」

「草莓鮮奶油蛋糕的話倒是吃過，但這個是第一次看到。」

「明明我有做過幾次給莉絲，讓她帶回家啊……」

莉絲的食欲在奇怪的地方非常旺盛。尤其是起司蛋糕，她特別愛吃，很可能在路上就偷偷把蛋糕吃光。

莉菲爾公主大概也得出同樣的結論，開始散發出不明魔力。她生氣了。

「是嗎……看來有必要跟那孩子好好談談。」

……對食物的怨恨是很可怕的。特別是女性對甜食。

這次是莉絲自作自受，所以我只有在心底為她默哀。

莉菲爾公主想跟我說的好像就這些。

在公主的懲罰一分一秒逼近莉絲時……事情發生了。

「莉菲爾殿下，大事不妙！」

賽妮亞在我準備切蛋糕時慌慌張張跑進來。像她這樣優秀的隨從，竟然門都沒敲也不等主人回應就進房，想必情況非常緊急。

莉菲爾公主本來陶醉地看著蛋糕，見賽妮亞如此著急，立刻切換狀態恢復成認真神情。

「怎麼了？」

「請聽我說。其實是莉絲殿下她……」

賽妮亞簡短道歉後，把嘴巴湊到莉菲爾公主耳邊。

我這個局外人重新切起蛋糕，可是我隱約聽見賽妮亞提到莉絲，便用魔法強化聽力，豎起耳朵。

然後……在聽見內容的同時發動「探查」。

「妳說什麼！有沒有可能是假的？」

「上面有王家的印記，我想應該不會有錯。看起來沒有危險，但是……」

莉菲爾公主面色凝重，講到一半大概是想起我也在場，露出溫和的表情面向我。

「對不起，天狼星。我突然有件急事要處理，今天就先——」

「因為莉絲不在這棟房子裡了嗎？」

沒錯……這裡偵測不到莉絲的反應。

莉菲爾公主嚇了一跳，立刻板起臉孔，用銳利的視線看著我。

「這是王族的問題。不是身為平民的你能隨便插手的事件。」

「帶莉絲離開的，是連您都會驚慌失措的人……也就是兄長或父親……國王的可能性較高。」

我一直在用「探查」追蹤，離開這裡的莉絲好像在往城堡移動。

莉菲爾公主一句話也沒回，看來我猜得沒錯。

「……就算是我也不能一直包庇你，要是你再繼續深入下去，會無法回到原本的生活喔？」

「就算這樣，我還是不能坐視不管。因為莉絲是我的徒弟。」

「你是平民，師徒關係也只是口頭承諾吧？你打算與王族為敵嗎？」

「如果知道莉絲是打從心底接受這件事，那也就算了，若非如此，無論要與誰為敵，我都會為了莉絲採取行動。」

「你這樣講聽起來好像已經超越師徒關係囉。其實是因為你愛著那孩子……之類的？」

「看您要怎麼解釋都可以。總之我身為莉絲的師父，身為一名男人，只是想保護自己決定要保護的女性罷了。」

由於前世的影響再加上有效的鍛鍊方式，我在這個年紀就已經有一定強度，因此理想與目標我也想訂得高一點。

講這種話或許有些卑鄙，不過莉菲爾公主聽見我毫不猶豫地宣言，苦笑著說：

「我感受到你的覺悟了……雖然我比較希望你回答『因為我愛她』。」

「有傳達給您就好。莉菲爾公主不也一樣想保護莉絲嗎？」

「那當然。她可是我在充滿男人的家庭中好不容易有的妹妹耶？又聽話又可愛……我還打算等我成為女王，讓她當專屬於我的主治醫生。不過當時她還沒遇見你。」

遇見我之前，莉絲很沒自信，容易隨波逐流。可是因為她很擅長水魔法的治療魔法，莉菲爾公主才會想把莉絲留在自己身邊工作，藉此保護莉絲吧。

莉菲爾公主看著遠方述說，然後將視線移到我身上，彷彿下定了決心。

「不過我覺得應該沒有你插手的餘地。光聽我這樣說你八成無法接受，跟你解釋一下情況吧。」

「謝謝您。只要告訴我一些情報就夠了。」

「莉菲爾殿下，這樣好嗎？」

「不告訴他的話，天狼星八成不會回去，而且什麼都沒對他說導致他擅自行動，傷腦筋的會是我們。更重要的是，換成是我一定會想抓著對方的領口逼問他。」

「這個……我深有同感。若非礙於身分，我肯定也追著莉絲殿下到城裡去了。」
「那我就說囉，這次帶走莉絲的人跟你猜的一樣，是艾琉席恩的國王卡帝亞斯。」
「莉絲的父親對吧？兩位如此慌張，是因為莉絲有危險嗎？」
「生命危險是沒有。不過對莉絲來說……對太過率直，還無法捨棄感情的那孩子來說，太殘酷了。」
看來事情相當出人意料。
莉菲爾公主愁眉苦臉地說：
「那孩子回城，是為了和某位貴族結婚。」
在那之後，我又多問了些詳情，回到鑽石莊，和等待我歸來的姊弟倆報告莉絲的事。
「大哥，莉絲姊要結婚是怎樣！」
聽說莉絲要結婚，雷烏斯不敢置信地往桌上用力一拍，大發雷霆。艾米莉亞表情也很凝重，但她冷靜拍了下雷烏斯的肩膀安撫他。
「冷靜點，雷烏斯。天狼星少爺還沒說完。」
「啊……抱、抱歉，大哥。」
「別在意。可是，為什麼你那麼生氣？」

「因為這就像政治聯姻不是嗎？我不能接受莉絲姊扯進這種事情裡！莉菲姊也是，為什麼沒阻止！」

「就叫你冷靜一點了。我不覺得莉菲爾殿下會允許這種事發生，她一定也不知情。」

「總而言之，莉絲為了和那名貴族結婚，現在在城堡裡。我想她應該不會受到粗暴的對待，不過莉絲好像要結完婚才能從城裡出來。」

我最後用「探查」偵測到的位置，是在城堡的最上層。那裡同時也是城堡的深處，某種意義上來說，莉絲的安全是受到保障的。

「天狼星少爺，為什麼會變成這樣？而且就算莉絲是王族，現在結婚未免太早了。」

「說是結婚，莉絲這個年齡舉辦的好像叫『婚前儀式』。類似於女方和男方請親戚參加的儀式，這種儀式就跟年齡沒有關係。」

婚前儀式好像挺正式的，不僅流程近似婚禮，只要舉辦了儀式就跟確定姻親關係差不多。不管本人怎麼想，對周遭的人來說就是這樣。

換成上輩子的說法就是在結婚證書上蓋印章，長大了再正式舉辦婚禮。我是覺得既然之後要再辦一場，何必辦那個婚前儀式，不過那好像也是用來認識貴族的交流會。在與這些事無關的我們眼中，除了麻煩還是麻煩。

「本來要出席這場儀式的是莉菲爾公主，莉絲卻不小心聽見消息，主動說要參加婚前儀式。」

聽賽妮亞說，我和莉菲爾公主談話的期間，國王信賴無比的親信來了。

當時莉菲爾公主沒空，因此由賽妮亞應對，偷偷聽見他們交談的莉絲介入兩人的對話，表示要代替姊姊，然後就跟親信一起回城了。

「莉絲……」

銀狼族是重視家庭的種族，所以很能理解莉絲的心情。艾米莉亞一副五味雜陳的樣子。

聽說儀式的對象是在艾琉席恩赫赫有名的貴族。

莉菲爾公主說這是標準的政治聯姻，用來讓有權貴族與王族的關係更加緊密。人民在討論的婚禮就是這件事，莉菲爾公主對對方的印象不是很好，因此偷偷策劃讓婚禮告吹。可是在她被魔石害得身體不適的期間，婚事就敲定了。

儘管還有可能挽回，賽妮亞和親信講話時偏偏被莉絲聽到，還說要代替姊姊。

明明是為了避免妹妹扯上這種事才送她去學校，結果仍然不小心把她捲進來了……莉菲爾公主相當懊悔。

『我絕對會阻止他們，你就在家等莉絲回來吧。』

公主雖然跟我講了很多，由於這是王族和他們家人之間的問題，她好像不希望我插手。她甚至說會問出莉絲的真意，拜託我先忍住不要行動，人家都做到這個地步了，我也只能乖乖抽身。

之後莉菲爾公主急忙做好準備，飛奔而出，現在應該在城裡說服莉絲和國王吧。聽完我的說明，姊弟倆雖然沒辦法完全接受，多少冷靜了一點。

「既然莉菲爾殿下會採取行動，應該沒問題吧……」

「大哥，有沒有什麼我們能做的？我不喜歡待在家空等。」

「……得準備一下。」

「喔喔！大哥打算去救莉絲姊是吧！」

「不，跟去救她不太一樣。我只是想知道莉絲真正的想法。」

她那顆願意為姊姊挺身而出的善良的心，我覺得很美麗。

可是一遇到重要之人的問題，莉絲偶爾會不考慮後果就行動。事實上，在迷宮遇到殺人鬼時就看得出這個傾向。

我有種感覺……莉絲現在會不會在後悔？

對我來說，重要的是莉絲是否真的想這麼做。

所以為了直接問出答案，我決定去見她。儘管莉菲爾公主希望我乖乖等就好，我還是想親自問莉絲。

「城裡應該戒備森嚴……還是趁明天舉辦儀式時潛入最適合。」

現在的莉絲很有可能硬撐著不說出真心話，要問她的話，帶姊弟倆一起去或許比較好。然而兩人並不習慣隱密行動，與他們同行會增加入侵的難度。

要行動就等明天吧，我們也需要做準備，而且在婚前儀式上被迫面對現實時，莉絲可能會不小心吐露心聲。

「天狼星少爺，請允許我陪同。」

「我也要去！不親自確認莉絲姊是怎麼想的，我不服氣啊！」

「那就……決定囉。我姑且問一下，視結果而定，我們可能會惹到王族，變成通緝犯。這樣你們還要跟來嗎？」

「我不在乎。即使要與國王對立，我仍然會站在莉絲這邊。」

「莉絲姊就是要跟我們和莉菲姊一起玩才最適合她！」

多麼可靠的答覆。不管怎麼樣，他們成長為重視朋友的溫柔孩子，真的很令人開心。

於是，我們決定好方針，前往賈爾岡商會做準備。

《我的王子》

——莉絲——

小時候……媽媽常念給我聽的那個故事，我最喜歡了。

『媽媽，念這本書給我聽。』

『莉絲真的很喜歡這個故事呢。很久很久以前……某個國家有位非常漂亮的公主，以及被傳說之劍選中的王子。』

書名是《龍王子》。

是專門念給小孩子聽的，平凡無奇的故事。

公主被惡龍詛咒，陷入長眠，和公主有婚約的王子為了解開詛咒，帶著傳說之劍踏上屠龍之旅。

歷經漫長艱辛的旅程，王子終於用傳說之劍打敗了龍。

可是擊敗惡龍，解除公主的詛咒後，鄰國的壞王子擄走公主，想要逼她跟自己結婚。

公主哀傷地迎接自己並不期望的婚禮，不過，王子在途中騎著龍把她救了出來。

龍被王子打倒後洗心革面，成為王子的夥伴。

王子順利救出公主，兩個人騎在龍背上回到自己的國家。

然後他們就結婚了，過著幸福美滿的生活。

……雖然內容完全是給小孩看的，我至今依然很喜歡這個故事。

因為每次聽到這個故事……我都會憧憬總有一天，我也會遇到拿著傳說之劍騎在龍上的王子。

不過……那終究只是童話裡發生的事。

就算到了理解這點的年齡，我還是……

從我懂事的時候起，爸爸就已經不在身邊。

媽媽跟我說爸爸去了很遠的地方，可是不知不覺，我開始認為爸爸其實早就不在人世。

但我只要有媽媽就夠了。

媽媽本來是冒險者，一個人把我撫養長大。她從來不吝惜對我灌注愛情，所以即使沒有爸爸，我也不太寂寞。

十歲的時候……媽媽因病去世。

我每天都活在悲傷之中，等到傷痕終於開始癒合……一名男性跑來我家找我。他拿給我一封信。

寫信給我的人是艾琉席恩的國王卡帝亞斯——我的父親。

媽媽過世前寫了信給他，告訴他我的存在，希望他照顧我。

家裡剩的錢也不多了，我認為媽媽寫信給爸爸就是想讓他接我回去，便決定回到爸爸身邊。

在那名男性的帶領下，我來到艾琉席恩城，和爸爸第一次見面。

可是，我對爸爸的第一印象是……很冷淡。

他默默說明我的狀況，我是庶子所以幾乎沒有王位繼承權、想在這座城裡生活就不要引人注目等等，用看路邊小石子的眼神看我，彷彿對我一點興趣都沒有。

媽媽去世前告訴我爸爸非常勇敢，是擁有高大、可靠背影的男人……在見到他的瞬間，我對可靠父親的幻想就破滅了。

身邊都是不認識的人，又完全不懂王族和貴族的規矩，害我不知道該如何是好。父親冷淡，而似乎是我的兄弟的人，又只會困惑地看著我。

我開始討厭待在城裡，就算要過著貧困的生活也沒關係，真想回到故鄉。

突然變成王族而不只是貴族的我，今後到底會怎麼樣呢……當我在房間默默哭泣時，一名女性敲門的同時走了進來。

『妳好，妳就是莉絲吧？我叫莉菲爾。是妳的姊姊喔。』

那就是……我跟姊姊初次見面的情況。

看到那抹彷彿能包容我的一切的溫柔笑容，我不知不覺就將自己心中的不安和真實想法統統告訴姊姊。

在這裡，我第一次遇到可以依賴的人，姊姊抱住我時傳來的溫暖，讓我忍不住號啕大哭，想到就覺得很難為情。

和姊姊熟起來後過了一段時間，姊姊把在房外待命的兩人介紹給我。

『初次見面，莉絲殿下。我是莉菲爾殿下的隨從賽妮亞。請您叫我賽妮亞就好。』

『我是公主的專屬近衛梅爾特。』

溫柔的兔族獸人賽妮亞，以及有時候雖然有點可怕，一直在保護姊姊的人族梅爾特。在他們和姊姊的守護下，我逐漸習慣城裡的生活。

不過因為我本來是平民，王族的規矩和餐桌禮儀記得很辛苦。

儘管在姊姊和賽妮亞的幫助下，我勉強能應付這裡的生活，我的心靈還是開始慢慢疲憊。姊姊看不下去，提出一個建議。

『要不要去上學看看？』

學校裡有貴族，所以也學得到貴族的禮儀，還有平民學生，說不定我可以交到朋友……聽姊姊這麼說，我決定去上學。

之後由姊姊跟爸爸說明情況，爸爸以要我隱藏身分當條件答應了。這時我才向姊姊坦承我看得見精靈，姊姊說她會當作沒聽見，叫我和以前一樣隱瞞自己的能力……溫柔地勸誡我。

『再說我才不管什麼精靈呢。妳是我的妹妹……這樣就夠了。謝謝妳願意對我坦白這麼重要的事。』

我感動得抱住姊姊，現在回想起來，算是挺美好的回憶。

『去學校吸收各式各樣的知識吧。我知道以我們的身分或許有困難，不過等妳交到朋友，要介紹給我認識唷。』

決定入學後，我一面心想「不曉得我的室友會是什麼樣的人」，走進學校分配的宿舍……卻沒看到任何人。

晚餐時間過後，室友依然沒出現，在我納悶不已時，一名有著美麗銀髮的狼族獸人走進房間。

「妳好。妳就是我的室友嗎？」

「啊……對、對呀。我叫妃……我叫莉絲。妳呢？」

「我叫艾米莉亞。如妳所見，是狼族的獸人。」

我緊張得差點不小心報上本名，將事前和姊姊一起想的設定告訴她。

我是某位貴族的女兒，為了學習被送進學校……明明艾米莉亞沒有問我，我卻被那頭美麗的銀髮奪去心神，驚慌失措，自顧自地講了起來。

當時我覺得她和沒做好心理準備就變成王族的我不一樣，是很優秀的人。

「跟我的主人天狼星少爺一樣呢。」

咦？她有主人……意思是這麼漂亮有禮的女孩是別人的隨從嗎？

在我驚訝的期間，艾米莉亞嘴巴也沒有停下，一直在講她的主人天狼星有多厲害。

她一定是打從心底尊敬她的主人，並且信賴著他。跟侍奉姊姊的賽妮亞有點像。

因為這樣，我也變得比較愛說話，不知不覺我們的感情就好到會聊天聊到半夜。

本以為交到朋友，姊姊應該就可以放心，入學典禮當天，爸爸卻把我叫回城內。

我被帶到爸爸面前，他的視線依舊冰冷，語氣毫無起伏，簡單地說就是要我小心不要被人發現真實身分。

整個過程當中我們都沒有對上目光，在爸爸講完話，我準備離開時，他問我在學校過得好不好，我回答「我交到朋友了」後，就走出房間。

『……是嗎。』

從背後傳來的聲音聽起來跟平常不太一樣，但我不喜歡父親冷淡的視線，只想快點回去。

爸爸做為這個國家的國王，確實非常偉大，可是為何他看我的眼神如此冰冷？

我是不是……不要出生比較好？

我帶著煩悶的心情回到宿舍，艾米莉亞剛好也回來了，她不僅關心我，還跟我說明入學典禮講了些什麼。

嗯……現在可不是沮喪的時候。因為除了姊姊，我還有這麼關心我的朋友。以後在學校加油吧。我雖然這麼想……事情並沒有那麼簡單。

因為我的班級艾歐恩班，規定每個學生都要會用四屬性的初級魔法。

我擅長水屬性，火屬性卻完全不行，一直被同學們嘲笑。只是笑我我還可以忍耐，但連媽媽都被嘲笑，我實在忍不下去。

同學們講話一天比一天過分，不管我怎麼練習，都使不出火屬性魔法。姊姊特地送我上學，我卻一下就遇到阻礙，我因此偷偷哭了好幾次。

某次我偷哭時不小心被艾米莉亞發現，她出於擔心追問我發生了什麼事，聽我說明完狀況後用力點了下頭，建議我：

「要不要跟天狼星少爺商量看看？他一定會幫妳想出好辦法。」

過了幾天……我和命運之人邂逅了。

當天的課程也一樣令人心力交瘁，我在艾米莉亞的帶領下來到圖書館……遇見天狼星同學。

艾米莉亞口口聲聲說他很厲害，但天狼星同學看起來就是個普通的男孩。然而，他冷靜的氣質和言行舉止，和進入公主狀態認真工作的姊姊一模一樣，完全無法想像他跟我一樣是小孩子。

不過他看得那麼認真的書竟然是《世界料理大全》，所以我對他的第一印象是有點難以捉摸的人。

接著輪到艾米莉亞的弟弟雷烏斯自我介紹。雷烏斯感覺非常調皮，我覺得兩姊弟都是率直又可愛的孩子。雷烏斯叫我「莉絲姊」，應該很快就能跟他熟起來。

大家自我介紹完後，天狼星同學招待我到名為鑽石莊的小屋。

在那裡吃到天狼星同學做的蛋糕時……我瞬間出神。因為，我從來沒吃過這麼好吃，令人渾然忘我的點心。

總覺得光是嘗到這麼美味的蛋糕就滿足了，但我來這裡可不是為了這個。

向天狼星同學解釋完情況後，我用了魔法給他看，令人驚訝的是，天狼星同學居然一下就看穿我看得見精靈。

被人知道我看得見精靈，會被可怕的人抓去，所以只能告訴我完全信任的人……由於媽媽是這麼教的，我一直把它當成祕密。

我明明只有對媽媽和姊姊講過……天狼星同學卻發現了。

因此我開始害怕天狼星同學，可是天狼星同學不僅安撫我，還教我該如何與精靈溝通。託他的福，我終於用得出火屬性的初級魔法。

儘管問題解決了，我的煩惱卻是出自於班上，所以天狼星同學說要解決班上的問題。

為什麼我們才剛見面，天狼星同學就願意為我做到這個地步？

「和貴族與精靈無關。妳是艾米莉亞的朋友，也跟我們認識，所以我想幫助妳……僅此而已。」

姊姊也對我說過這種話。

這個人不是城裡那種重視金錢和名譽的人。

是艾米莉亞和雷烏斯完全信賴的溫柔的人。

姊姊之前叫我提防會講甜言蜜語的人，但我下意識認為……相信天狼星同學也不會有問題。

普遍來說，應該是由當隨從的艾米莉亞和雷烏斯照顧天狼星同學，神祕的是天狼星同學竟然會自己做菜給他們吃。他們也邀請我一起用餐，端出來的是我在故鄉跟城裡都沒看過的料理。

那道叫「火鍋」的料理非常美味，我雖然覺得這樣不太有禮貌，還是添了好幾次飯。偷偷說一下，天狼星同學好像還會做很多料理，我有點羨慕兩姊弟每天都能吃到這麼好吃的東西。

經過交涉後，決定舉辦以我為中心的「交換戰」。

比賽明明是三對六，天狼星同學他們壓倒性的不利，大家卻贏得輕而易舉。

聽說訓練艾米莉亞和雷烏斯的人也是天狼星同學，想不到他這麼厲害。

身為平民面對貴族也毫不讓步，不管面對多大的困難都能正面克服的強大，令我心生憧憬。

因為只要我變強，姊姊應該也能放心，更重要的是……我也想像幫了我的大家一樣，變得有能力幫助他人。

當天傍晚，和艾米莉亞及雷烏斯一起去街上買東西時，我開口跟他們商量。

「欸……你們為什麼會認天狼星同學當師父呀？」

「認天狼星少爺當師父的理由嗎？這個嘛……起初是為了保護唯一的家人雷烏斯。現在是為了待在天狼星少爺身邊吧。」

「我當時也只是因為想保護姊姊。不過現在是想變得強到能和大哥並肩作戰！」
「這樣呀。那……我這種人是不可能當他徒弟的吧。」
「莉絲姊想當大哥的徒弟啊？」
「嗯，我想跟大家一樣……變強到可以幫助別人。但我只是想變強，沒有你們那種明確的理由……」
「怎麼會。」
「可、可是我的理由那麼籠統，只是想自我滿足……」
「每個人的理由不盡相同。只要有強烈的決心，天狼星少爺都會答應的。」
「強烈的決心……」
我想變強。可是真的只有這樣嗎？
雖然我跟他們認識的時間不長，艾米莉亞和雷烏斯總是笑得很開心，天狼星同學則在一旁溫柔地守候他們，我很喜歡這個景象。
想起這件事時，我知道真正的原因了。
我想……成為他們的同伴。
和他們一起接受天狼星同學的鍛鍊，大家一起談天說笑。那一定很棒。
理解這點的我，決定拜天狼星同學為師。
慶功宴結束後，我鼓起勇氣跟他商量，成了天狼星同學……不對，天狼星前輩的弟子。

拜天狼星前輩為師後，每天都過得又累又忙。

儘管有許多艱苦的訓練，這些充實的日子讓我一點都不後悔。

天狼星前輩叫我先從跑步開始，鍛鍊體力，可是當我聽到一大早就要到附近的山上跑一圈，真的差點昏倒。

說實話，有好幾次我差點撐不下去，多虧艾米莉亞和雷烏斯鼓勵我，天狼星前輩也絕對不會強人所難，我才有辦法慢慢習慣。

如果我在跑步時跌倒，天狼星前輩不會立刻來扶我，而是默默等我自己站起來。旁人可能會覺得他殘酷嚴苛，不過這也是為了教我用自己的力量站起來有多重要，我自然而然理解到，他真的很為我們著想。

因為只要完成他指定的訓練，天狼星前輩就會誇獎我，訓練結束後也會關心我的身體狀況，受傷的話會立刻幫我治療。

我想我就是在這段時期開始崇拜天狼星前輩，覺得他像父親一樣。

嚴厲卻又溫柔，還會煮溫暖美味的料理給我們吃，外加知識淵博，教了我很多在學校學不到的事。

天狼星前輩……是我心目中理想的父親。

第一次做完全程的訓練，天狼星前輩摸我頭誇獎我的時候，雖然他年紀比我小，我真的好高興。

追隨那令人崇拜的背影的日子，今後也會一直……一直持續下去……

……這時，我醒過來了。

明明只是想小睡一下，竟然作了這種夢。

我果然還有留戀嗎？

可是……這就是現實。眼前的鏡子映出坐在椅子上的我，長髮綁了起來，身穿漂亮的純白禮服。

「您醒了嗎？您好像很累，不過儀式差不多要開始囉。」

「沒、沒事的。我只是有點緊張，昨天睡不太好。」

向站在鏡子前發呆的我說話的人是克拉少爺，跟我一樣是儀式的主角，我未來的結婚對象。

我今天……要和這位克拉少爺舉辦婚前儀式。

昨天……我和天狼星前輩被姊姊叫到她住的地方，姊姊說有事要跟天狼星前輩單獨談，把我趕出房間。

雖然很在意他們要講什麼，我還是乖乖在隔壁的房間等，和賽妮亞一起吃點心，這時城裡的使者來了。

「莉絲殿下，請您稍待片刻。」

賽妮亞和使者移動到其他房間，是要講重要的事嗎……我覺得賽妮亞的樣子不太對勁。

而且那名使者是把我從故鄉帶過來的人，我有種不好的預感，離開房間跑去偷聽他們說話。

站在走廊聽不見他們的聲音，不過把杯子貼在牆壁上就可以聽見。想不到天狼星前輩教我的小技巧會派上用場。

明知道這麼做不對，我依然忍不住聽下去，聽著聽著，內心便開始躁動不安。

「這件事應該暫時擱置了。為何沒和莉菲爾殿下確認就強制執行！」

「事情早就定案了，國王陛下已經在文件上蓋章。明天要舉辦公主殿下和克拉少爺的婚禮，麻煩幫我請莉菲爾公主到城裡來。」

姊姊要……結婚？

為什麼……姊姊不是想辦法讓婚事取消了嗎？

姊姊還有她的青梅竹馬梅爾特先生啊。被個性強硬的姊姊耍得團團轉，比誰都還要傾慕姊姊，甚至當上她的近衛的梅爾特先生。

他們兩個那麼匹配，我很喜歡看他們相處的樣子。我覺得他們總有一天會結婚，組成幸福的家庭。

所以……

「等一下！」

我下意識衝進房間……說要代替姊姊結婚。

賽妮亞試圖阻止我，但她看我這樣覺得說服不了我，衝出去叫姊姊了……對不起。

不僅沒先跟姊姊商量，還丟下拜託我等一下的賽妮亞。這麼做雖然讓我很心痛，我還是選擇拜託使者直接帶我回城。

我在第一次進城時被帶到的房間裡等待，爸爸很快就來了。爸爸眼神和平常一樣冷淡，我卻覺得他看起來有點困擾……是錯覺嗎？

「我都聽說了。為什麼要代替莉菲爾？」

「爸爸才是，您不是沒得到姊姊的允許，就想幫她辦婚禮嗎？」

「這是必須的，是為了國家。比起這個，學校那邊妳打算怎麼辦？結了婚就不能上學囉？」

這代表我再也沒辦法跟大家一起玩，就算這樣……

「全是為了姊姊。我希望拯救我的人，可以得到幸福……」

「……隨便妳。」

爸爸帶著非常複雜的表情，離開房間。

過了一會兒，天色變暗的時候，梅爾特先生來房間向我報告現狀。

對了，梅爾特先生好像早上就被叫回城了？聽說本來是其他人要來說明狀況，梅爾特先生用了有點強硬的手段跟人家交換。

「……妃雅莉絲殿下，我來向您報告明天的計畫。」

梅爾特總是板著臉，嚴以律己，可是對我來說，他就像溫柔的大哥哥。現在他卻皺著眉頭，彷彿在把情緒壓下去似的，冷冷地對我報告既定事項。

原本要舉辦的是婚禮，但我年紀太小，就變成舉辦婚前儀式。

明明臨時有了這麼多變動，對方也接受了，因此儀式決定按照計畫明天舉行。

說不定對方只要是王族，跟誰結婚都可以。雖然我只是個從平民變成王族的普通女孩，好歹是爸爸的女兒。

可是，既然可以幫助拯救我脫離絕望的姊姊……我一定不會後悔。

梅爾特先生接著說，不久前姊姊好像來城裡阻止儀式舉辦，和爸爸吵了一架，被送去離城堡有段距離的療養所。

這麼做或許有點過分，但姊姊大病初癒也是事實，而且這樣就真的不會有人來救我了，我也可以做好覺悟。

姊姊……有這份心意就夠了。所以至少妳要跟喜歡的人在一起。

梅爾特先生報告完畢後，在走出房間的前一刻回頭對我說：

「我只是一名近衛，沒資格多說什麼。可是……恕我多嘴幾句。公主想必絕對不會希望這種事發生，可以請您再考慮一下嗎？」

「對不起，梅爾特先生。我已經決定了。而且……現在也太遲了。」

「……我明白了。」

梅爾特先生明明也知道一旦決定就無法回頭，或許他是怎麼樣都想勸勸我吧。

謝謝你，梅爾特先生。要跟姊姊一起得到幸福，總有一天讓我叫你姊夫唷。

到了深夜……我依然睡不著。

我坐在大床上，看著窗外的月亮。

這個狀況和我第一次進城時一樣。那時候有姊姊陪我，但是這一次，她不可能來。

可是我忍得住，因為我長大了。

沒錯……只要我忍耐就好。

雖然不能去學校，我只是要跟對方一起生活而已，又不是再也見不到天狼星前輩他們。

所以……沒問題的。

我不斷告訴自己，卻遲遲睡不著，只能一直呆呆盯著月亮看。

然後就到了現在。

仔細一看，我身上這件衣服就是艾米莉亞跟我說過的婚紗吧。

艾米莉亞告訴我，一個叫諾艾兒的人穿上這件衣服時看起來真的很幸福，可是現在的我一點都不高興。

「那麼妃雅莉絲殿下，我們去會場吧。」

「知道了。」

我的結婚對象克拉少爺是名十八歲的青年，外表是非常受女性歡迎的類型。不僅能力優秀，父親還是對艾琉席恩有諸多貢獻的少數貴族之一。

儘管我和克拉少爺今天才見到面，但他是個誠懇溫柔的人。

然而，我見識過瞭解真正的強大的天狼星前輩和雷烏斯的堅定目光，所以看得出來。

克拉少爺眼底存在著迷惘，笑容怎麼看都是裝出來的，跟人偶一樣。我不喜歡，所以到現在都沒有正眼看過他。可是儀式已經開始，我便被克拉少爺牽著手帶到會場。

「讓我們歡迎儀式的主角，克拉少爺與正統的王女妃雅莉絲殿下入場。」

我們一踏進裝飾華麗的會場，場內就響起如雷掌聲，數不清的視線刺在我身上，害我發起抖來。看來我的身分事前就告訴大家了，因此沒聽見有人抱怨。

在一群陌生人當中，爸爸坐在很顯眼的地方，視線依舊冰冷。

會場裡超過五十人，我和克拉少爺被帶到臺上坐下來，一名身穿高級服裝的中年男性站到前面，用所有人都聽得見的音量開始演講。

「今晚，感謝諸位前來參加我們艾巴利堤家與王族締結親緣的儀式……」

之後有各式各樣的人上臺演講，我一句話都聽不進去，只是茫然看著整個會場。

世界彷彿失去了顏色，只有我身在灰色的世界中。

穿得漂漂亮亮，體態豐腴的人們，以及擺在桌上的各種料理。

侍者們在會場裡忙碌地四處走動。

人群中有一名嬌小的黑髮侍者，我的視線自然而然被吸引過去。除了因為她的身高比其他人矮，我好像在哪看過她的動作……

「……艾米莉亞？」

雖然她的頭髮變成黑色，耳朵也用髮箍遮住，那名侍者絕對是艾米莉亞。

艾米莉亞好像發現我在看她，望向這邊輕輕揮手笑了下，我想應該不會有錯。

「妳來了呀……」

竟然不惜喬裝來找我……我好高興。

灰色的世界突然照進一道光芒。

因為，艾米莉亞在這裡，表示天狼星前輩和雷烏斯一定也在附近。我高興得環顧會場，尋找他們。

我一下就找到扮成侍者的雷烏斯。因為他雖然還是小孩，身高卻挺高的，混在大人中也不會讓人覺得不對勁。雷烏斯和艾米莉亞一樣頭髮染黑，單手拿著放紅酒的托盤走來走去。

看到總是不受拘束的雷烏斯做這種事，好不可思議喔。

我覺得心情輕鬆了一點，不禁揚起嘴角，坐在我旁邊的克拉少爺站起來，對會場的人說：

「各位，我是艾巴利堤家的下任當家克拉。今晚我將與旁邊這位妃雅莉絲殿下結為連理，讓艾琉席恩——」

我抬頭看著克拉少爺用宏亮的聲音演講，回到現實。

他們三個一定是來救我的。我真的很開心，可是我自己並沒有尋求協助。

而且一旦救了我，天狼星前輩他們肯定會變成犯人，被爸爸和貴族追捕。

天狼星前輩說為了我被通緝也無所謂的時候，我很高興，但我還是不希望他們被我傷害。

所以拜託大家……不要再讓我的決心動搖了。

「各位請看。」

克拉少爺演講完，所有人視線都集中在旁邊被布蓋著的巨大物體上。掀開那塊布，底下出現的是一個跟我一樣高的大蛋糕。

「這是目前在各領域活躍中的賈爾岡商會送來的賀禮。味道自不用說，看這漂亮的裝飾，正是適合為今日慶祝的蛋糕。」

好壯觀……比我平常看到的蛋糕還要大好幾倍，塗滿整個蛋糕的鮮奶油把它裝飾得漂漂亮亮的。

我知道，這不是貴族用的那種空有外表的蛋糕，是天狼星前輩精心製作的。說起來，只有他做得出這麼精細的蛋糕。是專程為我做的嗎？

兩天前的我八成會高興得跳起來，現在的我卻只覺得空虛。

而且，不用做到這麼大也沒關係。

四個人共享一個小蛋糕，吵著誰分到的那塊比較大，看不下去的天狼星前輩把他的份分給我們。大家一起和樂融融地享用……是最美味的。

啊啊……不行。

明明要忍耐，明明不能把情緒表現在臉上，淚水卻從眼眶滑落。

全身開始無力，等我注意到時，我已經從椅子上滑下來，癱坐在地。

得站起來才行……可是身體動不了，眼淚也……止不住。

因為……因為……

儀式結束後，那些快樂的日子……就與我無緣了。

「……我不要……」

『知道了。之後就交給我吧。』

忽然在腦中響起的聲音嚇了我一跳，我連要把眼淚擦乾都忘了，抬頭一看……

會場的模樣變得截然不同。

「怎、怎麼回事!?」

「喂，發生什麼事！」

「緊急狀況！叫衛兵來！」

廣闊的會場不知道什麼時候被霧氣籠罩，徹底遮蔽視線。這場霧似乎是用魔法製造出來的，但我不記得我有用魔法。

總而言之，我請水精靈讓我看得見東西後，發現掉在會場中央的某個物體好像在釋放霧氣。

那是……石頭？可以製造出這麼多霧，我想那是畫著「水霧」魔法陣的魔石。

「妃雅莉絲殿下！請您不要離開我！」

在我如此判斷時，坐在隔壁的克拉少爺將手伸向這邊，我反射性躲了開來。

「怎、怎麼了嗎？是我，要與您結婚的克拉啊。」

「對不起！可是我……」

「您果然也會不安。不過請仔細想想，這是我的父親和國王所做的決定，一切全是為了艾琉席恩的福祉……」

「既然是這樣！為什麼你要露出那種眼神？」

我忍不住了。

也許是被那個聲音和會場的騷動影響吧，我再也無法掩飾真正的想法。當下，我只覺得克拉少爺那和人偶一樣的眼神非常可怕。

「我、我只是想讓艾琉席恩變得更加繁榮……」

「怎麼能用滿是謊言的話語追求女性呢。」

背後傳來的聲音令我回過頭，一名戴著白色假面，披著斗篷的人站在那裡。

「什、什麼人！」

「……我是來擄走這孩子的。」

不用看他的臉，我也能立刻認出那個人是誰。

因為那個溫柔守候著我的人的聲音，我不可能聽錯。

「這場騷動也是你策劃的嗎？不僅把神聖的儀式搞得一團亂，還想擄走妃雅莉絲殿下，你到底有什麼企圖！」

「你真心覺得這種逼迫人的政治聯姻神聖？」

「什麼⁉」

「給你一個忠告。克拉．艾巴利堤……這樣真的好嗎？你放著比誰都還要關心你、深愛著你的女性不管，在這裡做什麼？」

「閉嘴！你以為我身為艾巴利堤家下任當家，要站在這裡需下多大的決心——」

「只會聽從父母命令的男人，少把決心掛在嘴邊。聽好，你絕對不是父母的人偶。你只是個愛著一名女性的普通男人。」

「外、外人少在那邊跟我說教！我……我……不是人偶！」

「什麼嘛，你不是能表達自己的意見嗎？下次就這樣跟你的家人說吧。」

「下次——嗚⁉」

假面男子趁克拉少爺動搖時一口氣逼近，揍了他肚子一拳把他打暈。

他輕輕把克拉少爺放到地上，轉身對目瞪口呆的我伸出手。

「妃雅莉絲公主。我來接您了。」

「天狼——唔。」

「請您先不要叫我的名字。」

我差點叫出他的名字時，嘴巴被摀住了。

儀式都被搞砸了，我卻非常開心。

可是……還是不行。

「……你來救我我很高興。但如果我不留下來繼續儀式，接下來就輪到姊——」

「就是妳姊委託我帶妳走的喔。當然，就算她沒有拜託我，我也打算來啦。」

姊姊委託的……？

姊姊不是被送進離城堡有段距離的療養所嗎？她怎麼跟天狼星前輩聯絡的？

「昨天深夜，某位兔族獸人小姐來找我……希望我把妳從婚前儀式上擄走。」

「姊姊……賽妮亞……」

「妳姊要我傳話給妳。『給我再任性一點』……她是這麼說的。」

這句話，姊姊對不敢表達意見的我講過好幾次。

在這種時候聽見這句話，我……

「我可以……任性一點嗎？」

「那當然。即使是為了姊姊，也沒必要對自己說謊。妳大可再依賴姊姊和我一點。」

「說得……也是。」

「所以快回去吧。雖然不可能做到跟那個結婚蛋糕一樣大，下次我幫妳做個大蛋糕，跟姊姊和大家一起吃。」

「……是！」

我現在的任性，就是回到大家所在的地方。

想做的事是和大家一起吃飯吃蛋糕。

還有一直跟天狼星前輩他們……

「請你……帶我走。」

我握住他的手，假面男子……天狼星前輩把我拉了起來。

「可惡，什麼都看不見！誰來用風魔法把它吹散！」

「在、在試了！可是不管怎麼吹，霧都會一直冒出來！」

會場的人想要除去這場霧，不過只要不把製造出霧氣的魔石除掉，怎麼試都沒意義。

天狼星前輩好像打算趁亂混在霧中逃走，他小心謹慎地注意不要太靠近其他人，往門口移動。

爸爸他……還坐在一開始坐的位子上，和護衛們一起叫其他人冷靜下來。

我找不到艾米莉亞跟雷烏斯，但天狼星前輩什麼都沒說，我想他們應該不會有事。

「好了，之後只要逃出去就好……」

「不准過去。不要讓任何人離開會場！」

「你、你們搞什麼啊！知不知道我是誰——咿!?」

「無論是誰都不准離開會場！這是國王陛下的命令！」

然而，城裡的士兵已經擋在會場門前，想逃出去的貴族統統被抓走了。

怎麼辦？門被堵住的話，該怎麼逃出去……

「不愧是城裡的士兵，反應真快。沒辦法，計畫變更。」

天狼星前輩不顧慌張的我，冷靜地喃喃自語，同一時間，會場窗戶突然發出巨大聲響，應聲而碎。

窗戶一扇又一扇遭到破壞，會場充滿尖叫和慘叫聲，場面變得更加混亂。

沒有受霧氣影響的我，看到艾米莉亞和雷烏斯正在用魔法破壞窗戶。他們應該看不太清楚才對，竟然還能瞄準得那麼準確。

我被天狼星前輩拉著，從破掉的窗戶走到陽臺。今天正值滿月，到了夜晚還是很明亮，沒有燈也能看清四周。

「等我一下，我做個準備。」

天狼星前輩站到陽臺邊，對著森林不知道在做什麼。這裡是四樓，所以也不能直接跳下去……他打算怎麼逃？

我越來越著急，這時艾米莉亞和雷烏斯從霧中走出來。雖然兩個人都是黑髮，看起來有點不習慣，但能見到他們我真的很高興。

「艾米──你們沒事吧？」

「嗯，沒事。」

「小事一樁啦。」

我反射性要叫他們的名字，不過現在不能叫對吧？

我給艾米莉亞和雷烏斯添了麻煩，當下實在不知道該跟他們說什麼，在我陷入迷惘時，他們看到我的衣服，露出笑容。

「莉絲，那件禮服很適合妳。」

「嗯，好漂亮！」

「……謝謝你們。」

事情還沒結束，我卻高興得又快要哭出來了。

克拉少爺和城裡的人也有誇我漂亮，可是被他們誇獎更讓我高興。

然而，現在還不能放心。我再度望向天狼星前輩，想看他到底打算怎麼做，他拿出一樣類似掛鉤的道具拋出去，掛鉤便停留在半空中。

啊，原來如此。剛剛他是在對森林使用「魔力線」。也就是說，那裡有根看不見的線，掛鉤就是掛在上面。

在我身後的艾米莉亞和雷烏斯也拿出同樣的東西，難道……

「好了，走吧。」

「那個，從這裡嗎？」

「當然囉。來，抓好。」

這個高度雖然很可怕，在天狼星前輩抱住我的瞬間，我就一點都不在乎了。

天狼星前輩用「魔力線」綁住滿臉通紅的我，身體跟我緊貼在一起……躍向空中。

「哇、哇哇！」

我們沿著「魔力線」在空中滑行。

我因為風吹在臉上，差點忍不住放聲尖叫，不過天狼星前輩的體溫能讓我冷靜下來。

在我們即將撞上「魔力線」前方的樹時，天狼星前輩忽然放開掛鉤，向下墜落。

「咦⁉還很高耶！」

「別擔心。小心不要咬到舌頭喔？」

身體突然變輕的感覺，令我下意識閉起眼睛，經過兩次輕微的衝擊後，我們順利降落在地面。

咦……到底發生了什麼事？

在我還沒搞清楚狀況時，輪到艾米莉亞從上空掉落下來，我想用水魔法做出墊子，卻被天狼星前輩阻止了。

接著，腳邊捲起一陣風減緩艾米莉亞降落的速度，她輕輕落在地面上。對喔，艾米莉亞很擅長風魔法。

最後是雷烏斯，那孩子在途中抓住樹枝轉了好幾圈，踢擊樹幹控制速度，華麗著地。他的身手還是一樣敏捷。

「嗯，逃到這裡他們也沒辦法馬上追來吧。莉絲，我把妳放下來囉？」

「好、好的……」

我依依不捨地離開天狼星前輩的懷抱，望向城堡，剛才所在的陽臺變得非常渺小。

想不到這麼簡單就能從那裡逃出來。

「莉絲，可以幫我做兩個大水球嗎？」

「咦？嗯，知道了。水啊……」

我在空中做出兩個大水球，艾米莉亞和雷烏斯把頭塞進去洗頭，頭髮便恢復成以往美麗的銀色。

他們還突然開始脫衣服，害我有點嚇到，不過見兩人底下都穿著樸素的便服，我才鬆了口氣。

兩人用脫下來的衣服擦乾頭髮，旁邊的天狼星前輩則在地上畫魔法陣，挖了個洞。

「你在做什麼呢？」

「湮滅證據。雖然我不覺得會被發現，總得以防萬一。」

兩人把用來擦頭髮的衣服丟進洞裡，天狼星前輩再度啟動魔法陣，把洞填平，最後用樹枝消除魔法陣和挖過洞的痕跡，看著排在一起的我們。

「還在作戰途中，不可大意。都知道要在哪會合吧？」

「知道。我們走東邊的路線過去。」

「小心背後喔！」

「好，走吧。」

「呃……」

他們把我晾在一旁……現在到底該怎麼做？

艾米莉亞靜靜走到我旁邊，在我耳邊說了句話。

「……咦？艾米莉亞，這是什麼意思……」

「呵呵，字面上的意思。等等見囉。」

「拜啦，莉絲姊。」

在我問清楚前，兩人就跑向森林，瞬間消失在視線範圍外。他們跑好快，要往哪裡去呀？

我呆站在原地，天狼星前輩突然把手放在我的背後和後膝，將我攔腰抱起。

這是……那個對吧？童話故事中王子救出公主時會做的事，我偷偷嚮往的情節。好難為情……可是我非常開心。想到抱著我的人是天狼星前輩，就覺得莫名放心。

「我想說要擄走公主的話，這樣抱妳才符合禮節。如果不喜歡，我可以放妳下來……」

「那個……維持這樣就好。」

「那就好。等等要用飛的，怕的話就閉上眼睛。」

我納悶地歪過頭，天狼星前輩沒有多說什麼，抱著我用力跳起來。

照理說跳起來應該會馬上落地才對，天狼星前輩卻在空無一物的天空上跳躍，跳到更高的地方，我們一下就變得比四周的樹木還高。

「天、天狼星前輩!?我、我們在飛耶!?」

「這是我的魔法。只是在空中用魔力做出踏臺，踩著它前進罷了。」

「只是」……真不敢相信。剛才降落的時候，也是用這個魔法嗎？

若是平常的我，說不定會怕得不敢張開眼睛。但現在我一點都不怕，大概是因為被天狼星前輩抱著吧。

「我們要去哪裡？」

「前面不是有座湖嗎？湖的對面有一棟屋子。」

跟天狼星前輩說的一樣，過沒多久就看到湖了。

在湖上飛行的時候，下方是一片夢幻般的美景。

由於現在沒有風，湖面跟鏡子一樣映照出夜空，看起來彷彿有兩個月亮。

「哇……好漂亮。」

「嗯，這也是大自然的神祕之處。」

在這夢幻的景色中，我望向天狼星前輩，發現他還戴著面具。剛才是因為不能被人看到臉才一直戴著，現在我們都逃到這裡了，附近也沒有人……他不打算拿下來嗎？

不，不對。是我自己想看天狼星前輩的臉。

「天狼星前輩，那個面具……可以拿下來嗎？」

「嗯？噢，到這裡應該沒問題了吧。不好意思，能不能麻煩妳？」

我留意著不要干擾到他，拿下面具，熟悉的面容映入眼簾。

他低頭看過來，露出溫柔的微笑。

「謝謝。」

這個瞬間……我的心臟用力跳了一下。

體溫上升，心跳快到會讓人覺得不舒服。

這種事我以前也經歷過好幾次……但這次完全不一樣。

看著他的臉明明會令我難受，我卻怎麼樣都移不開目光。

難道……我對天狼星前輩？

可是天狼星前輩有艾米莉亞，況且，我應該只將他視為一位可靠的父親。

現在的我穿著漂亮禮服，被天狼星前輩用公主抱抱著，這是我所嚮往的童話故事情節，所以才會格外興奮吧。

這種感覺，一定也只是因為有機會跟令人尊敬、宛如父親的天狼星前輩接觸，為此感到開心罷了。

我雖然這麼想，剛才艾米莉亞在我耳邊說的話卻浮現腦海。

『要好好面對自己的感情。還有，天狼星少爺不是妳的父親，是一名男性。』

艾米莉亞……沒關係嗎？

應該……沒關係吧？

否則她也不會對我說這種話吧？

好好面對自己的感情……

沒錯……天狼星前輩不是我的父親。

所以，我可以把天狼星前輩視為一名男性……喜歡。

他不像《龍王子》裡面的王子，沒有傳說之劍，能在天上飛也不是因為騎著龍。

他是平民，我也只是有名無實的公主，和童話故事截然不同。

不過天狼星前輩他……

擄走我，把我救出去的這個人……

無疑是我的王子。

——天狼星——

「瞭解哩，老闆。俺立刻去跟城裡的人談談看。」

「嗯，拜託你了，不好意思這麼突然。明天我一大早就去製作，順便準備好材料吧。」

「交給俺唄。」

莉絲的婚前儀式前一天，我們在賈爾岡商會做潛入城堡的準備。

關於入侵手段，我打算讓賈爾岡商會送結婚蛋糕當賀禮，在蛋糕裡挖個洞，躲在裡面混進去。

因此明天早上，我要做一個中空的巨大蛋糕，晚上躲在蛋糕裡入侵會場。然後問出莉絲真正的想法，視情況把她救出來。

至於他們會不會收下蛋糕，在街上越來越有名的賈爾岡商會的名號，應該能派上用場。我還想了幾個辦法，總之這就是優先方案。

「莉絲姊現在應該在城裡傷腦筋吧……」

「對呀。我覺得她會後悔，卻逼自己忍耐。真是的……在奇怪的地方那麼頑固。」

「要抱怨等明天見面時跟她抱怨個夠吧。」

這場儀式同時也是關乎艾琉席恩未來的大事，我們去搗亂明顯是錯誤的抉擇。

我也知道政治聯姻在這個世界近乎於理所當然，我們這麼做會與國家為敵。

然而，儘管我們相處的時間只有兩年，我很瞭解莉絲的個性。

莉絲雖然內向，卻是個會努力為他人著想的溫柔女孩，另一方面，她擁有強烈的自我犧牲精神，不太會表達自己的意見。這次也一樣，她很有可能拚命告訴自己，一切都是為了家人兼恩人的莉菲爾公主。

如果她願意為了姊姊，全盤接受這次的政治聯姻，以王族的身分活下去，我這個師父也不會多說什麼。寂寞歸寂寞，讓弟子選擇自己要走的路也是師父的職責。

假如她不想結婚，無論要與國王還是國家為敵，我都會拚盡全力拯救莉絲。

「那大哥，我們回宿舍囉。」

「晚安，天狼星少爺。」

由於明天會很忙，今天我們決定直接解散，不做訓練。

我獨自從賈爾岡商會回到鑽石莊，為明天做準備時……突然有人來敲門。

時間不早了，因此我先用「探查」偵測，發現是有印象的反應，便開門迎接訪客。

「果然是您。」

「是的，非常抱歉，這麼晚還來打擾。」

來者是莉菲爾公主的隨從賽妮亞。

她來的原因應該跟莉絲有關吧。我也有事想問，因此稍微警戒著請她進屋，幫她泡了紅茶。

「一點粗茶，不成敬意。」

「您太客氣了。我來得這麼突然，謝謝您還願意接待我。我想您也知道，我來這裡是想跟您談莉絲殿下的事。」

「……請繼續。」

賽妮亞坐到我對面的椅子上，為我說明現狀。

莉絲答應舉辦儀式，現在在城堡裡的房間閉門不出，莉菲爾公主去城裡試圖阻止儀式，卻被國王下令送到離城堡有段距離的療養所。

「莉菲爾殿下覺得這場婚前儀式不太對勁，因此她乖乖被送到療養所，下了一個決定。」

「那個決定莫非是？」

「是的，聰明的您肯定已經猜到。公主似乎是想以莉絲殿下家人的身分，而非以公主的身分委託您。」

賽妮亞停頓了一下，向我深深一鞠躬。

「可否請您在明天的儀式把莉絲殿下帶走？」

莉菲爾公主果然也覺得不對勁嗎？

即使如此，身為公主總不能光明正大反對國家的方針，她才會裝作無計可施，偷偷擬定對策。

那個對策……就是找我幫忙。

拜託我這種小孩有點詭異，可是莉菲爾公主已經沒把我當孩子看。她會委託我是因為覺得我值得信賴，外加知道我的個性吧。

「我明白委託本來與此事無關的您反抗國家，乃強人所難之舉。這個想法雖然很卑鄙，但我們認為您肯定不會坐視不管，才會來拜託您。您願意答應嗎？」

卑鄙嗎……好吧。

既然莉菲爾公主要利用我，就讓她好好利用一番。

再說就算她不來委託，我也打算去城裡見莉絲。反正都要去，有莉菲爾公主這個後盾也比較令人放心。

「我瞭解了。我接受這個委託。」

「謝謝您。我也不能明目張膽地行動，十分痛苦，不過聽您這麼說，我的心情稍微輕鬆了一點。」

賽妮亞笑著深深低下頭。

然而，擄走莉絲終究只是最終手段，到頭來還是要看莉絲怎麼想。

因此我問賽妮亞可否視現場狀況隨機應變。

「只要能救出莉絲殿下就好──這是莉菲爾殿下的想法，也是我的想法。我相信莉絲殿下如此信賴的您，肯定能引導事態往好的方向發展，因此一切都交給您判斷。」

「我才要感謝兩位讓我處理這件事。話說回來，賽妮亞小姐真的很為莉絲著想呢。」

「那當然。莉絲殿下對我來說跟妹妹一樣。背著主人講這種話，我這個隨從真失格。」

賽妮亞講這句話時的表情慈祥無比，宛如母親。我好像有點拿這種類型的人沒辦法，大概是因為媽媽的影響吧。

「有沒有什麼我能幫上忙的？總不能讓您獨自負責一切。」

「那我想問有沒有可以潛入城堡的路線？我是沒問題，但我怕我的隨從沒辦法順利潛入。」

在城裡工作的人或許會有更好的方案。畢竟考慮到有些低能貴族可能會偷吃，躲在蛋糕裡並不是個好辦法。

「我想想……靠我的關係讓他們假裝成侍者混進去如何？那兩個人看起來有一定的技術，只要喬裝一下，我想應該不會有問題。」

「那明天我就叫他們喬裝潛入，可以請您幫忙安排嗎？我的話就裝成賈爾岡商會的人進去。」

「好的。還有一件事想拜託您，若要帶走莉絲殿下，可以請您把她帶到莉菲爾殿下那邊嗎？」

「莉菲爾殿下在療養所對吧。位置是在？」

「在城堡西北方的湖對面。那棟建築物很顯眼，一眼就認得出來。我們會準備馬和馬車，請各位坐馬車逃走。」

我之前在深夜跑出去好幾次過，飛遍艾琉席恩周圍做了附近的地圖。如賽妮亞所說，那座湖對面確實有棟有點引人注目的建築物。

坐馬車逃八成立刻會有追兵追過來，因此她們似乎打算派好幾輛馬車同時開出去，做為誘餌。

事情鬧大了啊，不過要綁架一國的公主，不鬧大才奇怪。

「我知道在哪裡了。在森林裡行動比較容易甩掉追兵，所以我們不需要馬車，不用準備沒關係。」

「可是城堡離療養所有段距離，那座森林又挺大的，可能會迷路唷？」

「我們訓練時習慣在森林裡移動了，您無須擔憂。」

鑽石莊四周都是森林，我們常常在那裡跑來跑去，練習走險路。若非擁有一定實力的人，應該追不上我們。

「……我明白了。既然是我們主動委託，自然只能相信您。可是，至少讓我們派馬車出去擾亂追兵吧。」

「手牌越多越好，所以我不反對。我還想請問，儀式大概什麼時候開始？」

「晚上開始。我傍晚來接兩位隨從，請在那之前做好準備。」

「那麻煩您到賈爾岡商會接人。裝成來買東西的話，應該可以在不被懷疑的情況下接走艾米莉亞他們。」

「就這麼辦。還有什麼想問的嗎？」

「那麼，關於要跟莉絲結婚的貴族的情報，以及儀式流程，我想知道得更詳細一點。」

之後賽妮亞又多告訴我一些情報，辦完事後便表示要回到主人莉菲爾公主身邊，起身離席。

我在鑽石莊的門口目送她，準備走夜路回去的賽妮亞慢慢回過頭，對我說：

「最後……可以請您見到莉絲殿下時，告訴她莉菲爾殿下叫她『給我再任性一點』嗎？」

「知道了，我一定轉告她。這句話真適合對現在的莉絲說。」

「是呀。」

賽妮亞笑著輕聲說道，消失在夜色中。

其實應該護送她到安全的地方，不過實力堅強的賽妮亞要是遭到襲擊，反而會把對方擊退吧。雖然附近應該沒有那種人。

而且我趕時間。得針對剛才得到的情報修正計畫，還有很多事要直接確認。

我回到鑽石莊的房間，打開在床底下做出來的門，進入地下室。裡面藏著我製作的不便公開的東西，以及一些財產。

入口徹底偽裝起來，還有特殊的鎖和我自己發明的防盜用魔法陣，連兩姊弟都進不來。裡面還有我做的暗器，一堆搞不好會害我被懷疑的不良物品。

我來這裡不是要找武器，而是我做的便於在黑暗中行動的衣服。

我立刻換好衣服，只帶了最低限度的武器飛奔出鑽石莊，靜悄悄地往街上移動。

目的地是要跟莉絲結婚的貴族——克拉·艾巴利提家。

我想直接調查這個叫克拉的男人和他的父母是怎樣的人，以及艾巴利提家的家庭狀況又是如何。

看見賽妮亞告訴我的屋子，我偷偷來到圍牆邊。當然有門衛在看守，不過只要用「探查」調查，一下就找得到守備漏洞。我鑽到門衛的視線死角，迅速跳過圍牆，潛入屋內。

然後看了下屋內的交易用資料，在四處調查的過程中，逐漸摸透艾巴利堤家的真相。

艾巴利堤家對艾琉席恩有諸多貢獻，獲得國王的承認，不為人知的一面卻卑鄙至極。從非法侵占到雇人殺掉礙事的對手，好像還有涉及相當骯髒的行為。

然而，這些事都被以巧妙的手段掩蓋住了，在世人眼中他們應該只是善良的貴族吧。

不過……很難想像人民口中的優秀國王，竟然沒注意到艾巴利堤家的真面目。還有那強行舉辦的儀式……莉絲離開後感覺到的異樣感，我好像快要搞清楚了。

總之我挑了幾份資料當證據，在蒐證的時候聽見不遠處的房間傳來巨大聲響，便前去查看。

我躲在門外偷看，屋內有一名青年在被長鬍子的老者責罵。

「要我講幾次都可以，你只要照我說的做就好！艾巴利堤家可是多虧了我，才爬到現在的地位。」

「是……您說得對。可是我……」

「這可是我們艾巴利提家終於能躋身王族的好機會！那種體弱多病的女孩直接扔了吧！」

「話不能這麼說……」

「閉嘴！快給我退下，為明天做準備！」

「……我明白了。」

根據我事前得知的特徵，那名青年就是莉絲的結婚對象克拉嗎？

他似乎完全不敢提出自己的意見，和我聽說的一樣，宛如家人的人偶。

克拉咬著牙，萬分糾結地離開房間，我偷偷跟在他後面。

隨後來到一間房前……得知了他這個人的真實樣貌。

潛入艾巴利提家調查的結果，克拉本人是清白的——也不至於，他好像是因為家人的命令才去做那些非法勾當……算處在灰色地帶吧。

他還年輕，只要今後好好做人，應該可以從頭來過。

只不過……克拉的家人完全脫不了罪。

我現在就能處理掉他們，但艾巴利提家對國家有貢獻是事實，最好不要擅自行動。而且之後說不定會發生什麼事，這裡的戒備也並不森嚴，想來隨時可以來，我看今天就先這樣好了。

總之下次見到莉菲爾公主，就把資料忘在那邊吧。

之後我回到鑽石莊，開始做巨大蛋糕的蛋糕體。賈爾岡商會也有我做的烤箱，不過還是用習慣的器材做出來的東西比較好。雖然不曉得莉絲會不會吃到，既然要做我就不太想妥協。

本來打算在途中小憩一下，看來得等明天的儀式結束才有時間好好休息囉。

婚前儀式當天。

我們一早就來到賈爾岡商會，先做好巨大的婚禮蛋糕。姊弟倆和札克看了後說想吃，可是這麼多的量吃了絕對會反胃。

接著是幫艾米莉亞和雷烏斯喬裝。

用對人體無害的黑色顏料把漂亮的銀髮染成黑髮，尾巴塞進衣服，狼耳用髮箍遮住，結束。耳朵應該會有點不舒服，只能請他們忍耐一下。

到了傍晚，賽妮亞派馬車來接人了，姊弟倆換上賽妮亞準備的侍者服，和做好的蛋糕一起進入馬車。順帶一提，我換上札克給的商人服，裝成賈爾岡商會的職員。

馬車順利抵達城堡，我這邊也多虧賽妮亞事先安排過，沒有被懷疑就進入城內。

「終於到這一刻了，天狼星少爺。」

「是啊。你們好像忍了很久，不過等等就要開始行動了。拜託你們囉。」

「這都是為了莉絲姊，交給我吧。」

婚前儀式揭開序幕，姊弟倆裝成服務生在會場四處走動，我則獨自潛入會場，躲在角落。

這裡可以看見整個會場，我偷偷掃了一眼，人數大概有五十人以上。打扮得漂漂亮亮的貴族聊著天等待主角登場。

「讓我們歡迎儀式的主角，克拉少爺與正統的王女妃雅莉絲殿下入場。」

疑似司儀的男性一開口，穿著美麗禮服的莉絲和昨晚看到的克拉就走進會場。

莉絲坐在臺上，眼神明顯看得出不安與恐懼，似乎被會場的氣氛徹底吞噬了。只要一點契機就能讓她的感情瞬間爆發，莉絲卻拚命忍耐，以盡到代替姊姊的職責。

「今晚，感謝諸位前來參加我們艾巴利提家與王族締結親緣的儀式……」

在那些大人物致詞的時候，莉絲臉上忽然浮現笑容。

她的視線前方是在跟她揮手的艾米莉亞，本來只是呆呆看著前面的莉絲，喜孜孜地開始左顧右盼。看來她發現我們了。

然而，她的笑容過沒多久就從臉上消失，低下頭又不動了。表情變化多端是情緒不安定的證據。

「各位請看。」

接著輪到介紹我做的蛋糕，來賓們紛紛歡呼。

那麼喜歡蛋糕的莉絲，在這個狀況也開心不起來。她還在硬撐，倔強到這個地步反而讓人敬佩。

莉絲……妳真的這樣就滿意了嗎？

妳打算帶著那種放棄一切的眼神，跟人結婚嗎？

妳沒辦法露出真心的笑容，我不認為妳姊能得到幸福喔？

其實或許該立刻行動，硬是擄走莉絲。

以莉菲爾公主的委託內容來說，這個做法並沒有錯，但我想聽莉絲自己說出口。

丟下那些為了誰要怎麼做的藉口，表明妳自己的想法吧。

這樣我就……

「……我不要……」

啊啊……妳終於說出真心話了。

沒錯。即使妳代替她結婚，莉菲爾公主也絕對不會高興，反而會害她後悔莫及吧。

既然結果會使莉絲跟她的姊姊難過，就算會被國家通緝，我也要搞砸這場儀式。

而且如果我沒猜錯，這場儀式一定……

「知道了。之後就交給我吧。」

不過，現在要以莉絲為優先。我用「傳訊」向兩姊弟下達指示。

「你們兩個，開始行動！」

我在下令的同時，將畫著「水霧」魔法陣的魔石扔到會場中央，戴上白色面具披上斗篷，開始移動。

不愧是高價的魔石，威力相當驚人，會場瞬間被白色霧氣籠罩，什麼都看不見。

我們當然也看不見，可是我能用「探查」掌握四周情況，姊弟倆鼻子很靈，不太會影響到他們移動。

我留意著不要太靠近來賓，走到臺上，發現克拉在靠近莉絲，莉絲看起來很害怕。

「我、我只是想讓艾琉席恩變得更繁榮……」

「怎麼能用滿是謊言的話追求女性呢。」

我介入兩人之間，莉絲一副心情複雜的樣子，不過我得先處理克拉。

我告訴克拉我是來帶走莉絲的，克拉馬上反駁，然而在知道內情的我聽來，他說的話一點說服力都沒有。

「給你一個忠告。克拉．艾巴利提……這樣真的好嗎？你放著比誰都還要關心你、深愛著你的女性不管，在這裡做什麼？」

昨晚，克拉和父親講完話前往的房間，有一名女性躺在床上。

一眼就看得出她的身體狀況不好，大概是生了什麼病，可是女性一看見克拉，臉上就浮現笑容。

克拉愁眉苦臉地對女性說明他的父親命令他和莉絲結婚，女性靜靜搖搖頭，握住克拉的手。

『克拉少爺，您不用管我。能跟王族締結親緣的話，您的未來就有保障了。請您忘記我這個只會成為絆腳石的女人。』

『我怎麼可能忘得了妳！不管父親要命令我做什麼，只有這點絕不會改變。我深愛著妳！』

『啊啊……只要有您這份心意就足夠了。既然如此，您更該與王族通婚。因為您的幸福就是我的幸福。』

我不清楚詳情，不過這兩人應該是相愛著的。

那名女性卻為了克拉選擇放棄。你放著如此為你著想的女性不管，在這種地方鬼混什麼？

「閉嘴！你以為我身為艾巴利提家的下任當家，站在這裡要下多大的決心──」

「只會聽從父母命令的男人，少把決心掛在嘴邊。聽好，你絕對不是父母的人偶。你只是個愛著一名女性的普通男人。」

「外、外人少在那邊跟我說教！我……我……不是人偶！」

「什麼嘛，你不是能表達自己的意見嗎？下次就這樣跟你的家人說吧。」

「下次──嗚!?」

我給的建議就到此為止。我揍了克拉肚子一拳把他揍暈，轉身面對莉絲，向她伸出手。

雖然我有喬裝，聲音並沒有改變，她應該馬上就認得出是我吧。

「妃雅莉絲公主。我來接您了。」

「天狼──唔。」

「請您先不要叫我的名字。」

嘿，妳直接叫我名字的話，變裝不就沒意義了嗎？我急忙摀住莉絲的嘴，她看起來好像有點高興，為什麼？

我很快就把手放開，莉絲喜悅的表情瞬間轉為嚴肅，搖搖頭拒絕我。她果然還是會顧慮姊姊，但我告訴她莉菲爾公主的委託內容後，將公主的話轉告給她。

「妳姊要我傳話給妳。『給我再任性一點』……她是這麼說的。」

「我可以……任性一點嗎？」

「那當然。即使是為了姊姊，也沒必要對自己說謊。妳大可再依賴姊姊和我一點。」

「說得……也是。」

「所以快回去吧。雖然不可能做到和那個結婚蛋糕一樣大，下次我幫妳做個大蛋糕，跟姊姊和大家一起吃。」

對莉絲來說，這才是她最寶貴的日常，最幸福的事。為此要我幫她做多少個蛋糕都可以。

講了那麼多，莉絲終於露出以往的笑容，握住我的手。

「請你……帶我走。」

逃出會場後，和兩姊弟分頭行動的我抱著莉絲，用「空中踏臺」在湖泊上空奔跑，終於抵達岸邊。

療養所也已經進入視線範圍內，我降落在前方不遠處的廣場，同時發動「探查」，沒有偵測到疑似追兵的反應。

都逃到這裡了，應該可以暫時放心，但莉絲從剛剛開始就不太對勁。

請她幫忙拿下面具後，她就一直盯著我的臉，不肯移開視線。

「莉絲，到了喔。」

「………」

我開口叫她……沒有反應。

她珍惜地抱著我用來喬裝的面具，面紅耳赤，熱情地看著我。

說不定是累了。我立刻用「掃描」調查，卻沒查到異狀，只是心跳有點快而已。

「莉絲，妳怎麼了？我臉上有什麼東西嗎？」

「唔咦!?沒……沒沒沒什麼！」

「妳是不是會怕？我們已經到地上了，可以放心囉。」

「沒、沒有呀！我不但不害怕，還非常幸福，真想一直這樣下去——啊啊！我在說什麼啊！」

還以為她恢復正常了，結果又開始陷入混亂，視線游移不定，最後停在我臉上。

這熱情的視線，我好像在哪看過。

記得是……讓艾米莉亞敞開心扉的隔天，她拿毛巾給我時看著我的眼神。

「還是在天上飛嚇到妳了？」

「我確實嚇了一跳，不過非常愉快唷！呃……可、可以再維持這樣一下嗎？其實我昨天沒睡好……那個……」

若是平常的莉絲，應該會不好意思讓我抱這麼久，馬上離開，今天的她卻像在找藉口似的滔滔不絕，一直不肯下來。

她剛才的反應跟艾米莉亞一樣，由此推測……

「莉絲，難道妳……」

「莉絲！」

「莉絲殿下！」

當我準備詢問本人時，療養所傳來嘹亮的呼喚聲。

我往那邊看過去，莉菲爾公主帶著賽妮亞和梅爾特從療養所跑過來，所以我有點強硬地放下莉絲。

莉絲露出略顯遺憾的表情，不過她馬上張開雙臂，奔向莉菲爾公主。

姊妹倆來了個感人的重逢——

「莉絲……妳這個大笨蛋！」

……並沒有。

她們靠近的瞬間，莉菲爾公主憤怒地用手刀往莉絲頭頂劈下去。

感人的氣氛瞬間煙消雲散，莉菲爾公主用雙手拉著目瞪口呆的莉絲的臉，大發雷霆。

「為什麼要擅自做這種事！為什麼不來找我商量！我什麼時候說過希望妳代替我結婚了！我以前就覺得妳是個笨蛋，這次真是笨到讓人無法忽視！」

「姊姊……可是我！」

「我可不准妳拿為了我當藉口！事到如今我就直說了，全是擅自行動的妳的錯！」

「對不起……」

「真是的。不過……幸好妳平安無事。」

莉菲爾公主的怒火終於平息，露出慈愛的笑容抱緊莉絲。

莉絲大概也知道自己犯的錯給大家添了多少麻煩，不停道歉，在姊姊懷裡哭出來。嗯……我想說的話，莉絲爾公主幫我說得差不多了。

兩人相擁了一段時間，莉菲爾公主好像想到什麼，突然放開莉絲。

「有沒有保護好自己的身體？妳還是純潔之身吧？」

「嗯、嗯，我沒事。天狼星前輩救了我，所以我沒有怎麼樣……」

莉絲往我這邊看過來，和我四目相交，臉頰瞬間泛紅，變得扭扭捏捏的。

即使如此，莉絲仍然沒有將視線從我身上移開，莉菲爾公主看到她這樣，露出淘氣的笑容向我招手。

「我可以問一下嗎？你對這孩子做了什麼？」

「沒有……除了把莉絲送到這裡外，我什麼都沒做……」

「這孩子都露出這種表情了耶，怎麼可能什麼都沒做。總之，你讓一個女孩子如此為你著迷，麻煩好好負起責任唷。」

莉菲爾公主笑著眨了下眼，但我在她的笑容底下，看見彷彿在說「要是你敢害莉絲哭，我絕不饒你」的魔鬼。假如我回答得不好，可能會沒命。

好吧……我知道莉絲變得怪怪的，肯定是因為我。

颯爽登場，把莉絲從不想參加的婚前儀式上救出去，公主抱著她於夜空中狂奔的我，在她眼中八成跟童話故事的王子一樣。

至今以來她都把我當成師父，以及類似父親的存在，可是經過這次的事件，她好像完全把我當成一名男性看待了。

放著不管的話，她說不定會在莉菲爾公主的鼓勵下跟我告白。

之前艾米莉亞向我告白時，因為事情發生得太過突然，才會一時不知所措，然而現在的我已經找到答案，所以該怎麼回答也決定好了。

「如果莉絲是認真的，我也有打算負起責任。」

「哎呀？」

「咦!?」

莉菲爾公主張開嘴巴愣在原地，莉絲則發出奇怪的叫聲僵住了。她們八成沒料到我會乖乖回答。

「不過這還是很久以後的事，可以容我暫時擱置嗎？問題也還沒解決。」

「……也是。還有很多問題要處理，這件事之後再說吧。」

畢竟現在是這種狀況，莉菲爾也改變態度了。

莉菲爾公主把仍然僵在那邊的莉絲交給賽妮亞，環視周遭後納悶地問：

「話說……你的隨從呢？」

「他們從森林裡過來，再一下就會到。對了，這樣算達成委託了嗎？」

「嗯，我很滿意。真的很感謝你答應我強人所難的請求，把莉絲平安無事帶到這裡。」

「您不是知道我不會拒絕才來找我的嗎？」

「事情都過去了，別在意那麼多。總之委託達成囉。雖然被對方搶先了好幾步，之後就統統交給我吧！」

莉菲爾公主握緊拳頭，放聲宣言。

原來如此，這種明明毫無根據卻能使人信服的氣魄，讓我感覺到下任女王的領導魅力。

「我想請問一下，這個地方是否安全？」

「這間療養所目前只有我們幾個和數名近衛。不過大家都是我選出來的精銳，值得信任，遠比待在現在的城堡裡安全。」

因為就算儀式被我搞砸了，莉絲的婚約還是在。這裡確實比城裡安全。

「物資儲量也夠我們守在這裡，即使追兵追來，這裡可是易守難攻的地方。而且還有緊急時用的密道。」

「為了保護莉菲爾殿下，我們都受過訓練，幾個城裡的士兵不成問題。」

「只要有我在，休想碰公主一根汗毛！」

抱著莉絲的賽妮亞和握著拳頭的梅爾特，紛紛表示同意。

「至少今、明兩天是安全的。我把部下派到城裡了，有什麼事他應該會立刻向我報告。」

「聽您這麼說，我放心了。那我等等跟兩位弟子會合後就回學校——」

「等、等一下！」

我們的臉都沒被看到，我看乾脆回鑽石莊，順便看看情況好了……在我思考之時，莉絲突然大叫。

這好像是她無意識的行為，我一轉頭看過去，莉絲便害羞地低下頭。莉菲爾公主竊笑著把手放到莉絲肩上。

「哎呀呀，怎麼這麼大聲？想說什麼就講清楚一點。」

「那個……我今天想和天狼星前輩……不對，想和大家待在一起……」

「意思是不希望我們回去？」

莉絲用力點頭。

我接著望向莉菲爾公主，她露出看透一切的表情，眨了下眼。

「客房空著，多住三個人沒問題唷。我也想好好慰勞你們，可以請你們留下嗎？」

「……知道了。那我就恭敬不如從命。」

雖然還沒與兩姊弟商量，那兩個人不用我問就會立刻贊成吧。

學校宿舍不會在睡前點名，只要先跟室友商量好，要怎麼偽裝都可以。

艾米莉亞的室友就在這裡，雷烏斯的室友是他的小弟，絕對會聽他的話。我一個人住在鑽石莊，所以根本不用擔心。在這裡過夜並無大礙。

莉絲聽到我們會留下來，高興得抱住賽妮亞。換成艾米莉亞的話，應該會拚命搖尾巴。

「公主，是不是該進屋了？雖然體力恢復了，您的病畢竟才剛好。」

「說得也是。那麼各位，進裡面休息吧。」

「不好意思。我想在外面等他們兩個來。」

我用「探查」確認姊弟倆的位置，他們以非常快的速度接近這裡。大概過幾分鐘就會到。

「那兩人正在往這邊跑來，身為師父，我想第一個迎接他們。」

「姊姊，我也想在這裡接他們。艾米莉亞和雷烏斯都是因為我才要跑那麼遠。」

「是嗎？那我也一起好了。梅爾特，可不可以幫忙搬桌椅來？賽妮亞負責泡茶。大家一邊賞月一邊等吧。」

「沒辦法。公主，請您多加件衣服以免著涼。」

「是。要不要順便在這邊吃飯？廚師說歡迎莉絲殿下的準備差不多快做好了。」

「不錯呀。那就開個餐會吧。」

本來只是要在外面等，不知不覺就變成要開餐會了。

哎，莉絲才剛從討厭的儀式逃出來，開個歡樂的餐會也不錯。

在準備桌椅的期間，莉絲換回便服，大家在外面邊喝紅茶邊等姊弟倆。

跟姊姊他們有說有笑的莉絲，偶爾會被莉菲爾公主念個幾句，垂頭喪氣，不過婚前儀式上的憂鬱氣息已經徹底消失了。

站在她們身後戒備的梅爾特也溫柔地看著莉絲。該怎麼說呢，真是溫馨的畫面。

在我心想「看來帶走莉絲是正確的抉擇」時，兩姊弟的氣息從森林裡傳來。

接著賽妮亞和梅爾特也注意到了，往森林看過去。賽妮亞的兔耳動來動去地，真的很像兔子。

「聽這腳步聲的數量……有兩個人在接近這裡。」

「是艾米莉亞和雷烏斯，他們到了。」

「真的嗎？從城堡走到這裡要花上半天，我不覺得在森林裡移動可以這麼快。」

「梅爾特先生，那兩個人每天都在森林裡跑來跑去，辦得到這種事也不奇怪唷。」
「因為銀狼族本來就在森林裡生活嘛。看，來了。」

在我抬起手的同時，艾米莉亞伴隨一陣強風從森林裡衝出來。
柔順的銀髮在月光下閃耀光芒，我有點看得出神——這是祕密。
艾米莉亞迎著風華麗著地，笑著對我說：
「讓您久等了，天狼星少爺。」
「嗯，辛苦了。」
我伸手摸她的頭，艾米莉亞開心地閉上眼，搖起尾巴。
她好像有點出汗，不過乍看之下並沒有受傷，我鬆了一口氣。
過了幾秒……這次換成雷烏斯衝出森林，然而他一看到我們，就露出悔恨的表情。
「輸了！可惡，果然還是姊姊比較快……」
「呵呵呵……論速度我怎麼會輸給你呢。被天狼星少爺摸頭的權利是屬於我的。」
我還在想你們怎麼這麼拚，原來是在比賽。
贏的人似乎可以被我摸頭當獎勵……但這規則與我無關。
我招招手叫雷烏斯過來，他搖著尾巴走到旁邊，因此我也摸了他的頭。

「喔耶！萬歲！」

「嗚嗚，明明是我贏……」

「等等幫妳梳尾巴。」

「是！」

為了避免別人看出他們是學生，姊弟倆現在打扮成冒險者的樣子。在森林裡跑了一趟，導致他們衣服有點髒掉，但莉絲毫不在意，張開雙臂將兩人一起抱住。

「……謝謝。真的……謝謝你們。」

「等、等一下莉絲，我很高興，可是這樣妳的衣服會髒掉。」

「莉絲姊，我有點喘不過氣。」

「我不在乎！向你們傳達謝意才是最重要的。」

莉絲一直不肯放開他們，艾米莉亞和雷烏斯苦笑著任由她擺布。莉菲爾公主也從背後抱住他們，場面越來越熱鬧。

「我也要跟你們道謝。艾米莉亞，雷烏斯……真的謝謝你們。都是多虧你們，才能平安救出莉絲。」

「請您別這麼說。我們只是聽從天狼星少爺的指示而已。」

「嗯。而且就算沒人拜託我們，我們也會去救莉絲姊。」

兩人靦腆地笑著，這時雷烏斯聞到身後傳來的香味，肚子叫了一聲。

為了避免趕不上儀式，我們提早來到現場，晚餐只有隨便吃些東西而已，肚子餓也是無可奈何。

莉絲大概是因為看到姊弟倆沒事，鬆懈下來了，肚子也跟著叫起來，害她羞得滿臉通紅。

「大家都到齊了，先來吃飯吧。我也因為鬆了一口氣，肚子有點餓。」

「我們也能一起嗎？」

「這還用問？這可是為莉絲和你們準備的，千萬不要客氣。還有，這裡不是城內，可以不用管餐桌禮儀唷。」

「欸大哥，可以吃吼？」

「嗯，開動吧。我肚子也餓了。」

姊弟倆向我確認過後立刻入座，合掌祈禱，把各式各樣的菜夾進盤子。我也拿起刀叉，享用王族吃的料理。不愧是王族的廚師，非常美味。

「喔喔……這好好吃！可是……我比較喜歡大哥做的菜。」

「對呀，還是天狼星少爺的料理最對我們胃口。」

這種事留在心裡想就好，別講出來啊。

你們看，廚師在苦笑。

「啊……那個，他們一直以來都是吃我做的菜，還是熟悉的味道最合胃口啦。」

「做出這些料理的，是艾琉席恩數一數二的御廚耶。你們真的很有趣。」

儘管發生了尷尬的小事件，這場小型餐會在一片祥和的氣氛下結束了。

「大哥。王族果然很了不起。」

「是啊。」

餐會結束，我們被帶到療養所的客房後，我和雷烏斯一起去泡屋內的溫泉。

鑽石莊有我基於興趣做出來的一人用浴缸，不過這裡的溫泉大到十個人進去都還有空間，所以雷烏斯也很興奮。

「姊姊她們那邊也一樣大嗎？」

「應該吧。雖然我不覺得你會有這種念頭，不准偷看喔？」

男性和女性泡的溫泉之間用牆壁徹底隔絕，不可能偷看，萬一偷看的時候莉菲爾公主在裡面，八成會被處以極刑。

我只是隨口叮嚀一下，雷烏斯卻非常慌張。

「大哥，我怎麼可能偷看！要是我敢偷看，姊姊會殺了我！」

「也是……艾米莉亞平常很溫柔，對你卻挺嚴格的。我大概也會被她賞耳光。」

「不，大哥的話姊姊反而會邀你一起泡溫泉吧？莉絲姊應該也會原諒你。」

「應該？」

「因為我覺得那場儀式結束後，莉絲姊變得不太一樣。她現在的感覺和看著迪哥的諾艾兒姊一模一樣。」

雷烏斯天然歸天然，在奇怪的地方倒挺敏銳的。

如今莉絲把我視為一個男人，對我抱持好感，艾米莉亞不會在意嗎？她說過想跟莉絲一起旅行，看來是贊成莉絲與我們同行，我想她們關係並不差。可是……女人的嫉妒心是很可怕的。

上輩子我有個同事是花花公子，我親眼看到他因為感情糾紛，被女人拿菜刀刺肚子。順帶一提，他肚子底下藏了一本雜誌，所以沒受傷，但我當時覺得問題明顯出在他身上，被刺也是活該。

現在艾米莉亞和莉絲應該在女湯聊天吧。

我不希望她們兩個起爭執，洗完澡最好找她們一起聊聊。

「好，大哥，來洗身體吧。我幫你擦背。」

「那就麻煩你囉。」

在這邊煩惱也沒用，我們從浴池裡走出來，幫對方擦背。

話說回來……雷烏斯剛被我撿到時四肢明明細得跟什麼一樣，現在則長出結實的肌肉，身體變得非常強壯。心靈暫且不論，他的身體真的成長了不少，我這個師父兼爸爸覺得很開心。

我不禁感慨起來，獨自沉浸在這股情緒當中，這時浴場的門忽然打開，走進一個人。

「打擾了。」

我還以為是在鑽石莊有過前科的艾米莉亞跑來突擊，結果是梅爾特。

仔細想想，我第一次在只有男人在場的時候跟他相處，浴場的氣氛變得有點微妙。

「你們不用管我。」

「……嗯。」

我和雷烏斯洗完身體，回去泡澡，梅爾特也泡進浴池，和我們隔了一段距離。

浴場本來應該是讓人放鬆的地方，現在卻瀰漫神祕的緊張感。

這個狀態持續了一下，正當我覺得差不多該起來了……梅爾特忽然往這邊看過來。

「……我想向你們道歉。」

「道歉……道什麼歉呢？」

「和你們第一次見面時，我因為太重視近衛的職責，對來幫助公主的你們態度很差。」

梅爾特說著，表情從平常的嚴肅轉為苦笑。
什麼嘛，你也是可以露出這種表情的嘛。
「不會的。儘管有莉絲的介紹，我們確實很可疑，您會有那種反應理所當然。」
「即使如此，我曾經瞧不起救了公主的你們也是事實。我是……為保護公主獻上一切的男人。那個時候公主身體出了狀況，病情完全沒有好轉的跡象，我整個人都慌了。任何人在我眼中都是敵人，腦中只想著要把你們趕走。」
「我懂那種感覺！要是大哥有什麼意外，我可能會把靠近我的人統統揍飛。」
「無論如何，我的確說了失禮的話。雖然事情都過那麼久了，各位救了對我來說如此重要的人，以及她的妹妹，請容我重新表達謝意。」
梅爾特緩緩低下頭，對我們露出自然的笑容。
「對不起……還有，謝謝你們。」
不曉得是不是袒裎相見發揮了功效，這一天，我們和梅爾特的關係變好了一點。
隔天，我在醒過來的同時覺得有種奇怪的感覺。
我望向那種感覺的源頭，我的右邊有團銀色的東西，左邊則是藍色的東西。
「早安，天狼星少爺。」
「早……早安……」

是穿著輕薄睡衣的艾米莉亞和莉絲。

看來我被她們兩個夾在中間，至於我的腳邊……

「大溝……」

是橫躺著睡覺的雷烏斯。

給王族睡的床大到我們四個小孩睡在一起也不會擠，可是，為何會睡成現在這樣？

「……早安。麻煩說明一下狀況。」

「因為天狼星少爺旁邊最舒服。」

「我、我是因為……姊姊叫我來的……」

「呼嚕……」

昨晚，我們分到的這間房間有兩張床，所以我們決定一張床給我和雷烏斯，另一張給艾米莉亞睡。

泡完溫泉後，我在等艾米莉亞及莉絲洗好澡，想跟她們聊聊，那兩人卻遲遲不出來，我好像不知不覺睡著了。

有人爬上床竟然沒醒來，實在難堪。雖然也是因為把莉絲救出來累積了一點疲勞，再加上前一天為了收集情報，導致我沒睡多久，我對弟子們又不太會警戒。

嗯……等等？儘管中間隔著我，她們可是睡在同一張床上，代表這兩人感情還

是一樣好囉？

「妳們還是老樣子，感情這麼好。」

「是的！因為我最喜歡天狼星少爺，也最喜歡莉絲了。」

「我也最喜歡艾米莉亞和天……天狼星前輩了。」

看來她們變得更親近了。

我之前還在想像會不會演變成圍繞一名男人的愛恨情仇，看她們倆這個樣子，一點討厭的感覺都沒有。

是因為這兩人比較特殊，還是因為這裡是一夫多妻沒什麼特別的異世界？這樣的話用前世的標準思考的我，說不定比較奇怪。

算了，她們是我徒弟的事實不會改變，以我這個年齡結婚也言之尚早。

未來會怎麼樣沒人知道，現在先以師父的身分在旁邊照顧她們吧。已經有個妖精說當我的情婦也沒關係，我可以說是把問題統統丟給未來的自己煩惱。

「天狼星少爺？您還想睡嗎？」

「不……沒事。我清醒了。」

「蛋、蛋糕!?咦？大哥，我的蛋糕咧？」

這一刻，我發自內心羨慕雷烏斯如此我行我素。

所有人都起床，在食堂吃早餐的時候。

一名女僕突然慌張地跑進來，附在莉菲爾公主耳邊跟她講悄悄話。似乎發生了什麼事，不過從莉菲爾公主的模樣看來，應該不是緊急狀況。

「是嗎……包含隨從只有兩個人？總之先和他們談談。妳們去檢查有沒有其他躲起來的人，保持警戒。」

公主對周圍的女僕們下達指示後，站起來認真看著我們。

「剛才去城裡觀察情況的人回來了……不知為何爸爸也跟著一起。」

「爸爸來了嗎!?」

「但爸爸只有帶一名隨從，除了護身用武器外好像什麼都沒帶。看起來不像來打架的，可是為了保險起見，你們就待在這裡吧。」

「姊姊！我也要跟去……」

「先由我和他講講看，沒有危險再叫妳過來。天狼星，要是有個萬一，你直接帶莉絲逃走。」

「瞭解。莉絲就交給我吧。」

「拜託你囉。」

莉菲爾公主笑著說，帶賽妮亞和梅爾特一起離開食堂。

留在這裡的我們邊喝紅茶邊待命，莉絲卻心神不寧的，因此艾米莉亞走到她旁邊，握住她的手。

「別擔心。莉菲爾殿下一定會幫妳說服爸爸。」

「嗯……我相信姊姊。可是我沒想到爸爸會親自過來，我好擔心……」

「冷靜點，莉絲。我認為他不是來抓妳的。」

沒錯，不是追兵而是莉絲的父親過來，這一點就很奇怪了。

如果我的推測沒錯，國王陛下不僅沒有加害莉菲爾公主的意思，也不打算對莉絲怎麼樣。

「假如國王陛下真的要來抓妳，怎麼可能只帶一個人。我想他只是來找妳說話的。」

「爸爸怎麼可能找我說話，他只有在有必要的時候才會跟我說話喔？」

「這只是我的推測啦。我想差不多該有動作——」

『開什麼玩笑！』

他們好像在不遠處的接待室見面，莉菲爾公主的怒吼聲大到這邊都聽得見。

我反射性使用「探查」偵測，並沒有發生戰鬥。

「剛剛那是……莉菲姊的聲音對吧？」

「看來事情非同小可。天狼星少爺，該怎麼辦？」

「也不是打起來的樣子，再等一下看看吧。」

「姊姊……到底怎麼了？」

響徹整棟房子的怒吼聲害莉絲和兩姊弟坐立不安的，這時賽妮亞打開食堂的門走進來。

她的神情依然冷靜，不慌不忙，但感覺起來似乎有點生氣。

「賽妮亞！姊姊沒事吧？」

「請放心，她沒事。莉絲殿下，還有各位，莉菲爾殿下請各位移駕到接待室。」

「我們也可以去喔？」

「是的。有件事想讓各位知道。國王陛下雖然也在場，由於這次情況特殊，只要不要太失禮，陛下好像都會通融。」

「走吧，莉絲。我們陪妳一起去，今天一定要把妳想說的話告訴爸爸！」

「……嗯。謝謝。」

我們帶著下定決心的莉絲，在賽妮亞的帶領下來到接待室。

莉菲爾公主坐在房內的沙發上，顯然心情不好，一如那聲怒吼散發出的怒氣。

她憤怒的矛頭指向坐在對面的男人，那人就是莉絲的父親……艾琉席恩的國王卡帝亞斯・巴德非爾多嗎？

「……來了嗎？」

一頭剪齊的紅色短髮有如熊熊燃燒的烈火，視線銳利得就像把出鞘的刀。

他只是坐在那裡，我就感覺到身為國王的霸氣，即使是不認識他的人，看到他的魄力也會忍不住下跪。難怪莉絲會畏畏縮縮的。

這名男性明明是背負一整個國家的國王……

「你們就是妃雅莉絲的朋友？」

國王陛下正經地轉頭望向我們的瞬間，留在他臉上的掌印害他氣勢統統沒了。伴隨怒吼聲傳來的細微聲響就是這個嗎？

「事到如今你在耍什麼帥啦。你們幾個坐我旁邊。」

在這微妙的氣氛中，我們在莉菲爾公主旁邊坐成一排，可是艾米莉亞和雷烏斯看到國王臉上的掌印在拚命忍笑，害我有點緊張。

「莉菲爾殿下，請問您找我們有什麼事？」

「找你們來是為了告訴你們事情的真相。簡單地說，昨天的婚前儀式……好像是假的。」

「姊姊……請妳再說一次。」

「昨天的儀式是陷阱，用來引出艾琉席恩裡的不法之徒。爸爸打從一開始就沒打算與艾巴利提家締結親緣。」

果然如此。

我在昨天的儀式上看到的，整體來說都是些奢侈的人，或是品行不良的貴族。國家舉辦的儀式照理說應該會請我們的校長羅德威爾來，我卻沒看到他，這點也很可疑。

仔細一想，發生突發狀況時士兵們的反應速度也快得異常，不讓想要離開會場的貴族逃掉也是這個原因。

也就是說，這次的結婚是所謂的誘餌搜查法。

結果……他們成功用蜜汁引來萬惡的根源艾巴利堤家，讓他們把夥伴找來後一舉殲滅，除去深植在國家的毒瘤。

作戰是成功了沒錯，問題是該如何向其他人解釋和補償……以及平息莉菲爾公主的怨氣吧。

「懂了嗎？這個人不僅沒跟我說明，連莉絲都沒向她解釋過，就把她拿去當誘餌！她以為結婚對女孩子來說是什麼東西呀！」

「我也煩惱了很久。總不能讓用來抓那群蠢貨所做的準備付諸流水。」

不告訴莉菲爾公主除了是要避免情報洩漏出去，也是想讓她這個下任女王體驗政治殘酷的一面。真是大膽——不如說是殘酷的國王。

聽完國王的說明，莉菲爾公主也比較能接受了，但她無法原諒國王把本來與這件事無關的莉絲牽扯進來，才會怒吼著賞他巴掌。

「為什麼你和莉絲見面時不向她解釋！這樣莉絲也不會硬是要代替我，不就能由我去當誘餌，照計畫進行了嗎！」

「怎麼可以勉強病剛好的妳！而且，這孩子的表情和決心太像那個人……我實在拒絕不了。」

國王突然哭喪著臉低下頭，陷入沉默，看來事情並不單純。

看到父親這個樣子，莉絲好像是最驚訝的，不安地抓住莉菲爾公主的手和我的衣袖。

嗯……我看先轉換一下氣氛比較好。

「我們知道儀式是騙人的了，不過叫我們來應該還有別的事吧？」

「當然有。是關於我叫你們帶走莉絲的委託。」

「……嗯，雖然是莉菲爾委託的，各位確實妨礙了儀式。照理說應該要給予處罰，但這次的儀式只是偽裝，我就把處罰取消了。」

卡帝亞斯立刻恢復正常，向我們說明。即使您貴為國王，這手段是不是太強硬了點？

「您這麼做我們當然很感謝，可是您還真大膽啊。現在各方應該都來向您抱怨了吧。」

「抱怨已經多到積成山囉。目前是由我的替身處理。」

「就算爸爸你是為了抓出毒瘤，不覺得這次太超過了嗎？」

「把魔石放進妳體內的人也有牽扯到一些。不做到這個地步沒辦法清算乾淨。而且……鬧大一點，妳這個下任女王也會比較好做事吧？」

國王似乎是想揪出壞人順便幫女兒報仇，外加把事情鬧大製造前例。有了前例，莉菲爾公主繼任後想執行大膽的政策，也會比較順利……差不多是這樣。

儘管要視程度而定，莉菲爾公主是會拿捏分寸的人，我認為無須擔憂。

「我想順便殺雞儆猴，所以儀式的真相會盛大地昭告天下，你們幾個的所作所為則會保密到底。」

「隨便妳怎麼說。要我處罰救了女兒的人，我寧願濫用王權。」

「濫用王權。」

嗯……怎麼回事？

我聽莉絲說國王是沒必要不會跟她講話的冷酷之人，現在的卡帝亞斯卻認真凝視著莉菲爾公主……以及莉絲。

他這個模樣，怎麼看都是誠心為女兒著想的父親。

我看了旁邊一眼，莉絲目瞪口呆，八成也沒料到父親會這樣。

「總之，這次的事件我搞清楚了。但有個部分我無法接受——就是莉絲。」

一提到莉絲，卡帝亞斯就又愁眉苦臉的，可是莉菲爾公主沒有管他，接著說道：

「你常來問我莉絲的狀況，所以我一開始以為你是不想讓莉絲與王族扯上關係，故意裝成討厭她的樣子。」

「咦!?真的嗎？」

「嗯。爸爸表面上冷淡，聽見妳過得很好卻會偷偷鬆一口氣，我可不會看漏。不過……他把妳拿去當儀式的誘餌，害我現在完全搞不懂他在想什麼。」

「……我想也是。」

「我知道爸爸也有苦衷，所以沒有多問，可是我再也忍不住了。是時候叫爸爸講出真心話了。給我說清楚你對莉絲是怎麼想的。」

「…………」

「喜歡就喜歡，討厭就討厭！你不知道表現得曖昧不明最會害這孩子受傷嗎？」

「姊姊……爸爸很困擾。我沒關係的。」

「不行，我要在這裡叫他講明白。爸爸……到底是怎樣！」

這是他們的家務事，所以我本來想帶著兩姊弟離開，但莉絲抓著我袖子的手在發抖。反正也沒人叫我們出去，事到如今我就奉陪到底吧。

莉菲爾公主拍了下眼前的桌子大聲宣言，卡帝亞斯將視線移到莉絲身上，苦笑著說：

「我對莉絲是怎麼想的嗎……說起來真丟臉，其實我也搞不太懂……不對，是在猶豫。」

「爸爸，我……是不是不要回城裡比較好？」

「不是的，妃雅莉絲。妳……什麼錯都沒有。錯的是對妳的母親蘿拉感到愧疚的我。」

國王陛下用紅茶潤潤喉，望向窗外的天空，散發出哀愁氛圍。

接下來要講的話，他應該是想以一名普通男性的身分說出口，而非艾琉席恩的國王吧。

「……蘿拉一定很恨我。」

卡帝亞斯語氣憂傷，開始述說自己的過去。

卡帝亞斯．巴德非爾多。

國王的長男，擁有各式各樣的才能，是很適合當下任國王的男人。

然而比起國王，卡帝亞斯更憧憬冒險者的生活。

個性剛強、直覺敏銳，比起思考更喜歡活動身體的卡帝亞斯，從小就立志總有一天絕對要出去冒險。

卡帝亞斯有個弟弟，叫亞利歐斯。

亞利歐斯是一名溫柔穩重的青年，喜歡看書。

這對兄弟性格剛好相反，但他們感情似乎非常好。

然後，被選為國王繼任者的……是次男亞利歐斯。

先王認為擁有治國才能卻缺乏幹勁的長男，不適合為王。

所幸亞利歐斯也是個有才能的人，再加上他人品好，其他人也都贊成讓他繼承王位。卡帝亞斯本來就對王位沒興趣，因此他一面鍛鍊身體，一面默默輔佐弟弟。

在亞利歐斯的統治下，艾琉席恩維持著穩定的政策。

亞利歐斯和某位貴族結婚，終於有了第一個孩子。過了幾年，第二個小孩也出生了，卡帝亞斯覺得可以不用擔心繼承人的問題，決定離開艾琉席恩去當冒險者。

周遭的人當然表示反對，只有一個人——亞利歐斯贊成他的決定。

『我希望哥哥代替我看看這個世界。』

亞利歐斯一直聽卡帝亞斯闡述自己的夢想，十分瞭解哥哥的心情。

弟弟的溫柔，使卡帝亞斯下定決心。

『等我十年。十年後我就會回來，一輩子輔佐你。』

卡帝亞斯向弟弟承諾，踏上冒險的旅途。

在外旅行的過程中不是只有開心的事，卡帝亞斯處處碰壁，可是他盡情享受了自己一直以來嚮往的冒險者生活。

卡帝亞斯遊遍世界，累積各種經驗，變得越來越強。

時間一轉眼就過了好幾年，卡帝亞斯為了賺錢，接受公會委託的那一天……遇見莉絲的母親蘿拉。

同為冒險者，個性合到不可思議的兩人，決定共同行動。

在互相扶持、一起旅行的過程中，他們倆成為戀人或許可以說是必然之事。

兩人有過好幾次肌膚之親，甚至在考慮結婚，這個時候……十年的期限快到了。

卡帝亞斯很煩惱。

帶著蘿拉回去是可以，不過她是平民兼冒險者，肯定會有人看她不順眼。更重要的是，他很清楚熱愛自由的蘿拉不會喜歡王族或貴族的生活。

選項……有兩個。

和蘿拉告別，回城輔佐弟弟，或是假裝忘記約定，與蘿拉繼續旅行。

讓煩惱不已的他下決定的不是別人，就是蘿拉。

蘿拉從卡帝亞斯口中得知一切後，依然選擇推他一把。

『你不是……跟弟弟約好了嗎？不守約的卡帝亞斯，不是我喜歡的卡帝亞斯喔。』

這句話讓卡帝亞斯決定與蘿拉分開，回艾琉席恩。

回城之後，等待卡帝亞斯的是……臥病在床的弟弟。亞利歐斯一年前生了病，卡帝亞斯回來時，他已經沒剩多少時間可活。

想治療也為時已晚，衰弱的弟弟拚命扯出笑容，對他說「歡迎回來」。

過了幾天……亞利歐斯駕崩。

他的孩子還沒長大，要他們繼承王位未免太早了。

全國都在為亞利歐斯的死哀悼，卡帝亞斯看到弟弟守護至今的艾琉席恩，下了決定。

『本大爺……不，敝人來繼承王位，保護這個國家！』

之後卡帝亞斯收了亞利歐斯的小孩當養子，成為艾琉席恩的國王。順帶一提，其中一名孩子就是莉菲爾公主。

反對的人當然也有，然而卡帝亞斯本來就是當國王的料，只要他鼓起幹勁，馬上就開始嶄露頭角，反對派便逐漸沉默了。

卡帝亞斯在亞利歐斯培育的優秀隨從的幫助下治國，每天都忙得不可開交……不知不覺就過了十年。

某天……卡帝亞斯收到一封信。

是一封破破爛爛的信，上面有洞被補起來的痕跡，但上頭的封蠟確實是他的印章，因此信才寄到了他手中。

除了他以外，只有一個人擁有這個印章。肯定是和蘿拉分開時，依依不捨的他送給蘿拉的戒指。

也就是說，寄信的人是蘿拉。

信裡裝著他的戒指和一張紙。

紙上只有用歪斜的字跡寫了一句話。

『女兒拜託你了。』

卡帝亞斯查出信是從哪寄出去的，派部下調查。

根據部下的報告，他得知蘿拉已經病逝，以及她的小孩妃雅莉絲的存在。

十年前他們道別的時候，蘿拉已經懷有卡帝亞斯的小孩。卡帝亞斯派人深入調查，並沒有查到其他男人的痕跡，再從出生時期判斷，無疑是自己的孩子。蘿拉覺得要是卡帝亞斯知道自己有個平民小孩，會造成他的阻礙，因此沒有通知他，獨自撫養女兒長大。

卡帝亞斯氣自己什麼都不知道就悠悠哉哉回到艾琉席恩，十年來都沒有關心蘿拉，立刻派人送信接走莉絲。然而實際看到女兒，在她身上看見蘿拉的影子……卡帝亞斯瞬間發現。

他不知道愚蠢的父親該用什麼樣的表情，面對自己一直不聞不問的女兒……

語畢，卡帝亞斯緩緩起身，走到窗邊嘆了口氣。

「我沒打算事到如今還擺父親架子，可是我沒辦法放著妳不管。」

「爸爸……」

「同時，我也對妳感到害怕。我不知道一直放著蘿拉和妳不管的我……現在該怎麼與妳相處。」

卡帝亞斯對莉絲冷漠不是因為討厭她，只是在努力故作平靜罷了。他有當國王的才能，卻不明白該怎麼做父親。

「無論我講什麼，聽起來都只是藉口吧。我不想讓妳牽扯上王族的問題……結果還是害妳遭受波及。」

「那、那是我自己的問題！因為我沒跟姊姊商量，就自己說要代替她。」

「不，是我的錯。妳代替莉菲爾回城時，我本來打算對妳說明真相，叫妳打消念頭。可是，妳那個時候的模樣……一心為姊姊著想的模樣，實在太像蘿拉。一想到這點……我就什麼話都說不出來了。」

對蘿拉的罪惡感，影響了卡帝亞斯的判斷。

在我眼中，現在的卡帝亞斯不是國王，只是個迷惘的父親。

「蘿拉和我一樣，發自內心喜歡冒險。不過，我不僅奪走了她的冒險生活，之後也沒對她負責，蘿拉就去世了。所以我……沒資格自稱妳的父親。」

懷著小孩不可能繼續當冒險者。

獨自撫養小孩長大是多麼辛苦的事啊。真的是身心都很堅強的女性。

「好了，妃雅莉絲啊。有沒有什麼話想跟這個對妳和母親漠不關心，把妳捲進無聊事裡的愚蠢男人說？想揍我也沒關係喔。我會接受一切。」

卡帝亞斯自嘲地笑了笑，慢慢走到莉絲前面。

莉絲在同時站起身，對站在面前的卡帝亞斯高高抬起手。

「……不要擅自決定我是怎麼想的！」

莉絲吶喊著打下去的巴掌，只有發出細微的聲音。

「你明明不知道我和媽媽的心情……不要在那邊自說自話啊！」

「我知道的。妳們要怎麼恨我都可以。」

「就和你說不是了！你誤會了！媽媽……一點都不恨你。」

「可是，我把妳們……」

「媽媽去世前跟我說的。她叫我不要恨你……」

「什麼!?」

聽到莉絲這麼說，卡帝亞斯驚訝得目瞪口呆。

身為國王的人竟會如此動搖，想必對妻子及女兒的愧疚，一直深植在他心中。

「媽媽常常跟我說爸爸有多優秀，自豪得不得了。那個時候我以為爸爸已經不在人間，所以不明白，不過現在我懂了。媽媽以爸爸為榮。」

「蘿拉……妳……」

「所以我一點都不恨你，也沒辦法恨你。可是，我想問一件事。我生為你的女兒……你高興嗎？」

「那當然！要是我沒有在得知蘿拉去世的同時知道有妳的存在，八成會陷入絕望。」

「……太好了。只要知道我可以當爸爸的女兒就足夠了。」

「妃雅莉絲，妳願意……原諒我嗎？」

「說什麼原諒，我一開始就沒在生氣。還有爸爸……我比較希望你叫我莉絲。」

看到莉絲的笑容，卡帝亞斯僵硬的表情漸漸放鬆，露出微笑。

他臉上的陰霾煙消雲散，大概是擺脫蘿拉的咒縛了吧。

「呵呵……好啊。莉絲，謝謝妳告訴我蘿拉說了什麼。」

「嗯！」

就這樣，雙方的誤會也解開了，氣氛非常好……但好像少了點東西。

我一直被她當父親看待，因此我知道莉絲現在想要的是什麼。

「失禮了，陛下，可以讓我說句話嗎？父親誇獎小孩時，是不是摸摸她的頭比較好？」

「確實如此。謝謝妳，莉絲。」

「啊……」

卡帝亞斯動作有點粗魯，把莉絲的頭髮揉得亂七八糟，莉絲卻笑得很開心。

雖然兩人之間還有一點距離，這樣莉絲和父親的隔閡就消除了吧。他們可能會暫時不知道該怎麼跟對方相處，不過至少關係不會再惡化。

氣氛不再緊張，賽妮亞幫我們重新泡了一壺紅茶，這時，卡帝亞斯的男性隨從開口說道：

「陛下，您該回城了，否則會來不及處理政務。」

「是嗎……必須回去了啊。」

卡帝亞斯的視線前方，是一臉捨不得的莉絲。

看到那棄犬般的眼神，卡帝亞斯詢問隨從：

「金啊……我的臉現在看起來怎麼樣？」

「莉菲爾殿下的掌印清楚地留在上頭。」

「國王怎麼能頂著這張臉站在家臣面前呢。」

「您說得對。不過幸好這裡是療養所。泡個溫泉好好休息一天，就會消腫了吧。」

「嗯，就這麼辦。給你添麻煩了。」

「不會。那麼我先回城了。」

「交給你了。」

名為金的隨從靜靜走出房間，留在這裡的卡帝亞斯坐在沙發上，把莉絲叫到旁邊。

「莉絲，可以的話……多講點蘿拉的事給我聽好不好？」

「是、是！」

看到這對父女和樂融融坐在一起的畫面，兩姊弟滿意地點點頭，莉菲爾公主也露出安心的表情。

不，等一下。

莉菲爾公主的表情怪怪的。好像想到了什麼惡作劇……

「對了，爸爸你知道嗎？莉絲有喜歡的人囉。」

「姊姊!?這不是現在該講的──」

「哦？是這兩個之中的哪一個……」

我們已經逃出──更正，離開房間了。

之後的時間應該留給他們一家人，我去借廚房做點點心好了。絕對不是因為感覺會演變成麻煩的事態，我才拔腿就逃。

「欸，大哥，我們離開前被莉絲姊的爸爸狠狠瞪了一眼耶？」
「在意就輸了。我們去廚房做些什麼吧。有好吃的東西可以吃，他們也會聊得比較開心。」
「是。我來幫忙。」

我們來到廚房，療養所的廚師同意我們用廚房做點心。
我看了一下這裡的材料，只要下點工夫，應該可以做出莉絲最愛吃的起司蛋糕。
可是這裡沒有烤箱，我便請艾米莉亞準備食材，我來動手做烤箱。動力來源是魔法陣，因此只要有會畫熱能魔法陣的我在，就做得出來。
我用耐熱材料做出密閉的容器，再畫上魔法陣，烤箱就完成了。這是我隨便做的，所以只能用一次。
我迅速做好麵糊，放進烤箱，過了幾十分鐘……起司蛋糕烤好了。由於這個烤箱比較簡陋，形狀有點不好看，但味道完全沒問題。
廚師專注地在旁邊看我做蛋糕，一面做筆記。沒有烤箱的話，光記做法也沒用，我便宣傳了一下之後賈爾岡商會會量產烤箱。
我們大約過了兩個小時才回到接待室，莉絲他們聊得很開心的樣子。
父女間的距離也拉近了不少，和莉絲聊到笑出聲的卡帝亞斯，完全處於父親模式。

「莉絲，妳真的變堅強了。妳第一次見到我時，可是個一句話都不會說的孩子。」

「都是因為有姊姊和大家。特別是天狼星前輩——咦？天狼星前輩，那該不會是……」

「嗯，我去做了這東西。」

在我們回來的同時，莉絲發現起司蛋糕的存在，興奮得兩眼發光。莉菲爾公主也高興地揚起嘴角，只有第一次看到蛋糕的卡帝亞斯面帶疑惑。

「你是叫……天狼星是吧？那是什麼？」

「是我做的蛋糕。雖然午餐時間將近，我都做好了，要不要大家一起吃？」

「當然要。我知道爸爸有很多想問的，不過先吃吃看那個吧。」

「那麼我來為各位切蛋糕，天狼星先生請坐。」

「麻煩妳了。」

賽妮亞主動說要幫忙，我就交給她了。

我把一整個起司蛋糕交給賽妮亞，坐到沙發上，發現卡帝亞斯緊盯著我。恐怕是得知我是莉絲的師父，也是她的意中人了吧。他一直對我投以試探性的——不對，是近似於殺氣的目光。和莉絲和好讓他的父親本能覺醒了嗎？假如這裡只有我跟他兩個人，我覺得他會大叫著「我不會把女兒交給你的！」朝我揍過來。

我不動聲色地假裝沒注意到他的視線，賽妮亞也切完大家的蛋糕了。

她先試吃了一小口，把切好的蛋糕擺在大家面前，然而……

「……賽妮亞，怎麼只有我的比較小？」

只有卡帝亞斯的蛋糕，大小明顯跟其他人不同。

如果我的蛋糕大小是十，卡帝亞斯的就是六，莉絲和莉菲爾公主的則大了一點點。

卡帝亞斯會抗議也是理所當然，但賽妮亞只是露出清爽的笑容。

「沒有的事，每塊蛋糕都一樣大。」

「哪裡一樣大？怎麼看都是我的比較小吧。」

「都一樣。」

「可是這個……」

「都一樣。」

「不，我就說……」

「都一樣。」

「……嗯。」

國王輸給語氣冷淡的隨從了。

仔細想想，賽妮亞也把莉絲當成自己的妹妹疼愛，這起事件她不可能不生氣。

以她的身分，總不能跟莉菲爾公主一樣賞國王巴掌，所以才想做點小小的報復吧。

這方法是比直接動手可愛得多沒錯，但……

「……唔!?真是濃郁香醇的味道！還有嗎？」

「怎麼可能還有啊。莉絲，起司蛋糕真好吃對不對？」

「對呀！跟大家一起吃更好吃了！」

「那個……女兒啊。可不可以分我一點？」

「不要！」

「拜、拜託！」

看來非常有效。

我覺得國王的個性有點變太多，不過，這大概才是本來的卡帝亞斯吧。雖然我們也在場，卡帝亞斯並沒有擺國王架子，說不定是被女兒說服了。

在場的也都不是愛嚼舌根的人，希望他們不要拘束，享受一家人的時間。因為莉絲一直很嚮往可以和家人吵吵鬧鬧、一同歡笑的日常。

「對了莉絲，有件事想問妳。」

「什麼事？姊姊。」

「我聽天狼星說，他做了幾次起司蛋糕讓妳帶過來給我……可是姊姊不記得有吃過起司蛋糕耶，這是為什麼呢？」

「…………嘿嘿。」

「哎呀，笑得這麼可愛。不過偷吃東西的壞孩子，姊姊也得狠下心來處罰妳。」

「姊姊……原諒我。」

「……不～行。」

……嗯，姊妹倆的肢體接觸也是日常生活的一環。

至於莉絲的下場……我就不多說了。

我只能說男性們都默默離開房間。

吃完午餐，我們按照慣例開始做訓練，再加上一個想要加入的梅爾特。

結束給莉絲建議時總是會被卡帝亞斯瞪的訓練後，我和雷烏斯去溫泉沖乾淨身體，結果卡帝亞斯也跑來了。

卡帝亞斯雖然貴為國王，以前畢竟是當冒險者的，有時間的話好像也會鍛鍊身體，因此有一身結實的肌肉。聽到我誇他體格好，雷烏斯不知為何燃起對抗心，開始秀他的肌肉。

「是很厲害沒錯，可是大哥，我也不差吧！」

「噢，年紀輕輕就有這麼好的身材。真是有前途的年輕人！」

卡帝亞斯毫不在意雷烏斯不用敬語。他們互相炫耀肌肉，稱讚對方，大聲歡笑，看起來比莉絲還像一家人。這就是所謂的同類吧。

過沒多久，他們安靜下來後，卡帝亞斯坐到我旁邊向我道謝。

「你的事兩位女兒都跟我說了。你真的幫了她們很多忙。」

「多少有些順勢而為啦，我只是做了自己想做的事而已。」

「哦？那麼你想做的事是？」

「我希望弟子們有所成長，莉絲露出真心的笑容。再加上……她能和家人好好相處吧？」

「唔……是個重義氣的男人啊。難怪莉菲爾會想雇用你。哎……雖然好像失敗了。」

「因為是大哥嘛！」

卡帝亞斯豪爽地大笑，雷烏斯也跟著笑出來。

兩人笑了一會兒，然後卡帝亞斯大概是滿足了吧，吁出一口氣，靠在牆上低聲說道：

「……換個話題，你對莉絲是怎麼想的？」

「她非常可愛，任何事都會努力去做，是個溫柔的孩子。但是……她實在太不適合當王族了。」

這種時候我不想說場面話，便老實說出自己的看法。卡帝亞斯先是愣了一下，接著立刻放聲大笑，用力拍我的背。我沒穿衣服，所以有點痛。

「哈哈哈！你說得沒錯，別說王族了，那孩子連貴族都不適合當。要是她不小心走進那座魔窟，八成一轉眼就會被吃掉。」

「莉絲姊還是最適合開開心心吃飯！」

「……是啊。跟蘿拉一起以平民的身分生活，對那孩子來說是最好的。我本來考慮哪天讓她回城，接受王族的教育，可是繼續讓她上學說不定才是為她好。」

「我認為這樣就好。莉絲在班上有很多朋友，每天都過得很愉快。」

「嗯，之後也麻煩你多加照顧她。不過……」

卡帝亞斯把手放在我肩上，加強力道。

喂……我的肩膀在發出吱吱嘎嘎的聲音，很痛耶。

「訓練的時候……溫柔一點比較好吧？那孩子看起來很辛苦喔？」

「這是訓練，自然會辛苦。我知道您會擔心女兒，但我相信這一點您不會不明白。她的身體狀況我都有好好管理，請您儘管放心。」

「管理身體狀況！你該不會碰過、看過那孩子的裸體吧！」

「為了治療是會碰，不過裸體時都會先問過艾米莉亞。」

「意思不就是人家允許你就會看嗎！我可沒有答應你跟莉絲結婚喔！」

「話題未免跳太快了吧！」

傷腦筋。他好像變身成徹頭徹尾的笨爸爸了，大概是忍耐到現在的反彈吧。

愛著女兒的父親果然無人能敵。

《終章》

事件的結果，粗略地說就是這樣。

首先是莉絲，她的身分跟之前一樣，沒有公開。莉絲在婚前儀式上露過臉，可是看到她的貴族統統被抓了，對外好像說她是雇來當誘餌的假公主。

此外，卡帝亞斯和莉菲爾公主也動了許多手腳，等事情平息下來應該就能回學校了。

在那之前，莉絲和姊姊一起住在療養所，我們也常常去找她，所以莉絲似乎不會無聊。

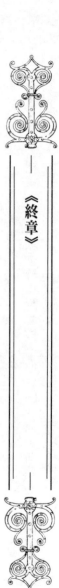

接著是參加儀式的那五十名以上的貴族。

一開始只是玩火程度的違法行為，之後隨著次數增加，感覺也逐漸麻痺，再加上人數變多，自然而然就停不下來了。這種人聚集在一起就是會這樣。

國王蒐集了他們違法的證據，大部分的人都被剝奪貴族身分，或是趕出艾琉席恩。慘一點的甚至還有被暗地抹消的人。

那麼多貴族遭到肅清，當然會有反對意見，然而國王一公開證據，那些人也只能乖乖閉嘴。因為他們怕自己會被以為是那群人的同夥。

本來要跟莉絲結婚的克拉，已經不在艾琉席恩。

艾巴利堤家從事違法行為的證據，似乎掉在莉菲爾公主面前，當家被處刑，艾巴利堤家也遭到降格，貴族的地位掉到最底層。

可是由於某位溫柔的少女為他說情，再加上與證據一起掉在那裡的信，克拉本人只有被趕出艾琉席恩。

他被流放到遠方的領地，帶著數名隨從離開艾琉席恩，不過，好像有一名病弱的女孩陪在他身邊。

最後是我們，我們過著普通的校園生活。

國王的公告把這一連串騷動統統說成自己命令的，擄走莉絲的也是國王的親兵。我們行動時有喬裝過，沒被人看到臉，所以之後也不用遮遮掩掩。

這起事件讓我認識了國王，但我跟卡帝亞斯在那之後就沒見過面。

他不想把我們捲入政治問題中，我們也不想和這種事牽扯上，沒繼續見面或許也是理所當然。

偶爾他會聯絡我說想吃蛋糕，我就透過他的兩位女兒送蛋糕過去。然而莉絲之前偷吃過，不曉得有沒有確實送到國王手中。

要說有什麼巨大的變化，就是艾米莉亞和雷烏斯搬到鑽石莊了吧。

一聽到我允許他們住在鑽石莊，艾米莉亞馬上把行李搬到房間，一小時不到就搬完了。我知道她之前就在準備搬家，沒想到快到這個地步。

艾米莉亞的房間放了兩張床。

那好像是給莉絲睡的，莉絲決定回學校後也要住在這裡。麻煩的手續只要送蛋糕給校長和麥格那老師，瞬間就解決了。

雖然他的室友很捨不得，雷烏斯也搬來了。本來只有我一個人的鑽石莊，變得熱鬧起來。

過了幾天……艾琉席恩的豐穰祭開始了。

整個艾琉席恩充滿活力，許多攤販和露天商店從外地前來做生意，城裡每個角落都有表演可看。

「喔喔……平常人就夠多了，今天更是多到爆耶，大哥。」

「小心別走散喔。走散的話就在學校附近集合吧。」

「您無須擔憂。我們不可能找不到您。」

我們在人潮中前進，逛了下途中經過的露天商店，看看表演，在攤販買肉串吃，享受祭典的氣氛。

「肉串雖然也不錯……既然是祭典，還是想吃章魚燒啊。」

「大哥，章魚燒是什麼！好吃嗎！」

「很好吃喔。下次我做給你吃，別把肉串甩來甩去的。」

「好！」

雷烏斯乖乖吃起肉串，這時我們剛好抵達見面地點。

本來預計在這裡和莉絲會合……她好像還沒到。

「天狼星少爺，請張開嘴巴。」

「啊……嗯，味道有點淡，不過還不錯。妳在哪買的？」

「在那家店。店長最近好像換了調味方式，生意越來越好。」

我一邊讓艾米莉亞餵我吃從路邊攤買來的食物，一邊等待莉絲。吃完肉串的雷烏斯似乎在人群中看到認識的人。

「大哥，那個人是不是莉菲姊啊？」

我望向雷烏斯指的地方，莉菲爾公主把紅髮染成黑色，綁成馬尾，身穿美麗的連身裙和梅爾特勾著手逛祭典。順帶一提，那個染髮劑是姊弟倆在婚前儀式喬裝用的，我把剩下來的送給她。

隨從賽妮亞和梅爾特也染了頭髮，穿著比平常還要樸素的衣服。由於莉菲爾公主的美貌，他們還滿引人注目的，不過算是有順利融入這座城市。

「幹麼離那麼遠？不貼近一點會走散耶。」

「不會走散的！那個，這樣實在是……」

「唉……只不過是勾個手，你太緊張了。」

「我們的設定是有婚約的情侶，你要表現得跟我更親密一點呀。」

我之前聽說莉菲爾公主和梅爾特要以「有婚約的貴族情侶」這個設定參加祭典，賽妮亞則是他們的隨從。

為了忠實呈現這個設定，莉菲爾公主害梅爾特傷透腦筋，經過我們面前。看來因為人太多，她沒有注意到我們。

「大哥，不去跟他們打招呼嗎？」

「放著不管才是上策。」

目送那對幸福的情侶離開後，我在後面的攤販發現莉絲，她與一位存在感莫名強烈的男性在一起。

「爸爸，這次要不要吃吃看那個？」

「哦……肉串嗎？店長啊，正在烤的那些我全要了。」

站在莉絲旁邊的，是把頭髮染黑，穿著平民衣服，喬裝過後的卡帝亞斯。

我猜他大概是想和女兒一起逛祭典，從城裡偷跑出來的。現在城裡想必亂成一團，不過負責當國王替身的那個人應該也在，暫時不會有問題吧。

兩人瞬間吃完肉串，然後又兩手拿著剛烤好的肉串吃起來。父女一起吃飯的畫面實在很溫馨……但他們加起來總共吃了二十根以上，速度卻絲毫未減，嘴巴從來沒停過。

這個食量……讓我肯定這兩個人絕對是父女。

「啊，天狼星前輩——！」

在我呆呆看著他們大吃時，莉絲發現我們，跑向這裡。

卡帝亞斯在她背後邊嚼肉串邊走過來，目光十分銳利，可是看到女兒這麼開心，他也沒有多說什麼。

「爸爸買了好多東西給我。」

莉絲津津有味地吃著手上的肉串，仍然一點公主的氣質都沒有。

不過，她對我們露出的燦爛笑容，看起來比任何事物都還要耀眼奪目。

番外篇《祭典的後續》

假婚前儀式結束後，過了幾天。

艾琉席恩的豐穰祭開始了，城裡熱鬧非凡。

本來好像還預計舉辦遊行，紀念莉菲爾公主結婚，可是由於儀式取消，遊行自然也跟著停辦。

停辦遊行同時帶給一部分的人失望與安心感，但這個情報事前就已經公布，所以並沒有造成太大的混亂，豐穰祭也順利揭開序幕。

夾雜真實與謊言的公告中，雖然沒提到莉絲的名字及特徵，為求保險，莉絲要暫時和莉菲爾公主一起住在療養所，不回學校宿舍。

祭典當天，莉絲還是住在療養所，因此我們跟她約在街上某處見面，不知為何她的父親卡帝亞斯也在。

那起事件過後，我們還是第一次見面。

「好久不見。在那之後就沒見過面了吧？」

「……好久不見。請問您怎麼會在這種地方？」

「嗯。如你所見，我來和女兒一起逛祭典。我對她不聞不問那麼久，想多少彌補一下那段空缺。」

「我覺得您這樣很好，但國王不是有很多事要處理嗎？」

儘管卡帝亞斯現在看起來只是個拿肉串的老爸，他可是當國王的人，得幫在學校門技場舉辦的武鬥大會做開幕宣言等等，照理說行程應該排得滿滿的。

然而……

「反正不是演講就是和貴族應酬。跟那些事比起來，女兒當然更重要。」

……就是這樣。

他太過誠實，反而讓我覺得很爽快。

真是……無法想像這是當初那個不曉得該如何與莉絲相處，拚命偽裝自己的男人。

「爸爸……我很高興，可是不可以因為這樣，工作就隨便做唷。」

「我講過很多次了，莉絲，妳不用擔心。代替過我好幾次的家臣會認真工作。現在他應該做得比我還要好吧，哈哈哈！」

身為國王這樣沒問題嗎？

順帶一提，他說的家臣就是跟他一起到療養所的金。

金是卡帝亞斯的弟弟——亞利歐斯去世前栽培的人，於公於私都在輔佐卡帝亞斯，是個優秀的部下，也是他的好夥伴。

預料到哥哥會繼承王位，留下可以彌補他缺點的部下的亞利歐斯，果然是個優秀的人才。

總而言之，國王自己都說沒問題了，我也不會再多說什麼。

接著姊弟倆想接在我後面鞠躬行禮，卡帝亞斯卻伸手制止他們。

「不用對我鞠躬。現在的我不是國王，是以一名父親的身分站在這裡。各位無須多禮，把我當一般人對待就好。」

他都特地喬裝了，還是常常吸引他人的目光，我想是因為無法完全掩蓋身為國王的存在感吧。

然而民眾們似乎沒想到國王會在這種地方，只有稍微看一下而已。再加上祭典的氣氛帶給人一種解放感，不太可能一下就被發現。

我感覺到一股熟悉的氣息，左顧右盼，發現有人混在人群中監視我們。感覺不到殺氣，八成是國王的警衛。

我也有過像這樣保護要人的經驗，所以有點懷念。

「瞭解。那麼我們該如何稱呼您？」

「我想想……就叫我特蘭吧。」
「好喔。特蘭先生，那個肉串看起來很好吃耶！」
雷烏斯的適應力有夠高。
他馬上就習慣了，對卡帝亞斯——更正，對特蘭手上的肉串很有興趣。
「嗯，這是在那家店買的，很好吃喔。來，想要的話分一根給你。」
「真的嗎！謝謝你！」
「哈哈哈！有禮貌是好事。艾米莉亞妹妹要不要也來一根？」
「可以嗎？」
「小孩子用不著客氣。而且妳不僅願意和我女兒當朋友，還對她照顧有加。」
艾米莉亞用眼神詢問我的意見，看到我點頭，她先跟特蘭道謝後才接過肉串。
特蘭露出超高興的笑容。艾米莉亞與莉絲同年，或許會讓他覺得自己多了個女兒。
最後，他往我這邊看過來……不知為何一臉不甘願。
「……總覺得不太想分給你。畢竟我女兒等於是被你搶走……」
「爸爸，太過分了！天狼星前輩非常照顧我耶！」
「嗯……最後一根本來是妳的份，既然妳這麼說就沒辦法了。」
「咦？啊……嗚嗚……是。」

「……我沒關係，請您留給莉絲吧。」

不行，我不知道該從何吐槽起。

遵從本能的女兒與幼稚的父親，這對父女在各種意義上都很厲害。

而且想吃再買就行，我的話不用動手就吃得到……不對。

「天狼星少爺，這跟剛才那家的調味方式不一樣，也很好吃喔。請張開嘴巴。」

「……嗯，確實美味。」

「是的！呵呵呵……」

因為艾米莉亞會餵我吃。

今天她特別喜歡為我服務，大概是被祭典的氣氛影響。

我也不討厭這樣，更重要的是艾米莉亞很開心，我就隨她的意了。

「你這傢伙！我能理解男人好女色，但你都有這麼願意為你付出的女孩了，竟然還對我女兒……」

「爸爸！天、天狼星前輩什麼都沒對我做過，而且艾米莉亞沒關係啦！」

就這樣，我們吵吵鬧鬧地會合，開始在充滿祭典氣息的街上散步。

之後我們在路上的攤販買了各式各樣的東西，邊走邊逛，雷烏斯看到某個攤販，拉住我的袖子問：

「欸大哥，那是什麼？有好多根像小小的箭的東西。」

「那是……射飛鏢嗎？」

「『射飛鏢』？那是一種叫射弗萊比的遊戲。我當冒險者的時候玩過幾次。」

用來分隔的木箱後面掛著一個板子，上頭畫了好幾個圓圈，越靠近中心圓圈越小。

這個世界不可能有軟木塞或空氣槍，所以這裡的射擊遊戲似乎就是這樣玩的。

「把那個叫弗萊比的東西射進靶子中央，就能拿到獎品的樣子。」

「獎品有好多種唷。啊……那個蝴蝶結好可愛。」

「對呀，好適合莉絲。那個小小的蝴蝶結也好可愛。」

「店長，我要挑戰！」

莉絲有興趣的是上面有些小裝飾的大蝴蝶結。

顏色跟她現在用的一樣，不過一知道莉絲喜歡上面的裝飾，特蘭就去挑戰了。理由問都不用問。

順帶一提，遊戲規則是玩一次三枚石幣，有三支弗萊比可用。

只要站在木箱後面用弗萊比射板子即可，但板子離得挺遠的，連要射中接近靶心的位置都不簡單。

實際上，特蘭玩了三次，雷烏斯一次，最好的成績是離靶心一個拳頭遠的地方。

「好難喔。比起用射的，我還是比較適合直接拿劍砍。」

「唔……店長，再一次！」

「爸爸，我也沒有那麼想要，還是放棄吧……」

「不，這種時候得到的東西會伴隨回憶。所以我才想送妳當禮物。」

「喔喔！特蘭先生好帥！是說……大哥不玩嗎？」

「那我就挑戰看看吧，雖然我拿到獎品也沒用。」

我付了三枚石幣，接過看起來像小型飛箭的弗萊比，先著手調查它。

作工粗糙，所以風的阻力對它影響很大，可是它的飛行方式我看雷烏斯和特蘭玩就大概知道了。

我用食指和大拇指拿著它，集中精神射出去。弗萊比在空中劃出了一道拋物線……射中離靶心差一點點的地方。

「啊！只差一點的說……」

「唷，第一次玩就那麼靠近中心啊。」

「比我想像中離得遠。不過……我記住了。」

其實我本來想一發就中，看來感覺有點變遲鈍。

但是玩過一次已經讓我抓到訣竅，因此下一支弗萊比彷彿被靶心吸了過去，精準命中。

打仗時不可能隨時都可以用慣用的武器，若不能用過一次就摸透武器的用法，在戰場上是活不下來的。

看到我將最後一根弗萊比射中靶心，店長佩服地說：

「哦……太厲害了。可是小哥，你要是繼續玩下去……」

「我知道，我只打算玩這一次。獎品我可以選兩個吧？」

「沒辦法。你確實射中了兩支……這是特例喔。你要哪兩個？」

店長雖然皺著眉頭，還是答應讓我選獎品，我挑了那個小蝴蝶結，以及感覺是給小孩子玩的布偶。

「那這個蝴蝶結給艾米莉亞，那個布偶給莉絲。」

「可以嗎!?啊啊，天狼星少爺竟然送禮物給我……」

「咦……也有我的份嗎？」

「因為我沒什麼想要的東西。莉絲，妳會想要這個布偶嗎？不喜歡的話可以換別——」

「不會，這個就好！嘿嘿……好可愛唷。」

我隨便選了個莉絲應該會喜歡的東西，她好像挺滿意的。看到她開心地抱緊布偶，這禮物送得真值得。

另一方面，艾米莉亞沉浸在喜悅之中，不肯回到現實世界。我準備伸手摸頭把她召喚回來時，發現雷烏斯納悶地歪著頭。

「大哥，你不選莉絲姊想要的蝴蝶結喔？」

「爸爸會幫她拿到蝴蝶結的。對不對？」

「那當然。不過被你叫爸爸總覺得有點不爽。」

這人真難搞。好吧，不小心被氣氛影響叫他爸爸的我也有錯。

特蘭因為我率先射中，變得更有幹勁，又射了幾支弗萊比，可惜依然射不中靶心。

「特蘭先生，好可惜喔！」

「嗯——只差一點了……」

「我認為您有點太用力。以特蘭先生的力氣，只用手腕使力就夠了，手指再放鬆一點說不定會比較好。」

「哦，原來如此……」

我還以為他會不喜歡我給建議，特蘭先生卻乖乖照我說的做，射出弗萊比。

看來他是那種如果自己覺得那個方法不錯，就算是敵人給的建議也會採納的類型。不愧是冒險者經歷將近十年的人。

特蘭越來越接近中央，終於在我給他建議後的第二輪射中靶心，成功取得蝴蝶結。

「莉絲啊，讓妳看到爸爸沒用的樣子了。妳願意收下它嗎？」

「怎麼會。謝謝你，爸爸。」

「嗯！」

看到莉絲燦爛的笑容，特蘭心滿意足地點頭。

「可是妳看起來沒有比收到布偶時開心。是不是送布偶給妳比較好？」

「爸爸真笨。因為那是天狼星送她的禮物，莉絲才會那麼高興。」

「啊，姊姊！」

「終於找到你們了！」

我們回頭望向突然冒出來的聲音，莉菲爾公主和她的隨從賽妮亞與梅爾特站在那裡。順帶一提，她仍然跟梅爾特勾著手。

梅爾特好像有比較習慣，雖然臉還是一樣紅，看起來倒挺高興的，然而他的表情在下一刻就整個僵住，掛著僵硬的笑容站在原地。

因為國王陛下……不，莉菲爾公主的父親近在眼前。

「莉菲爾!?妳為什麼會在這裡？」

「呵呵呵……想偷跑？太天真了。怎麼能讓你獨占莉絲呢。」

「爸爸？你不是說姊姊想和梅爾特先生獨處嗎……」

「唔唔……」

我就覺得奇怪，莉絲現在明明跟莉菲爾公主一起住在療養所，為何她們沒有共同行動……原來是因為特蘭想和莉絲兩人獨處。

莉菲爾公主推開尷尬的特蘭，放開梅爾特從背後抱住莉絲。

「我和梅爾特玩得夠久了，之後我想跟你們一起逛。可以吧？」

「當然可以！大家也不介意吧？」

我們沒道理反對，因此除了特蘭，大家都點頭答應。莉絲看到沒人有意見，拿出我和特蘭送她的禮物給莉菲爾公主看。

「姊姊，妳看。這是天狼星前輩和爸爸送我的。」

「哎呀，好棒的禮物。其實梅爾特也送了我這個。」

兩人互相炫耀禮物的畫面非常溫馨，可是別忘了旁邊有個人在哭啊。

「好，這次一定要射中……成功啦！」

「習慣後就沒什麼難度了呢。這樣我也有東西可以送莉絲殿下了。」

「到底是怎樣！為什麼每個人都射那麼準！」

再度開始挑戰的雷烏斯，以及想要送禮物給莉絲的賽妮亞都射中靶心，害店長快哭出來了。

「梅爾特，你和莉菲爾好像處得不錯嘛？」

「是、是的！莉菲爾公主對只是一介平民的我十分照顧，實在不敢當。」

「哎，無須在意身分。只不過……你們現在就勾手是不是太快了點？我想跟你討論一下這部分……嗯？」

「是公主自己要——呃……遵命……」

梅爾特被有一半是因為遷怒才跑去找他的特蘭爸爸纏上，也快哭出來了。

這樣下去只有梅爾特沒辦法玩得盡興，不過還是放著別管吧。他遲早要面對這關。

「啊啊……我的寶物又增加了。這個蝴蝶結我要好好珍藏。」

「拜託妳拿出來用啊。」

場面陷入混沌狀態，一發不可收拾。

和莉菲爾公主會合後，我們來到賈爾岡商會開的店。

聽說他們在店面旁邊的空地擺攤賣我教的可麗餅，人挺多的，看來生意不錯。

既然是祭典，拿在手上直接吃似乎比較好，但這個世界連包食物的紙都不便宜，所以賈爾岡商會的店跟咖啡廳一樣，將食物放在盤子上提供給客人。

宛如露天咖啡廳的用餐區座無虛席，我本來想放棄，札克卻幫我了留了位子，因此我們馬上就能入座。

人數眾多的我們把桌子併起來，所有人都坐在一塊兒。

「這裡賣的叫『可麗餅』的點心，是天狼星教他們做的對吧？真期待。」

「是的。和蛋糕有種不同的美味唷，姊姊。」

「好像可以選口味。各位要吃什麼口味呢？」

本來隨從賽妮亞和梅爾特應該要站在主人後面，可是今天要隱藏身分，他們就跟大家坐同一桌了。

賽妮亞把菜單放在所有人都看得見的地方，特蘭一看，指著其中一種可麗餅問：

「我聽說這是甜點，為何裡面還有肉？」

「可麗餅不只是甜點，當正餐吃也很好吃喔。我推薦這個夾肉和蔬菜的口味。」

口味可以大略分成兩種，一種是甜可麗餅，裡面加了水果和我一起教他們做的鮮奶油，另一種是比較接近正餐的鹹可麗餅，裡面夾肉和蔬菜。

然而，大家想必都是第一次看到可麗餅這種食物，八成會有很多人猶豫不決，因此菜單上有已經幫忙搭配好的組合，還有店員推薦的口味。只要跟店員說一聲，配料種類和配料的量都可以自由調整，組合方式接近無限大。

我剛剛才吃過肉串，所以想點甜的來吃，在我思考時，特蘭看到其他客人在吃的可麗餅，好像先決定好要點什麼了。

「唔，看起來很美味。總之上面的口味統統點來吃吃看吧。」

「嗯！」

「不錯呀。」

這家人……三個人都沒有猶豫。

已經搭好配料的可麗餅，光一個就夠有分量了，全點的話隨便算都有三十人份……

「您真的要全部都點嗎？」

「怎麼？難道你在擔心錢？放心吧。今天我請客，大家別客氣。」

「不，不是那個問題……」

「那我就點這個和這個冽。」

「我要這個。天狼星少爺呢？」

「……一個這個。」

看來是我白操心了。

我們有很會吃的莉絲和雷烏斯，更重要的是特蘭自己看到可麗餅的實物，一副一點問題都沒有的樣子。

莉絲和特蘭也就罷了，沒想到連莉菲爾公主都一口答應。我記得她的食量和那兩人不同，滿正常的啊。

「姊姊要吃哪個？」

「我想多吃幾種，可以分一些妳想吃的口味給我嗎？」

「好的！我們一起吃吧。」

原來如此……這樣不僅能吃到各種口味，還能增加跟莉絲接觸的機會，可謂一石二鳥。這如意算盤打得真好。

賽妮亞叫來店員點完餐後，坐在隔壁桌的一名男性發出刻意的嘆氣聲，看著我們。

「唉……真是。這種點餐方式會讓我想到討厭的人，可以不要這樣嗎？」

「要點什麼是我的自由──唔!?」

是校長假扮的威爾老師。

校長應該跟國王一樣，有很多事要忙啊……算了，什麼都不用說了。

特蘭好像知道威爾老師的真實身分，一臉不悅地瞪著他。

「莉菲姊，特蘭先生不喜歡威爾老師嗎？」

「這還用問嗎？我們和叔叔從小就認識，所以關係匪淺唷。他還知道很多我們不想被人知道的祕密。」

「因為我和你們家的交情跨了好幾代嘛。我從你們還是嬰兒的時候就認識你們了，還常常陪你們商量煩惱呢。前幾天有個人還來找我抱怨，希望能跟女兒快點打好關係──」

「住口！還有，別再把我當小孩子看。」

「這有困難喔。因為無論你長得多大，在我眼中依然跟小孩沒兩樣。」

對長壽的妖精族而言，特蘭活過的歲月只是短暫的時間，如他所說，確實跟小孩子沒兩樣……

「讓您久等了。這是您的鮮奶油加量水果可麗餅。」

「……鮮奶油有點少。不能再多加一點嗎？」

為何我覺得他們半斤八兩？

看到不惜加價把鮮奶油加量的威爾老師，雷烏斯講出一句中肯至極的話。

「大哥，我怎麼覺得威爾老師看起來比較幼稚？」

「雷烏斯，你這樣說就不對了。我只是不願對甜點妥協。」

然而對威爾老師並不管用。

他一副「此乃真理」的表情，我可不會被騙到。

「連天真的小孩都說你幼稚了！你不覺得幼稚的你把我們當小孩子看很不公平嗎！」

「你在說什麼！你既然認識了天狼星，應該也發現甜點的魅力了吧！」

「這跟那是兩回事！」

「那個，兩位——」

「你閉嘴！」

「等你理解鮮奶油的美好之處再來跟我說話！」

梅爾特忙著安撫兩位大孩子，可惜徒勞無功。雖然他們的吵架內容是幼兒等級，這兩人好歹是一國之主和最強的魔法師。

我們這邊吵吵鬧鬧的，導致其他人都在注意，不過看莉菲爾公主如此鎮定，這似乎是家常便飯。

因此我也效法她，乖乖等可麗餅送來，這時我發現札克在建築物後面對我招手。

由於他找的人好像只有我，我跟其他人說了一聲後走過去，札克帶著難以用言語形容的困惑表情。

「啊……抱歉，我們太吵了。如果你會覺得困擾，我立刻去制止。」

「不會啦，今天是祭典，吵一點也無所謂。只不過……」

街上到處都是喝了酒在大聲嚷嚷的人，這裡也不是走高級路線的店家，看來是沒關係。

那他為什麼要叫我過來？在我腦中浮現疑惑時，札克看著我們那桌問：

「只有那一桌給人一種難以接近的感覺，那些人是誰啊？是老闆你認識的人……對吧？」

畢竟這個國家最有權力的幾個人都坐在那裡嘛。

這麼多大人物聚集在同一個地方，即使有喬裝過，好像還是藏不住他們的氣勢與氣質，令其他人下意識遠離。

「啊……總之就是幾個大人物。勸你最好不要再想下去。」

「既然老闆都這麼說了，俺就不多問哩。」

「明智的抉擇。總之最好快把他們點的可麗餅送上來。」

「瞭解！」

才剛講完，我們那桌就發生事件了。

「喂喂喂，你們很吵喔……」

「難得的祭典怎麼能吵架咧……」

「搞什麼……酒都變難喝啦！」

我剛才說過其他人會下意識遠離，可是那只限於有理智的人。

他們好像不小心引來在店外逛街的醉漢。在這種狀況下總不能繼續吵架，所以威爾老師和特蘭都回到座位上。

「喔！仔細一看有幾個漂亮的大姊姊耶！」

「欸欸欸，別理那種大叔和小鬼了，要不要跟我們一起喝幾杯啊？」

「她們好對我胃口。給妳小費，來幫我倒酒啦。」

傷腦筋的是，坐在這桌的女性全是美女，三名醉漢對她們非常有興趣。

「糟糕，俺去制止那群人。」

「不，沒問題。比起這個，麻煩你先把可麗餅送上來。」

我這麼告訴札克後回到座位上，四位女性已經先做出反應了。

「我拒絕，我只會為我的主人斟酒。」

「把那些錢拿去買好吃的比較有價值吧？」

「我收下你們的讚美，不過我們不是那麼隨便的女人。你們找其他人去吧。」

「請三位盡快離開，以免受傷。」

「……啥？搞屁啊！」

一名醉漢因為她們冷淡的態度，氣得拿起疑似酒瓶的東西。思考模式真單純，也許是因為喝醉了。

他好像以為只要用威脅的，對方就什麼話都會聽……無奈事與願違。

「你們幾個，到此為止吧。」

「再不住手小心小命不保喔？」

因為可怕的父親和守護公主的騎士抓住了他的手。

醉漢想要回嘴，卻被兩人散發出的殺氣震懾住，嘴巴一開一闔，講不出話來。

「怎麼了？剛才不是很有氣勢嗎？」

「只要你們立刻離開，我們也不會追究。快點消失吧。」

「敢動姊姊她們，小心我揍飛你們！」

除此之外還加上一隻野獸，嚇得三名醉漢臉色發白，轉過身去。

「可惡……吃什麼吃啊！」

醉漢大概是在遷怒，用手把隔壁桌的東西掃到地上，然而……他們卻不知道自己踩到老虎尾巴了。

「……站住。」

「幹麼──嗚!?」

男人回頭望向冷酷聲音傳來的地方，笑容底下散發出明顯殺氣的威爾老師站在那裡。

餐具掉在他腳邊，期待已久的可麗餅也掉在地上，不成餅形。

「……看來得好好教育你們一下。」

「是啊。沉溺於酒精的脆弱精神也該重新鍛鍊。」

「我也來幫忙。」

生氣的不只威爾老師，特蘭和梅爾特也怒火中燒。

「等、等等！只是食物掉在地上，有必要那麼生氣嗎！」

「對啊！而且我們又沒對你們做什麼。幹麼來找碴！」

「大概是因為……那不只是一道甜點吧？有意見的話，我之後再慢慢聽你說。」

「你掃掉的刀叉差點打到我女兒！」

「不管你們是不是故意的，意圖傷害那個人就是罪不可赦。」

表面上笑容可掬的三人一把掐住醉漢們的頭，把他們帶到店外的建築物後面。

絕望的慘叫聲逐漸遠去，最後被祭典的喧囂聲徹底蓋過。

我想那幾個男人應該不至於被殺，不過在各種意義上都會學到教訓吧。

學到飲酒不能過量……也不能為所欲為。

「好，我也去教訓那群人！」

「你不能去。」

「咦？莉菲姊，為什麼啊？」

「沒必要連你都變成那副德行。你看，天狼星不就乖乖待在這裡？」

「也是因為我沒必要去啦。」

警衛正在趕往男人們消失的方向，事情應該很快就會解決。

這時可麗餅也做好了，店員們不停將餐點送上桌。若不快點吃掉，桌子會被擠滿。

「再不吃會冷掉，我們就別等他們，直接開動吧？」

「是！那麼姊姊，請先來一口。」

「謝謝妳。嗯……和蛋糕不一樣的甜味，還有柔軟的餅皮，挺好吃的。來，莉絲也吃吃看。」

我笑著看這對感情良好的姊妹互餵，眼前出現一根叉著可麗餅的叉子。

不用說也知道犯人是誰。我苦笑著吃掉可麗餅，艾米莉亞開心地狂搖尾巴。

「呵呵呵……要再來一口嗎？」

「不用了，我吃了很多路邊攤賣的食物，沒有很餓。妳多吃點。」

「知道了……」

「……來。」

她失望到停止搖尾的地步，所以我切了塊可麗餅遞過去，艾米莉亞兩眼發光，張開嘴巴。

「太美味了。換我餵您……不，再讓您餵我一次也難以捨棄。」

「呵呵，艾米莉亞看起來真的好幸福。」

「唉……妳這樣不行。這種時候要湊過去說『也吃吃看我的吧』才對呀。」

「我、我會害羞啦。而且我現在在跟姊姊一起吃……」

「唔，妳這麼說我不就無法反駁了嗎！既然如此，我們也不能輸！莉絲，張開嘴巴。」

「如我所願！」

她們不知為何開始比賽，旁邊的雷烏斯和賽妮亞則按照自己的步調吃著可麗餅。

「雖然跟大哥做的配料不同，這樣也挺好吃的！」

「吃慢點。真是……感覺好像多了個要人照顧的弟弟。」

他們也相處得挺融洽的，所以我繼續餵艾米莉亞吃可麗餅。

之後，特蘭他們在莉絲要餵我吃可麗餅的時候回來，又引起一陣大騷動。

在賈爾岡商會吃完飯後，我們繼續在街上散步，度過愉快的時間。

然而，快樂的時光總是過得特別快，不知不覺太陽已經下山，到了解散的時間。

祭典會持續到晚上，但我們還是小孩，天黑就要回家。

大家在看得見學校的地方道別……莉菲爾公主卻抬起手制止莉絲跟著她。

「妳要走那邊唷。」

「咦？可是我……」

「公告裡本來就沒提到多少妳的情報，妳應該可以回學校了。而且我也打算今天開始搬回城裡住，妳就跟他們一起回鑽石莊吧。」

鑽石莊已經做好讓他們統統住進來的準備。莉絲的私物也由艾米莉亞從宿舍搬過來了，她直接回鑽石莊也沒有問題。

然而，這也代表莉絲和姊姊的同居生活即將結束。

即使對方是她的姊姊，住在城堡的人可不是隨隨便便就能見到。

「……跟姊姊一起生活，非常開心。」

「嗯，我也過得很愉快。有什麼事要立刻通知我唷。我還想吃天狼星做的蛋糕，所以偶爾會派賽妮亞過去拿。」

「嘿嘿嘿，我想也是。」

「還有，雖然我們都住在城內，偶爾也要傳話或寫信給爸爸啊。否則他可能會溜出去找妳。」

順帶一提，卡帝亞斯因為有只有國王才能處理的工作要做，途中就回去了。他的背影散發出濃濃的哀愁，放著不管很有可能會跟莉菲爾公主說的一樣，偷跑出來。

「那下次我烤餅乾送過去。當然也有姊姊的份。」

「哎呀，我會期待的。下次見。」

「莉絲殿下，各位，晚安。」

「……請您小心不要生病或受傷。再會。」

目送莉菲爾公主他們離去的莉絲，背影看起來有點寂寞。

我走到莉絲旁邊，拍拍她的頭笑著說：

「別烤餅乾了，妳親手做個蛋糕送過去，他們應該會很開心吧？」

「說得對……你願意跟我一起做蛋糕嗎？」

「當然囉。大家一起回鑽石莊吧。」

「是。回去我來泡紅茶。」

「莉絲姊，回去吧。」

「嗯！」

那一天……我們第一次在真正的意義上回到鑽石莊。

後記

好久不見。我是ネコ。

《WORLD TEACHER》終於進入第三集，擺在書架上時，書背看起來有點壯觀。

這也是拜每次都為本作繪製精美插圖的 Nardack 老師、出版社的各位的幫助，還有讀者們的支持所賜。

請讓ネコ再次向各位致謝。

真的非常感謝！

之後我也會全力向前衝。

※以下會提到這一集的劇情，先從後記開始看的讀者請小心。

第三集大略分成兩個部分，主題是天狼星身為特務的一面，以及失敗帶來的成長。

首先是前半段的迷宮篇，在這邊終於能回收第一集開頭的冒險劇情。當成自己的小孩養育、守護的弟子們遭到攻擊，天狼星因此勃然大怒的樣子，各位覺得怎麼樣呢？

天狼星在弟子遇到大危機時颯爽登場，背對他們的那一幕，完全是作者自己的喜好。也就是所謂的王道展開，可是我無論如何都想寫寫看。

我努力描寫了「男人靠背影說話……」的感覺，希望能傳達給各位。

如各位所見，天狼星就算生氣也不會大吼大叫，而是像火山一樣將怒氣藏在心底，冷靜解決對手。

確定對方是敵人就會毫不猶豫下手，這次算是他首次露出有特務味的一面吧……我是這麼認為的。

後半段是關於莉絲的真實身分和王宮，是我因為想寫「少女愛上白馬王子……」創造出的故事。

莉絲雖然有看得見精靈、大胃王等各種設定，個性依然是個普通的女孩，所以我刻意往少女漫畫的感覺去寫。

艾米莉亞則是侍奉系女主角。

儘管她失控的場面越來越多，全都是因為艾米莉亞一心想著天狼星，請大家用溫暖的目光守護她。

順帶一提，補充一下艾米莉亞為莉絲的戀情加油的劇情……對艾米莉亞來說，莉絲是能打從心底信賴的朋友，她知道莉絲真的喜歡天狼星，所以才接受莉絲，為她加油。

艾米莉亞沒有選擇退出，她只是覺得自己是天狼星的隨從，能在天狼星旁邊協助他就夠了。

意思就是，不管要當第二夫人還是情婦，艾米莉亞都無所謂。這也是因為在異世界裡一夫多妻並不罕見。

艾米莉亞只當自己是個隨從，不過她也有未來想跟天狼星生小孩的少女心喔。

長大後的艾米莉亞和她的小孩一起晾衣服。

總有一天，真想描寫這幸福的畫面……作者是這麼想的。

在學校的故事還會繼續進行下去，但我想下一集應該就會畢業了。

那麼各位，讓我們下集再會。

浮文字

WORLD TEACHER 異世界式教育特務 3

（原名：ワールド・ティーチャー－異世界式教育エージェント－3）

著者／ネコ光一　封面插畫／Nardack　譯者／Runoka
發行人／黃鎮隆　副總經理／陳君平
總編輯／洪琇菁　國際版權／黃令歡
執行編輯／梁瓏　美術編輯／李政儀
文字校對／施亞蒨　企劃宣傳／邱小祐、劉宜蓉
出版／城邦文化事業股份有限公司 尖端出版
台北市中山區民生東路二段一四一號十樓
電話：（〇二）二五〇〇-七六〇〇　傳真：（〇二）二五〇〇-二六八三
E-mail：7novels@mail2.spp.com.tw
發行／英屬蓋曼群島商家庭傳媒股份有限公司城邦分公司 尖端出版
台北市中山區民生東路二段一四一號十樓
電話：（〇二）二五〇〇-七六〇〇（代表號）
傳真：（〇二）二五〇〇-一九七九
北部經銷／祥友圖書有限公司
電話：（〇二）八五一二-三八五一
傳真：（〇二）八五一二-四二五五
中彰投以北經銷（含宜花東）／楨彥有限公司
電話：（〇二）八九一九-三三六九
傳真：（〇二）八九一四-五五二四
雲嘉經銷／智豐圖書股份有限公司　嘉義公司
電話：（〇五）二三三-三八五二
傳真：（〇五）二三三-三八六三
南部經銷／智豐圖書股份有限公司　高雄公司
電話：（〇七）三七三-〇〇七九
傳真：（〇七）三七三-〇〇八七
一代匯集／香港九龍旺角塘尾道六十四號龍駒企業大廈十樓B&D室
電話：（八五二）二七八三-八一〇二
傳真：（八五二）二七八二-一五二九
馬新經銷／城邦（馬新）出版集團Cite (M) Sdn. Bhd.
E-mail：cite@cite.com.my
法律顧問／王子文律師　元禾法律事務所
台北市羅斯福路三段三十七號十五樓
二〇一七年四月一版一刷
二〇一八年三月一版三刷

■中文版■

郵購注意事項：
1.填妥劃撥單資料：帳號：50003021戶名：英屬蓋曼群島商家庭傳媒(股)公司城邦分公司。2.通信欄內註明訂購書名與冊數。3.劃撥金額低於500元，請加附掛號郵資50元。如劃撥日起 10～14日，仍未收到書時，請洽劃撥組。劃撥專線TEL：(03)312-4212 ・ FAX：(03)322-4621。E-mail：marketing@spp.com.tw

國家圖書館出版品預行編目資料

WORLD TEACHER異世界式教育特務 / ネコ光一作；
Runoka譯. -- 初版. -- 臺北市：
尖端, 2017.04-　冊；　公分
譯自：ワールド.ティーチャー：異世界式教育
エージェント
ISBN 978-957-10-6594-6(第1冊：平裝)
ISBN 978-957-10-6704-9(第2冊：平裝)
ISBN 978-957-10-7316-3(第3冊：平裝)
861.57　　　　　　　　　　105004381